DIE DUNKLEN REITER

DER MC

SAMMELBAND 4-6

EDITION AUTORENFLÜSTERIN

ELLA SILVER

IMPRESSUM

Titel: Die dunklen Reiter – Der MC
Sammelband 4-6
Auflage: 1
Autor: Ella Silver
Übersetzer: Dr. Barbara Prill
Texte: Copyright Ella Silver
Cover & Lektorat: Edition Autorenflüsterin
Die Autorenflüsterin
Dr. Barbara Prill
Sandhöhe 8A
21435 Stelle
www.dieautorenfluesterin.de

INHALTSVERZEICHNIS

BOOK FOUR 14

ONE 14

TWO 20

THREE 26

FOUR 32

FIVE 38

SIX 44

SEVEN 50

EIGHT 56

NINE 62

TEN 67

ELEVEN 72

TWELVE 78

BOOK FIVE 84

ONE 87

TWO 95

THREE 103

FOUR 111

FIVE 119

SIX 127

SEVEN 135

EIGHT 143

NINE 152
TEN 160
ELEVEN 167
TWELVE 176
THIRTEEN 185
EPILOG 194
BOOK SIX 196
ONE 199
TWO 210
THREE 222
FOUR 230
FIVE 241
SIX 252
SEVEN 261
EIGHT 271
NINE 281
TEN 291
ELEVEN 301
TWELVE 312
LESEEMPFEHLUNGEN 320

Liebe/er Leser/in vielen Dank, dass Sie mein Buch gelesen haben. Ich hoffe, Sie hatten viel Lesevergnügen damit. Wenn Ihnen das Buch gefallen hat, hinterlassen Sie doch bitte eine kurze Bewertung bei Amazon.

Vielen Dank, Ella Silver.

BOOK FOUR

INHALT

BIKER DARK ROMANCE frisch aus USA

Mutig genug für die Liebe?

Die Avancen meines Chefs abzuwehren, kostet mich den Job .
Nur dank Skye sitze ich nicht auf der Straße, sondern arbeite jetzt bei den Black Revenge.

Sofort gerate ich in weitere Schwierigkeiten, denn Rick, der Sergeant at Arms, lässt mich nicht kalt. Ich ihn anscheinend auch nicht, denn prompt landen wir in der … Nein – die Waschmaschine ist es!
So lange es dauert, ist es toll, doch der Präs findet es heraus und kündigt mir sofort.

Und der Scheiß-Biker …Tja – der hat wohl besseres zu tun, als sich an ein Mädchen wie mich zu binden!
So what – so ist das Leben dann wohl, dann eben ohne den Rocker! Mistkerl verfluchter!

ES HANDELT SICH UM EINE ABGESCHLOSSENE GESCHICHTE MIT EINER HAPPYEND GARANTIE. ALLE BÄNDE SIND UNABHÄNGIG VONEINANDER LESEBAR!

ONE

Helena

Mühsam placke ich mich mit dem schweren Wäschekorb ab, den ich aus der zweiten Etage geholt habe. Ich hätte niemals gedacht, dass ein paar bloße Jeans so schwer sein können.

Schritt für Schritt gehe ich die Treppe nach unten. Dass ich meine Füße dabei nicht sehen kann, stellt ein echtes Problem dar.

Natürlich, wie sollte es auch anders sein, trete ich daneben und drohe die letzten zehn Stufen nach unten zu stürzen. Innerlich habe ich mich damit abgefunden, mal wieder ein paar blaue Flecke dazu zu bekommen.

Ich schließe die Lider, gebe mich dem Unausweichlichen hin und … werde fest an den Hüften gepackt und zurückgezogen.

»Verdammt, Helena. Wie oft hab ich dir schon angeboten, dass ich dir helfe«, schimpft der Biker hinter mir. Grob nimmt er mir den Korb ab, ehe er nach unten geht und mich stehen lässt.

»Es ist aber mein Job, euch Jungs von der Dreckwäsche zu befreien. Stelle sich doch mal einer vor, ihr müsstet nackt rumlaufen.«

Über meine Worte kann er nur lachen. Ich folge ihm in den Keller, wo er den Korb endlich abstellt und mich ansieht.

Rick, der Sergeant at Arms ist wahrlich eine Augenweide. Ein Badboy, wie er im Buche steht. Groß, mit Muskeln übersät und tätowiert. Mir läuft buchstäblich das Wasser im Mund zusammen.

Seit knapp drei Wochen arbeite ich, dank meiner Freundin Skye, bei den Black Revenge, denn aus meinem alten Job bin ich hochkant geflogen. Ich stand absolut nicht darauf, dass mein Chef mir ans Höschen wollte und er nicht darauf, dass ich ihn nicht rangelassen habe.

»Danke«, sag ich knapp, bevor ich mich länger meiner Fantasie hingeben kann, denn die hat es in sich.

Damit es mir auch gelingt, öffne ich den Korb, ziehe die ersten Klamotten hinaus und stopfe sie in die Maschine.

Es dauert vielleicht zehn Sekunden, bis sich seine Hände an meine Hüften legen und ich an seinen Oberkörper gepresst werde.

»Du solltest das nicht tun, Rick«, flüstere ich mit warnendem Unterton.

»Warum nicht? Hierher verirrt sich sowieso keine Sau.«

Seine Lippen berühren meinen Nacken, während seine Finger unter das Top gleiten. Mein Becken beginnt sich in leichten Kreisen zu bewegen, um meinen Hintern immer wieder über seine pralle Erektion zu reiben.

»Wenn dein Präsident uns erwischt …«

»Pscht, Baby. Sollte das passieren, werde ich mich darum kümmern.«

Ich neige dazu, unausweichlich irgendwie immer Fehler zu begehen. Rick ist einer davon, denn ich entkomme ihm einfach nicht mehr. Schon als ich ihn das erste Mal gesehen habe, konnte ich das Feuer spüren, das mich förmlich verschlungen hat.

Grob setzt er mich auf die Maschine, drängt meine Schenkel auseinander und stellt sich dazwischen.

Ich muss Rick zurückhalten, wirklich … ernsthaft! Doch was kann ich ihm schon entgegensetzen? Spätestens jetzt, als er mich küsst, bin ich verloren. Seine Hand schiebt sich in meine Jeans, während er zielsicher zu meiner Perle findet.

»Wir sollten das nicht tun«, versuche ich es ein letztes Mal, ehe sich mein Verstand endgültig verabschiedet. Ich habe mich noch nie zuvor auf einen Rocker eingelassen. Für wahrhaft schlechte Jungs hab ich einfach ein Händchen, weshalb Rick theoretisch doppelt verboten für mich wäre. Männer wie er brechen Frauen wie mich. Sie verführen uns mit hartem, gnadenlosen Sex und verpissen sich anschließend. Das zwischen uns hat keinen Bestand und könnte mich den Job kosten, sofern Rafe, der Präsident der Black Revenge das spitz bekommt. Seine Regeln waren deutlich und ich habe sie gebrochen.

Schön blöd - ich weiß. Aber wie soll ich mich beherrschen, wenn er genau weiß, was ich brauche. Rick leckt wie ein Gott und fickt wie der Teufel. Ihn muss ich nicht Bitten, mich nicht wie ein Püppchen zu behandeln. Er ist perfekt *unperfekt*. Alles, was ich nicht gebrauchen kann!

»Du riechst so gut.« Zum Beweis hält er sich die Finger unter die Nase, die eben noch meine Schamlippen geteilt haben, bevor er sie ableckt. »Und schmecken tust du es auch.«

Holy crab! Mein Hirn setzt aus.

Erneut finden seine Lippen meinen Mund. Der Geschmack meiner Muschi haftet noch daran und bringt mich zum Stöhnen und ein Schwall Feuchtigkeit quillt in meinen Slip.

Rick schafft es dauerhaft, meinen Kopf zu ficken. Nimmt er mich nicht gerade durch, dann schwelge ich in der Erinnerung daran, wie er es getan hat.

»Wir müssen uns beeilen«, haucht er an mein Ohr, um mich kurz darauf herunterzuheben, die Jeans nach unten zu schieben und den Slip zu zerfetzen.

»Der gehört mir.«

Ein Schauer rieselt mir über den Rücken, doch sofort lenkt mich sein pralles Gemächt, das vor meinem Eingang positioniert ist, ab.

Den Oberkörper auf die Platte gedrückt, rammt er sich bis zum Anschlag in meine Pussy. Der Schmerz der Dehnung zerreißt mich beinahe.

Seine Hand landet auf meinem Mund, um den lauten Aufschrei zu unterdrücken.

»Du bist so eng, Sweety.« Genüsslich schiebt er sich noch ein Stück tiefer. Seine Hoden klatschen an meinen Kitzler und bringen mich zum Erzittern.

Ich will ihm sagen, dass er mich endlich hart nehmen soll, doch die Hand auf meinem Mund verhindert das.

Endlich bewegt er sich, gleitet fast gänzlich hinaus, um kraftvoll in mich zu stoßen.

Meine Augen verdrehen sich vor Lust und dem beginnenden Atementzug. Mein Becken drückt sich ihm entgegen. Ich will jeden noch so köstlich kleinen Millimeter seines Schwanzes in meiner Muschi.

Das ist unglaublich. Und auch der Grund, warum ich nicht mehr von ihm loskomme. Ich will den rauen, harten und dominanten Rocker. Rick hinterlässt keine Leere nach unseren Ficks, wie es die meisten Kerle tun. Im Gegenteil, ich sehne mich nur nach mehr.

Seine Finger finden meine Klit, reiben über die sensible Perle und jagen mich in die Höhe. Die harten Stöße knallen meinen Unterleib immer wieder gegen die Waschmaschine, sodass ich morgen wieder neue blaue Flecke haben werde. Doch das ist mir egal. Hauptsache er hört damit nicht auf.

Er knurrt, packt noch fester mit der rechten Hand zu. In meinem Kopf macht sich der Sauerstoffmangel bemerkbar. Sterne tanzen vor meinen Augen, während mein Höhepunkt mir komplett die Lichter ausknipst. Rick stößt noch zwei Mal hart zu, ehe auch er kommt.

Seine Hand verschwindet und ich kann meine Lungen endlich mit Sauerstoff fluten.

»Und das noch vor dem ersten Kaffee, Baby.« Laut klatschend landet seine Hand auf meinem Arsch, was mich aufkeuchen lässt.

Der Zauber ist vorbei, doch ich ahne, dass es der Hunger nicht sein wird. Ich bin süchtig nach unserem Sex - und somit völlig am Arsch!

TWO

Rick

Ich sitze an der Bar und trinke meinen Kaffee. Helena ist zwischenzeitlich dabei, die Theke auf Vordermann zu bringen, wie auch in den letzten drei Wochen zuvor. Mein Blick ruht auf dem Mädchen, welches ich noch vor einer halben Stunde gefickt habe.

Fuck off! Das ist nicht gut, gar nicht gut, denn Rafe hält sich an die eiserne Regel, dass wir die Finger von den Angestellten lassen sollen. Keine Ahnung, was mit mir los ist. Normalerweise bumse ich nur Nutten. Die Betonung liegt auf normalerweise, denn seit Helena ist das anders. Die ganzen Bitches interessieren mich nicht mehr.

Mit ziemlicher Sicherheit liegt es daran, dass unser Clubleben kopfsteht. Drei meiner Brüder haben sich eine Lady genommen und leben vor, was ich bisher gut verdrängen konnte. Ich wollte mir keine Frau ans Bein binden und ihr mein Leder anziehen erst recht nicht. Dennoch ertappe ich mich bei der Kleinen immer wieder dabei, wie gut sich allein der Gedanke anfühlt. Helena ist perfekt. Die richtige Mischung aus süß, frech und süchtigmachend. Anders kann ich mir nicht erklären, wie sie mich Tag für Tag mehr um den Finger wickelt. Ich müsste meinem Präsidenten nur ein Wort sagen und sie gehört mir - sie wäre für den Rest der Welt unantastbar. Allerdings tue ich es nicht. Ich ficke sie jeden Tag, wie ein beschissenes Geheimnis, das sie nicht sein sollte. Wenn ich den Zeitpunkt verpasse, wird sie sich ein anderer Kerl schnappen. Allein die Vorstellung stößt mir sauer auf.

»Machst du mir noch einen?«, bitte ich Helena, obwohl die Tasse noch voll ist.

»Hmm, Rocker … soll ich ihn dir vielleicht gleich in den Rachen kippen?« Schmunzelnd sieht sie von der Tasse zu mir und wieder zurück.

»Du könntest mir …«

»Rick, hast du einen Moment für mich?« Rafe packt meine Schulter und der Moment mit Helena ist jäh beendet.

Sofort zieht sie sich zurück und putzt weiter, als wäre nichts gewesen.

»Klar, Präs. Was brauchst du?«

»Es geht um die Party am Wochenende. Benötigst du noch was oder ist alles glatt?«

Ehrlich? Wie viele von diesen scheiß Partys haben wir schon hinter uns gebracht.

»Alles klar, Bro. Wie immer«, lasse ich ihn genervt wissen.

»Gut.« Mehr sagt er nicht.

Kopfschüttelnd sehe ich ihm nach, bis er im Büro verschwunden ist.

Wie ich diese Feiern hasse! Unzählige Nutten, Alkohol und fremde Biker. *Halleluja!*

»Ich muss auch am Wochenende arbeiten«, sagt Helena leise. »Wirst du auch auf mich aufpassen?«

In mir brodelt es. *No fucking way!* »Die Bar soll jemand anderes übernehmen. Das ist nichts für dich«, sage ich scharf.

Sie beißt sich auf die Unterlippe und funkelt mich wütend an. »Du hast nen Knall, Rick! Ich brauche die Kohle, also werde ich arbeiten.«

Holy crab! Das lasse ich nicht zu. Ich kann mich nicht um die Sicherheit des Clubs kümmern und gleichzeitig aufpassen, dass ihr nichts passiert!

»Nichts da. Ich werde einen Ersatz für dich finden.«

Helena schiebt sich über den Tresen zu mir. »Nur weil du mich fickst, hast du keine Erlaubnis, mich zu bevormunden!«

Wütend schmeißt sie den Lappen auf die Oberfläche und verschwindet in der Küche.

Echt! Am liebsten würde ich hinterher stürmen. Nur Raider und Devon halten mich davon ab, mein Vorhaben in die Tat umzusetzen. Das letzte Wort ist darüber jedenfalls noch nicht gesprochen!

»Na, Bro. Du siehst wie jemand aus, der die letzten zwei Wochen keinen wegstecken konnte«, amüsiert sich Devon und schnappt sich meine Kaffeetasse.

Ich ziehe die Augenbrauen nach oben und sehe zu, wie er sie in einem Zug leert. Wenn die zwei wüssten, was jeden Tag im Keller abgeht, dann würden sie ihre blöden Fressen halten.

»Du hast eine, ich kann sie alle haben!« Meine Sprüche waren auch schon besser. Aber bei Hades! Die Jungs fucken mich ab.

»Eine ist besser als ALLE«, brüstet sich Raider. War ja klar, dass sowas kommt.

Und wenn ich ehrlich bin, dann kann ich es verstehen. Mein Schwanz ist, seit er in Helenas Pussy vergraben war, absolut süchtig nach ihr. Nach ihrem Geschmack, ihrem Geruch und den sinnlichen Lauten, die über ihre Lippen kommen. Wäre ich ein anständiger Kerl, würde ich ihr einfach mein Leder anziehen und mich jede Minute in ihrem Paradies vergraben. Was tue ich stattdessen? Nichts.

»Wo ist Helena?«, will Devon wissen und deutet auf den Bereich hinter der Theke.

»In der Küche«, sage ich schnippisch.

»Oh man, knall endlich mal wieder ne Nutte, damit du bessere Laune bekommst.« Passend zu Devons Spruch kommt Helena wieder nach vorn. Sie bleibt kurz stehen, mustert uns, ehe sie sich erneut in Bewegung setzt.

»Kaffee Jungs?« Auch wenn sie eine perfekte Fassade aufgesetzt hat, die Worte eben hat sie deutlich vernommen. Und … sie haben sie verletzt.

»Klar, Baby. Von dir nehme ich alles.«

Ich kann nicht verhindern, wie meine Faust direkt in Raiders Visage landet.

»Alter geht's noch?«, brüllt er und stemmt sich nach vorn. Von einem Gegenschlag hält ihn der Vize allerdings ab.

Ich sehe zu Helena, die mich entsetzt anstarrt. Na super! Heute schieße ich wohl den Vogel ab!

Mein: »Angestellte werden nicht gebumst«, macht es nicht besser.

Angepisst stampfe ich davon, raus auf den Hof, wo ich beinahe Skye über den Haufen renne.

»Hui …«, keucht sie nur.

»Sorry Kleines.«

»Ist Helena noch da?«

Beim Klang des Namens verdrehe ich nur die Augen und verpisse mich.

Ich muss mich ablenken, damit ich nicht vollkommen durchdrehe. All den Scheiß müsste ich nicht durchmachen, wenn ich ein bisschen Rückgrat hätte.

Aber selbst wenn, wie soll das laufen? Helena ist im Grunde ein gutes Mädchen, die viel Pech in ihrem Leben hatte. Ich weiß, dass ihr letzter Chef ihr ans Höschen gehen wollte. Darum habe ich mich gekümmert. Heimlich natürlich. Doch ich konnte es mir nicht nehmen lassen, ihm ein paar Finger zu brechen. Jetzt wird er nie wieder eine Frau anfassen, ohne dabei an mich zu denken.

Ich bin absolut gefickt und gerade dabei, mir mein eigenes Grab zu schaufeln.

THREE

Helena

Himmel hilf! Rick hat eben seinen Bruder geschlagen, weil er einen Scherz mir gegenüber gebracht hat. Ich weiß nicht, was ich dazu sagen soll.

Auch nicht, als meine Freundin den Club betritt und das Chaos sieht, welches der Rocker angerichtet hat. Raiders Nase blutet stark, obwohl sie laut seiner Aussage nicht gebrochen ist. Habe ich erwähnt, dass ich absolut gefickt bin?

»Was ist dir denn passiert?«, will Skye wissen, während sie einen Blick auf die Verletzung wirft.

»Rick hat mir eine gedrückt, weil ich Helena gegenüber einen Spruch gebracht habe.«

Sofort hebe ich entschuldigend meine Hände. Den forschenden Augen meiner Freundin standzuhalten ist gar nicht so leicht! Das ist ja das blöde, sie weiß einfach viel zu viel über mich!

»Okay. Sehr seltsam.« Schulterzuckend tut sie es ab, doch ich weiß es besser.

»Eigentlich wollte ich dich fragen, ob du nach der Arbeit kurz Zeit hast, mir drüben zu helfen?«, richtet sie das Wort nun an mich.

»Klar. Bin gleich fertig, dann komme ich zu dir.«

Zu lange ruht ihr Blick auf mir, als könnte sie in mir lesen, warum Rick eben so ausgeflippt ist. Trotz der intensiven Musterung gebe ich mich cool und erledige den restlichen Teil meines Jobs.

Verdammt! Das hätte niemals passieren dürfen. Allmählich wird mit bewusst, warum Rafes Warnung so scharf war. Rick zeigt deutlich, dass mit ihm nicht zu spaßen ist, wenn es um mich geht. Mit dem Sex habe ich ihm eine stumme Erlaubnis dafür gegeben. Was soll dann erst am Wochenende passieren, wenn er jetzt schon wegen eines dummen Spruchs seines Bruders so ausflippt?

»Soll ich dir etwas Eis besorgen, Raider?« Ich fühle mich mies. Richtig schlecht, denn im Grunde ist es ja meine Schuld.

»Ach Quatsch. Mir geht's schon besser. Rick scheint nur dicke Eier zu haben. Der kriegt sich schon wieder ein.«

Schön, dass er mich beruhigen will, dennoch ändert es nichts. Es hätte niemals dazu kommen dürfen.

Ich weiß das doch selbst. Zumal wir Frauen das nicht drauf haben mit dem ›einfach nur Sex‹. Jeden Tag spüre ich, wie sich mehr Schmetterlinge in meinem Bauch sammeln.

Wirklich … ich wollte keine Gefühle für Rick entwickeln. Wir schlafen ja nicht nur miteinander. Man kann sich wahnsinnig gut mit ihm unterhalten.

Er ist witzig, ehrlich und ich mag es total, wenn er lacht. Nicht dieses gespielte … sondern das tiefe, ehrliche Lachen. Dann bin ich wirklich verloren.

Dennoch trennen uns Welten. Rick ist der Sergeant at Arms. Ein Black Revenge … ein Freigeist. Männer wie er nehmen sich keine Frau oder Freundin. Na ja, in den seltensten Fällen. Blümchen oder Pralinen … passen nicht zu ihm. Aber wer sagt schon, dass ich genau das will? Für mich ist es wichtiger, zu wissen, woran ich bei einem Mann bin. Ich will verehrt und beschützt werden.

Über die Konsequenzen war ich mir im Vorfeld bewusst und trotzdem schlägt mein Herz Purzelbäume, wenn wir uns im Keller treffen. Jede Nacht, wenn ich allein im Bett in meiner Wohnung liege, wünsche ich ihn an meine Seite. Es wird nie passieren. So schlau bin ich von allein.

Ein letztes Mal wische ich über die Theke, ehe ich in die kleine Abstellkammer gehe und meine Jacke hole.

Der Winter ist dieses Jahr besonders hart und hat uns eiskalt erwischt. Meterhoher Schnee, eisige Winde und frostige Kälte bei Minus fünfzehn Grad. Ein Auto kann ich mir nicht leisten, also komme ich mit dem Bus aus Bridgewater. Man gewöhnt sich irgendwie an alles.

Ich trete hinaus auf den Hof und lasse meinen Blick kurz schweifen. Die Bikes, die normalerweise direkt davor parken, stehen in der Garage. Genau dort, wo auch Rick steht. Er hat eine Hand tief in der Tasche seiner Jeans vergraben. In der anderen hält er seine Kippe. Natürlich bemerkt er mich sofort und lässt seine Augen über mich wandern. Jedes Mal habe ich das Gefühl, er zieht mich förmlich dabei aus.

Ich ringe mir ein freudloses Lächeln ab, bevor ich durch den dicken Schnee watend zu Skyes Haus gehe.

Das Hoftor steht offen, sodass ich mir das Klingeln spare. Wie erwartet ist Skye im Nebenhaus, in dem sich auch ihre Tagesstätte befindet.

»Hey, ich bin´s«, sage ich schnell, während ich zu ihr in die Küche eile.

»Schön. Das ging ja flott.« Gerade zieht sie einen Kuchen aus dem Ofen und stellt ihn auf dem Untersetzer ab.

»Dauert es länger oder kann ich meine Jacke anbehalten?«

Ich trage drei Schichten, damit ich die ewig langen Wartezeiten auf dem Bus ertrage, ohne schockgefrostet zu werden.

»Zieh dich aus. Ich bringe dich nachher nach Hause. Du musst nicht mit dem Bus zurück.«

Erleichtert seufze ich und streife die vielen Schichten ab.

»Vorhin bei den Männern wollte ich das nicht fragen, aber … gibt es einen Grund dafür, dass Rick sich vorhin daneben benommen hat?« Das ist die etwas mildere Bezeichnung dafür, dass er Raider beinahe die Nase gebrochen hat.

»Wenn ich das wüsste. Sie haben sich ganz normal, wenn man das so nennen kann, unterhalten. Dann hat Raider einen Scherz gemacht und zack.«

Ihr Blick richtet sich auf mich, während sie nach der Wahrheit in meiner Aussage sucht.

»Ich meine ja nur. In letzter Zeit habt ihr oft die Köpfe …«

»… wir haben uns unterhalten, während ich geputzt habe. Mehr nicht. Rick ist nett, aber das sind Raider und Devon ebenso. Deshalb muss doch nicht gleich etwas sein, oder?«

Meine Worte scheinen sie nicht zu überzeugen.

»Rick ist kein Mann für dich, Lena. Ich meine, er ist ein guter Kerl ja, aber mehr als dich ins Bett zu bekommen, will er nicht. Und das will ich dir ersparen.«

Ha! Die Gleichung habe ich auch schon ohne sie gelöst. Mein Herz erinnert mich jeden Augenblick daran. Jedes Mal, wenn ich ihn sehe, wird mir bewusst, dass ich blöde Seekuh wieder einen Fehler begangen habe. Rick fickt mich … der Sex ist grandios … doch das ist auch alles, was der Rocker zu geben bereit ist. Traurig, dennoch die nackte Wahrheit.

»Warum sollte ich eigentlich vorbeikommen?«

Ich will das Thema schleunigst beenden. Und es gelingt mir.

FOUR

Rick

Ungeduldig wechsele ich von einem Fuß auf den anderen. Es ist arschkalt und wir stehen bereits seit dreißig Minuten am vereinbarten Treffpunkt. Eine Stunde früher als geplant. Rafe wollte das Gelände, welches die Kanadier uns als Treffpunkt vorgeschlagen haben, überprüfen. Ein altes Fabrikgelände außerhalb der Stadt. Hier sagen sich höchstens noch Fuchs und Igel gute Nacht. In den letzten zwei Tagen ist meine Laune rapide gesunken, denn Helena geht mir beharrlich aus dem Weg. Jeder Blick in meine Richtung wird konsequent vermieden und sie achtet stets darauf, nicht mit mir allein sein zu müssen. Immerzu schwirren Skye oder Liv um sie herum.

Aus der Kutte fische ich meine Kippen und fluche einmal mehr auf das Wetter. Warum zum Teufel kommt es dieses Jahr nur so dick! Ich musste Schritttempo fahren, um nicht mit dem Bike im Straßengraben zu landen. Eine verfickte Scheiße ist das. Doch den Van nehmen … *no fucking way!* Biker fahren keine beschissenen Autos.

»Jetzt, da wir allein sind. Was sollte das mit Raider?« Rafe steht an seiner Maschine gelehnt und wartet auf meine Begründung.

»Hatte nen schlechten Tag und Devon hat meinen Kaffee geklaut«, erkläre ich achselzuckend.

»Es hatte nicht zufällig etwas mit unserer Neuen zu tun?«

Doch! Hat es, denn ich ficke sie seit drei Wochen und denke nur noch daran, ihr mein Leder überzuziehen, damit ihr alle mich am Arsch lecken könnt. Sagen tue ich ihm das natürlich nicht.

»Nope, ist mir zu artig die Kleine.«

»Hmm. Dann ist ja gut.«

Ich nicke, zufrieden, dass er das Thema ruhen lässt und wir uns auf den Deal konzentrieren können. Mit den Ahornblättern führen wir erst seit kurzem Geschäfte. Bisher haben sie sich fair und äußerst loyal verhalten. Dennoch will ich kein Risiko eingehen. Wir sind zu lange im Business, als dass ich jetzt unvorsichtig werde.

Endlich taucht der Van auf.

Dankbar, nun der Langeweile zu entkommen, richte ich mich auf.

Direkt vor uns stoppt der schwarze Wagen. Sofort steigen zwei Männer aus, ehe sie die Hintertüren öffnen.

»Jacques«, begrüßt ihn Rafe knapp.

»Schön, dass es so schnell geklappt hat. Die Ware ist im Transporter.«

Rafe nickt mir zu, dass ich zum zweiten Auto gehen soll, das ebenfalls auf dem Gelände steht. Der Typ des Kanadiers öffnet die Ladefläche, damit ich einen Blick in die Kisten werfen kann. Seelenruhig öffne ich die Erste und schaue mir die Uzis an, die wir auf Wunsch eines Kunden beschaffen sollten. Routiniert baue ich eine davon zusammen und teste sie kurzerhand. Laut hallen die Schüsse über das Gelände und stoppen die quälende Ruhe um mich herum.

»Alles klar, Präs«, sage ich zufrieden und winke unseren Prospect heran, der die Scheiße verladen soll, während sich Rafe um die Bezahlung kümmert. Der Deal spielt uns zwanzig Prozent ein. Eine ordentliche Summe.

Kiste für Kiste sehe ich mir die Lieferung an, ehe sie zu Mini wandert. Das Ahornblättchen hat Wort gehalten und meine Zweifel zerstreut.

»Immer wieder schön, Geschäfte mit dir zu machen«, verabschiedet sich Rafe. Wir sehen noch zu, bis die Kanadier verschwinden, ehe wir uns auf unsere Maschinen schwingen. Dank des derben Schneefalls ist mein Sitz voller Schnee. Die Pulvermasse weicht auf Höhe meines Schritts und dringt durch die Jeans. Wieder fluche ich, was Rafe zum Lachen bringt.

»Wisch den Schnee das nächste Mal vorher ab.«

Mehr als meinen netten Mittelfinger zeige ich ihm zur Antwort nicht.

Jetzt, da der Deal über die Bühne gegangen ist, denke ich wieder an Helena. Morgen ist diese beschissene Feier und ich habe keine Möglichkeit gefunden, die Kleine davon abzubringen, an der Bar zu arbeiten.

»Ich muss noch was erledigen«, sage ich knapp an Rafe gerichtet.

»Bei dem Wetter? Alter bist du durch?«

»Ist wichtig, Präs. Morgen komme ich nicht dazu.«

Er zieht die Schultern nach oben und fährt allein voran. Einen Moment warte ich noch, bis er außer Sichtweite ist, ehe ich ebenfalls meine Maschine starte. Helena wohnt in einer kleinen Siedlung von Bridgewater und genau die ist mein Ziel. Wenn sie im Club nicht mit mir sprechen wollte, dann eben so.

Vorsichtig fahre ich durch die kleine Stadt und achte penibel darauf, nicht wegzurutschen. Ich hasse Schnee und den Winter noch dazu. Das ist nichts für mich und schon lange nichts für mein Bike.

Da ich auf eine Montur verzichtet habe, dringt der Schnee durch das Shirt und auch meine Jeans ist inzwischen vollkommen durchnässt. Der eisige Wind sticht wie kleine Nadeln auf der Haut. Eine willkommene Abwechselung zu dem Gewitter in meinem Hirn.

Das mit uns kann nicht gutgehen. Ich bin kein Mann für diese Pärchenscheiße. Ja, bei Raider, Rafe und Devon scheint das ganz gut zu funktionieren aber bei mir? Mein halbes Leben war ich ein Einzelkämpfer und musste mich nur um die Belange des Clubs kümmern. Eine Old Lady ist eine ganz andere Hausnummer. Für uns Biker bedeutet die Kutte und das darauf befindliche *Property of* mehr, als ein Eheversprechen.
Helena ist ein gutes Mädchen, mit dem mich nicht nur der Sex verbindet. Ich mag es, mit ihr zu reden, was bisher so nie vorgekommen ist. Sie ist frech und scheut sich nicht, mir die Stirn zu bieten. Reicht das aus, um sie für mich zu beanspruchen? Fakt ist, seit ich sie ficke, verspüre ich keinen Drang mehr danach, eine andere Frau zu wollen. Helena gibt mir Frieden und tiefe Ruhe, die ich so noch nie vorher empfunden habe. Ich will sie beschützen und ja, ich ertappe mich immer mehr dabei, wie geil mein Leder an ihr aussehen würde. *Holy crab!* Diese Weicheinummer meiner Brüder färbt immer mehr auf mich ab.

Sie verrichten ihre Arbeit, kümmern sich um den Club und sobald die Dunkelheit hereinbricht, krabbeln sie ins Bett ihrer Ladys. Doch das kann einfach nichts für mich sein.

Ich erreiche das Wohnhaus, in dem Helena lebt. Als Sergeant at Arms war es meine Aufgabe, sie zu durchleuchten, ehe Rafe sie eingestellt hat. Helenas

Eltern sind kurz nach ihrer Ausbildung an Krebs gestorben. Sie hat noch einen Bruder, der aber nicht mehr hier lebt. Skye und sie sind gemeinsam zur Schule gegangen. Ansonsten hat sie sich mit Gelegenheitsjob durchgebracht. Wenn sie meine Lady wäre, dann müsste sie nicht mehr arbeiten. An meiner Seite bräuchte sie sich keinerlei Gedanken um das morgen machen.

Ich parke das Bike, steige ab und gehe direkt auf den Eingang zu. Keine Ahnung, ob das heute meine beste Idee war.

FIVE

Helena

Ich sollte dringend schlafen, doch die Aufregung aufgrund der Party morgen hält mich davon ab. Vielleicht auch der Sex, den ich in den letzten zwei Tagen nicht hatte. Ich musste Rick aus dem Weg gehen. Was er getan hat, hat mir deutlich vor Augen geführt, wie falsch das mit uns ist. Aus diesem Grund habe ich es beendet. Na ja, für mich, denn außer Rick aus dem Weg zu gehen, habe ich nichts gesagt oder getan. Ich weiß, wie das zwischen uns läuft. Sobald der Rocker mich berührt, bin ich hoffnungslos verloren. Er übt Macht über mich aus und weiß genau, welche Köpfe er drücken muss. Ungeachtet all der Stimmen in meinem Kopf habe ich Gefühle für ihn entwickelt. Ständig ertappe ich mich dabei, wie toll es wäre, wenn ich fest an seiner Seite stehen könnte.

Ehrlich, ich gehöre nicht zu den Groupies, die sich nichts sehnlicher wünschen als ein Ladyleder. Das war nie meine Absicht. Wirklich nicht. Ich wollte Sex ... Ach verdammt.

Mit der Packung Eis setze ich mich auf das Sofa und schalte den Fernseher ein. Vorhin habe ich mir schon eine Flasche Wein genehmigt, anschließend Schokolade und Chips. Das Eis ist die letzte Möglichkeit, die Beklemmung in mir zu lösen.

Mein Wohnzimmer gleicht einem Schlachtfeld. Wäre Skye jetzt hier, wüsste sie sofort, was los ist. In diesem Punkt sind wir Frauen alle gleich gestrickt. Ob ich ihr etwas von Rick hätte sagen sollen? Keine gute Idee, oder?

Es klingelt an der Tür und ich seufze. Die Uhr zeigt halb zwölf an. Mit Sicherheit ist es wieder die Nachbarin von unten oder aber der Student über mir, der seinen Schlüssen vergessen hat. Ohne nachzufragen, betätige ich den Türsummer und will zurück aufs Sofa. Doch daraus wird nichts, denn es klopft gegen die Eingangstür. Also doch Frau Meyer von unten. Was sie so spät noch wollen könnte?

Nur in Hotpants und knappen Top bekleidet reiße ich die Tür auf. »Wie kann ich Ihnen dieses Mal helfen, Frau ...?« Ich stoppe und weiche instinktiv zurück.

Groß, bedrohlich und mit schneebedeckten Haaren steht Rick vor mir. Seine Klamotten sind durchnässt und einzelne Tropfen landen auf dem Boden. Er sieht wirklich ... sexy aus. *Himmel hilf!* Ist er meinetwegen durch den Schneesturm gefahren? Mein Hirn will das alles gar nicht so schnell begreifen.

»Was willst du hier?«, ringe ich mir atemlos ab. Es klingt viel schärfer, als ich es beabsichtigt habe.

»Darf ich reinkommen oder lässt du mich im Flur stehen?« Sein Blick schweift kurz über meinen halbnackten Körper und ich sehe ihm an, wie sehr er um Beherrschung kämpft.

»Schuhe aus. Ich gehe nur schnell ins Bad und hole dir ein Handtuch.«

Holy crab! Das ist mein Todesstoß. Mit Sicherheit! Im Badezimmer angekommen, schließe ich die Augen und atme tief durch. Ich bekomme das hin. Nur nicht vergessen, dass das zwischen uns nicht gut ist. Das führt lediglich zu einem gebrochenen Herzen, Helena und das brauchst du nicht.

Schnell schnappe ich meinen Bademantel und ein Handtuch für ihn, um anschließend ins Wohnzimmer zurückzueilen.

Im Türrahmen bleibe ich stehen und kann gerade noch sehen, wie er aus der Jeans steigt. Rick ist, bis auf die Unterhose, vollkommen nackt.

»Hier ist das Handtuch. Ich werde deine Klamotten schnell auf die Heizung legen, damit sie trocknen können.« Weg, ich will nur noch weg und seiner Nähe entkommen. Welche Frau würde bei seinem Anblick nicht Amok laufen? Schwarze Tinte soweit das Auge reicht. Rick ist ein wahres Kunstwerk, nicht nur von den Tattoos. Sein Körper ist definiert und unglaublich sexy. Bisher habe ich noch nie einen Mann gesehen, der so unglaublich anbetungswürdig aussieht. Gut, im Fernsehen vielleicht.

Ich lenke mich mit den Klamotten ab und stopfe sie mit zitternden Fingern über den Heizkörper. Meine Gedanken müssen sich erst ordnen, bevor ich ihn wieder ansehen kann.

»Wir müssen reden«, sagt er scharf und nimmt mir das Zepter aus der Hand.

Langsam drehe ich mich zu ihm um. »Und worüber? Es ist mitten in der Nacht und du stehst einfach vor meiner Tür.« Mal abgesehen davon, woher wusste ... ja schon klar! Als Sergeant at Arms hat er mich durchleuchtet. Es gibt nichts, was der Mann vor mir nicht über mich weiß.

»Warum weichst du mir aus?« Knallhart bringt er auf den Punkt, weshalb er hier ist.

»Dass mit uns muss aufhören. Ich will den Job nicht verlieren und nachdem du Raider geschlagen hast. Na ja, Rick, es war ein Weckruf. Frauen wie ich zerbrechen einfach an Männern wie dir.« Letzteres wollte ich nicht sagen – aber ich musste. Das bin ich mir selbst schuldig.

»Ich bin süchtig nach dir, Helena. Die letzten zwei Tage waren die pure Folter für mich. Dich zu sehen und dich nicht haben zu können, bringt mich um den Verstand.«

Kopfschüttelnd versuche ich, die Worte an mir abprallen zu lassen. Er wird mich zerbrechen, sodass ich niemals wieder einen Funken Licht in mein Leben lassen kann.

»Mach es uns beiden nicht schwerer, als es ist. Wir haben von Anfang an gesagt, dass wir nur Sex wollen. Keine Verpflichtungen ... rein gar nichts.«

Jedes Wort erstickt die Schmetterlinge in meinem Bauch. Der Schmerz pocht in meiner Brust und am liebsten würde ich einfach nachgeben. Die Einsamkeit tauschen, die er mit der Beendigung unserer Affäre hinterlässt, gegen den Todesstoß, dass er niemals Empfinden wird wie ich.

»Ist das wirklich dein letztes Wort? Du weißt, ich würde dich niemals zu etwas zwingen. Ich bin hier, um dir zu zeigen, dass ich das zwischen uns nicht aufgeben will.«

Ja, den Sex, Rick ... den Sex. Aber verdammt, ich will so viel mehr. Ich will mich an seine Brust werfen, mich beschützt fühlen. Wenn es mir schlecht geht, möchte ich an seiner Seite meine Tränen trocken. Ich will Sex mit ihm, ohne dass er noch unzählige Nutten fickt. Mehr – einfach mehr.

»Ja«, bringe ich zitternd zustande. Die zwei kleinen Buchstaben reißen mir förmlich den Boden unter den Füßen weg. Mir ist bewusst, was ich soeben getan habe. Rick wird mit dem heutigen Abend mein Leben verlassen. Na ja, auf der Arbeit werden wir noch miteinander zu tun haben. So wie ich ihn kenne, wird er sich an sein Wort halten und mich ziehen lassen. Die Black Revenge mögen Killer, Bordellbesitzer und gnadenlose Geschäftsmänner sein - aber Frauen und

Kinder sind tabu. Er wird mir nichts tun. Er wird sich mir nicht einmal aufzwängen. Das weiß ich einfach. Ein Teil von mir wünscht sich dennoch, dass er auf mich zukommt und mich davon überzeugt, dass ich gerade einen riesigen Fehler begehe. Schon wieder!

SIX

Rick

Sag es ihr einfach. Sprich die sechs Worte aus und mach sie zu deiner Lady. Kein Versteckspiel mehr. Doch dafür alles, was ich nicht will. Helena würde mich unweigerlich an die Leine legen und dafür bin ich nicht der Typ.

»Okay, ich habs kapiert«, sage ich, obwohl mir ganz andere Worte auf der Zunge liegen.

Helena scheint enttäuscht, was mir der Blick aus ihren blauen Augen verrät. Ich kann einfach nicht über meinen Schatten springen.

Aus diesem Grund gehe ich auch an die Heizung, an der sie eben noch meine Sache aufgereiht hat, und fange an, mich wieder anzuziehen.

»Ich habe von meinem Bruder noch Klamotten hier«, sagt sie und verschwindet im Schlafzimmer. »Zieh dir wenigstens trockene Klamotten an, Rick.«

Von ihr unbemerkt, bin ich an ihre Seite getreten. Ihr Duft nach Kirschen steigt mir sofort in die Nase und setzt meine Synapsen für einen Augenblick lahm. Genug, um Helena im Nacken zu packen, sie an mich zu ziehen und meine Lippen auf ihren Mund zu pressen. Ich bin ein Arsch und einmal mehr zeige ich das auch. Helena wehrt sich nicht, kommt mir sogar willig entgegen. Ihre Hände schieben sich in meinen Nacken und vergraben sich in meinem Haar.

Sprich es endlich aus, fordert mein Verstand unentwegt. Sie kann dir allein gehören. Du brauchst keine Nutten und sie kein Versteckspiel mehr. Ich tue es nicht, verbeiße mich stattdessen an ihrer Unterlippe.

Stürmisch öffne ich den Gürtel ihres Bademantels und schiebe ihn von den Schultern. Mein Hirn registriert jeden Fehler, den ich begehe, doch ich kann nicht darauf hören. Ich will Helena. Alles von ihr.

Grob hebe ich sie auf meine Hüften, presse sie gegen die Schranktür und verliere mich erneut an ihren sinnlichen Lippen. Unser Kuss ist gierig und voller Leidenschaft. Keiner will ihn beenden. Niemand nachgeben. Wäre ich ein guter Mann, würde ich zu ihr auf Abstand gehen. Ihre Worte waren klar und dennoch stelle ich meine Sucht nach ihr darüber.

Ich kann das beenden, mit sechs Worten. Allerdings tue ich es nicht. Weiterhin nehme ich alles, was sie bereitwillig gibt, ohne an die Konsequenzen zu denken. Ihre Mitte reibt über meine Erektion, entlockt mir ein gequältes Knurren.

»Fick mich, Rocker.« Klar und deutlich habe ich ihre Worte vernommen und selbst die Sehnsucht daraus gehört. Wenn ich jetzt mit ihr schlafe, dann zerbreche ich Helena endgültig.

Mit letzter Selbstbeherrschung stelle ich sie auf die Beine zurück. »Es tut mir leid, Baby.«

Ich eile ins Wohnzimmer zurück und schlüpfe in den Rest meiner Klamotten. Helena beobachtet es stoisch und kämpft mit den Tränen. Ich ahne, warum es so ist, denn es geht mir nicht anders. In den letzten Wochen ist etwas zwischen uns passiert. Sie würde nie aussprechen, wonach sie sich in Wirklichkeit sehnt und ich nicht zugeben, wie gern ich ihrem Wunsch nachgeben will. Ich bin ein Black Revenge und nicht gut genug für ein Mädchen wie sie. Eine Frau wie Helena gehört in eine schicke Vorstadtvilla. Sie braucht einen Mann, der ihr jeden Wunsch von den Augen abliest und sie auf Händen trägt. Was kann ich ihr schon bieten? Ein Leben, gefangen innerhalb der Clubmauern. Ständige Angst, dass ich nicht mehr von einem Auftrag zurückkehre oder auf offener Straße erschossen werde. Gut, die letzten Monate waren verdammt ruhig und es gab kaum Zwischenfälle, dennoch. Ich lebe gefährlich und würde sie unweigerlich dieser Gefahr aussetzen.

»Wirst du mich jetzt ignorieren?« Helena zittert und sieht mich aus glasigen Augen an.

»Nein, aber vielleicht sollten wir uns ein paar Tage aus dem Weg gehen.«

Ich schnappe mir meine Lederjacke und ziehe sie über. Die ganze Zeit über, beobachtet mich Helena.

»Ich mache mich zurück in den Club. Falls du morgen eine Fahrgelegenheit brauchst, dann lass es Rafe wissen. Du solltest nicht bei dem Wetter allein durch die Gegend laufen.«

Ohne ihre Antwort abzuwarten, stürme ich aus der Wohnung. Ich muss dringend hier weg.

An meinem Bike angekommen, beherzige ich Rafes Rat und schiebe den Schnee herunter.

Das Arschloch in mir übernimmt wieder ganz die Vorherrschaft. Helena wird konsequent in den hintersten Winkel meiner Gedanken geschoben. Es ist besser so.

Mit einem kräftigen Tritt starte ich die Maschine und düse zurück in den Club.

Vielleicht lenkt mich der Stress um die Party ein wenig von den anderen Problemen ab. Ich hasse es, wenn Rafe es krachen lässt. Immerzu gibt es Probleme und Streitigkeiten, die an mir hängen bleiben. Außerdem gefällt es mir immer noch nicht, dass ausgerechnet Helena an der Bar stehen wird. Gut, Brina, eine der Clubbitches wird ihr helfen, aber dennoch.

Am Club angekommen, öffnet Mini das Tor, sodass ich passieren kann. Meine Maschine parke ich in der Garage. Es ist ruhig und nur einige wenige Member stehen draußen.

»Na. Hast du deine Tour genossen?« Jules steht am Rand, die Kippe im Mund und deutet auf meine nassen Klamotten.

»Mag sein«, antworte ich lediglich. Mir steht nicht der Sinn nach einem Gespräch.

»Was ist los mit dir? Du wirkst ruhelos. Springt das Pussyfieber langsam auf dich über?«

Genervt rolle ich mit den Augen. »Nein, wie kommst du darauf?«

»Wir kennen uns schon so lange und du hast in den letzten Wochen nicht eine Nutte angerührt, die sich dir an den Hals geworfen hat.«

Boah. Als ob das ein Kriterium dafür ist, ob es mir gut geht oder nicht.

»Keinen Bock auf abgeranzte Muschis. Das ist alles.«

»Oder liegt es an der Neuen?« Erst Rafe, dann er ... meine Fresse.

»Nein, warum sollte es? Oder ist es verboten, einfach mal nett zu sein und sich zu unterhalten? Nicht immer muss es gleich ums Ficken gehen, weil sich ein Mann und eine Frau gut verstehen.« Zu dumm nur, dass genau das zwischen uns gelaufen ist.

»Aber es ist der Beginn dafür, dass sich die Schlinge enger um dich legt. Helena ist ein gutes Mädchen und falls du Interesse an der Kleinen hast, dann solltest du über den anständigen Weg nachdenken. Übrigens wartet Emma in deinem Büro.«

»Emma? Die Bitch aus dem 40-6-6?«, hake ich nach. Wir hatten für eine längere Zeit eine, nennen wir es, geschäftliche Verbindung.

»Jupp.«

Natürlich, warum sollte der Abend nicht so beschissen weitergehen, wie er gerade in Helenas Wohnung aufgehört hat. »Ich kläre das. Danke, Bro.«

Wütend stapfe ich ins Clubhaus, direkt in mein Büro. Ich bin schon gespannt, was die kleine Nutte von mir will.

SEVEN

Helena

Zuerst habe ich meinen Tränen freien Lauf gelassen, anschließend habe ich mich mit Süßigkeiten vollgestopft und bin schließlich auf der Couch eingeschlafen.

Für einen Moment habe ich wirklich überlegt, mir das Geld für den Job entgehen zu lassen. Ich will Rick nicht sehen. Das kann ich einfach nicht. In ein paar Tagen mag die Welt schon wieder anders aussehen, aber nach letzter Nacht fühle ich mich dem nicht gewachsen.

Mini, der Prospect der Black Revenge, hat mich vor wenigen Minuten abgeholt und bringt mich zum Club. Bevor die Party losgeht, muss ich mit Brina noch einiges vorbereiten. Ehrlich gesagt habe ich keine Lust darauf, doch Rafe hat mir tausend Dollar dafür geboten, wenn ich mich in Schale werfe und die Jungs versorge. Ich brauche jeden Cent, damit ich wieder auf die Beine komme. Genau deshalb habe ich zugestimmt und auch den Schmerz bezwungen, der mich seit letzter Nacht gefangen hält.

Mini hält erst am Clubhaus. Und wie sollte es anders sein, steht niemand geringerer als Rick vor dem Eingang. Ich streife den Minirock glatt und ziehe die Overknees nach oben.

Mit gestrafften Schultern öffne ich die Tür und schlüpfe hinaus. »Danke Mini. Das war sehr aufmerksam von dir«, lasse ich ihn wissen. Ich zittere leicht, was ich vor Rick zu verbergen versuche.

Sein Blick erfasst mich sofort und was ich entdecke, jagt mir einen Schauer über den Rücken. Mein Outfit gefällt ihm überhaupt nicht. Der knappe Minilederrock reicht kaum über meinen Hintern. Wenn ich mich bücke, würde jeder sofort den roten String entdecken, den ich darunter trage. Ich habe mich für ein Schnürtop entschieden, welches vorn eng anliegt und meine Brüste in Szene setzt. Hinten ist es frei und mein Rücken wird nur durch die Bänder umschlossen. Die Haare habe ich nach oben gebunden, sodass nur wenige Strähnen auf meinen freien Nacken fallen. »Bist du vollkommen bescheuert?«, herrscht er mich an, als ich die Tür passieren will.

»Rafe meinte, ich soll mir etwas Nettes anziehen. Hab ich getan. Also reg dich ab.«

Ihn ignorierend, gehe ich hinein. Für Rick scheint das Gespräch jedoch keinesfalls vorbei. Ungeachtet seiner Brüder zieht er mich hinter sicher her.

»Warte kurz, lass mich nur eben die Jacke und die Handtasche in die Kammer bringen.«

Alle Blicke sind auf uns gerichtet. Na super, damit kann ich Skye auch nicht länger ausweichen. Ganz Klasse! Ich wusste, das mit Rick wird ein Himmelfahrtskommando.

»Hast du gleich einen Moment für mich, Rick?« Ruft ihm eine hübsche Blondine hinterher, die ich vorher noch nie gesehen habe.

»Jetzt nicht, Emma«, brüllt er sie an, woraufhin wir beide zusammenzucken.

Rick führt mich in den Keller und lehnt die Tür hinter sich an, ehe er mich ansieht. Ich erkenne sofort die Wut, die sich in seinem Blick spiegelt.

»Was soll das werden, Baby?« Er deutet auf meine Klamotten.

»Ich arbeite, Rick. Rafe hat mich höflich darum gebeten und ich sehe keinen Grund dafür, dass du dich künstlich aufregst.«

Mit zwei großen Schritten ist er bei mir, packt mein Kinn und stößt mich gegen die nächste Wand.

»Andere Männer dürfen aber nicht sehen, was mir gehört.«

»Falsch, denn ich gehöre dir nicht, Rick. Wir mögen ein paar Mal miteinander geschlafen haben, doch das ist seit letzter Nacht vorbei. Lass mich los.«

Er schnaubt vor Wut. Alles nur wegen ein paar freizügiger Klamotten?

»Ich besorge dir etwas anderes, Helena. So wirst du den ganzen Abend nur für Aufsehen sorgen und meine Arbeit behindern.«

Jedes seiner Worte versetzt mir einen Stich.

»Nein. Ich werde jetzt nach oben gehen und du beruhigst dich wieder. Es sind nur alberne Klamotten.«

Es gelingt mir, mich von ihm loszueisen. Die Chance nutze ich natürlich, um zu verschwinden.

Sofern es mit den Absätzen machbar ist, renne ich nach oben.

»Heilige Scheiße«, entfährt es mir, nachdem ich Skye entdecke, die etwas abseits steht.

»Sag mir, was los ist, Lena! Was läuft zwischen Rick und dir?«

»Nichts. Was soll das? Erst macht er mich an, dass ich Rafes Worte zu deutlich genommen habe, er wegen mir nur Ärger vermutet, und nun kommst du. Meine Güte.«

Sie hebt entschuldigend die Hände und zieht mich in eine Umarmung. »Sorry Süße. Ich will einfach nur nicht, dass man dir wehtut.«

Das hat er schon, doch das behalte ich für mich. »Es ist alles gut. Du weißt doch selbst, dass er momentan absolut launisch ist. Heute bin ich dran. Er baut seinen Frust ab.«

Skye glaubt mir Gott sei Dank und spricht nicht weiter über den Rocker.

»Hast du Lust, mit den Mädels und mir noch etwas zu trinken, bevor der Stress anfängt? Brina kommt sicher auch einen Moment ohne dich klar.«

Ich nicke, dankbar über die kleine Abwechslung und folge ihr in die Küche.

»Da waren es schon vier.«

Fragend ziehe ich die Augenbraue nach oben in Livs Richtung. Raiders Frau mag ich am liebsten, wobei Mary auch echt in Ordnung ist.

»Was meinst du?«, will ich von ihr wissen.

»Na ja, Lady Nummero vier.«

»Niemals. Wie kommst du darauf?« Das meinte ich. Frauen sehen die Dinge einfach mit anderen Augen.

»Weil wir nicht blöd sind, Helena. Unser Sergeant at Arms dreht allmählich deinetwegen durch. Wenn er dich nicht bald in sein Bett kriegt, wird er vermutlich wirklich demnächst jemanden die Nase brechen.«

Bitte? »Das war mit Sicherheit nicht der Grund dafür.« Schlagartig landen die Hände auf meinem Mund, während ich die Augen aufreiße und mir bewusst wird, was ich eben preisgegeben habe.

»Erwischt. Wir wollen alles wissen.«

Skye, die mich genau mustert, greift nach der Sektflasche und schenkt vier Gläser ein.

»Es gibt nichts zu wissen«, starte ich den letzten vergeblichen Versuch.

»Hör zu, Süße. Wir können dir helfen, damit dir der Fisch endlich ins Netz geht. Schieß endlich los.«

Seufzend lasse ich mich auf den freien Stuhl sinken und schaue durch die Runde. Keine der anwesenden Frauen sieht mich missbilligend an. Auch meine Freundin Skye nicht.

»Rick hat mir an meinem ersten Tag alles erklärt und mir die Schlüssel gegeben, die ich für die Zimmer brauchte. Wir sind alles gemeinsam durchgegangen und haben uns gut verstanden. Nachdem wir damit durch waren, hat er mich in den Keller geführt und mir auch dort alles gezeigt. Keine Ahnung, das hat sich alles einfach verselbstständigt. In den letzten drei Wochen haben wir uns immer wieder im Keller getroffen und ... Ach ist auch egal. Nachdem was mit Raider passiert ist, habe ich das beendet. Ich wollte nie, dass Rick dermaßen ausflippt, nur weil sein Bruder einen blöden Witz gemacht hat.«

Mary hebt kurz die Hand. »Ich hab gewonnen. Also her mit der Kohle.«

Verwirrt sehe ich die drei an und schüttele nur den Kopf.

»So und nun zu dir. Es wird Zeit, dass Rick den Hintern hochbekommt und dich zu seiner Lady macht.«

EIGHT

Rick

Seit zwei Stunden reißt der Strom nicht ab. Immer mehr Leute strömen hinein in den Club. Biker, Nutten und Außenstehende.

Helena habe ich seit vorhin nicht mehr gesehen und ich kann nur hoffen, dass sie keiner anrührt. In ihrem Outfit lädt sie die Spinner ja förmlich dazu ein, sie zu begrabschen.

»Kümmer du dich kurz hier draußen um alles«, sage ich an Jules gewandt. »Ich werde drinnen nach dem Rechten sehen.«

Ja, es ist die Sorge um Helena, die mich überwiegend nach drinnen zieht. Meine Brüder werden schon selbst auf ihre Ladys achten und der Rest interessiert mich nicht wirklich.

Kaum, dass ich die Tür geöffnet habe, schlagen mir die Wärme und der Geruch von Schweiß entgegen. Es ist laut und kaum ein Durchkommen möglich.

Helena steht an der Bar und hat gut zu tun. Ich kämpfe mich bis zur Theke durch. Wie sehr ich diesen Zirkus hasse. Ich kann nicht verstehen, warum wir uns das immer wieder antun. Wir sind niemanden etwas schuldig und dennoch besteht Rafe darauf. Freundschaft und ein gutes Miteinander, dass ich nicht lache.

»Na, Süßer.« Emma! Leider habe ich sie nicht sofort erkannt. Ansonsten hätte ich mich weiter vorn an den Tresen gedrängt.

»Was willst du?« Ihre Finger spielen an meiner Kutte, während sie mich von unten herauf ansieht. Nach unserem Gespräch letzte Nacht habe ich eigentlich gedacht, dass Thema wäre beendet. Ich ignoriere sie, als Helena in Rufweite kommt. »Machst du mir ein Bier, Baby?«

Sie sieht kurz auf, wechselt zwischen Emma und mir hin und her, ehe sie nickt.

»Willst du es dir nicht nochmal überlegen? Es war doch eigentlich ganz nett mit uns.« Grob packe ich ihre Hand und ziehe sie zu mir.

»Ich habe unserem Gespräch von gestern nichts hinzuzufügen.«

Helena stellt mir das Bier hin und verschwindet wieder.

Mit der Flasche in der Hand bewege ich mich durch die Massen, bis zum Tisch von Raider und Rafe. Devon kann ich nirgends erkennen. Wahrscheinlich steckt er wieder bis zu den Eiern in seiner Lady.

»Sag mir bitte, dass es das letzte Mal ist. Ich will mir diesen Scheiß nicht mehr geben, Bro.« Ich ziehe mir den freien Stuhl heran, ehe ich mich darauf sinken lasse.

»Nein, du widmest dich ja lieber anderem Scheiß!« Fragend sehe ich ihn an.

»Nach dem Abend werde ich Helena entlassen und du weißt auch, warum.«

Shit. Ich atme mehrmals scharf ein und aus, bevor ich zu einer Antwort ansetze. »Was meinst du, Präs? Bisher hat sie einen guten Job gemacht.«

»Ja, bis du sie gevögelt hast. War ich nicht deutlich damit, dass von Angestellten die Finger gelassen werden? Du hast sogar Raider eine verpasst und obendrein ihrem alten Chef die Finger gebrochen. Soll ich noch mehr Beispiele bringen?«

Ich schüttele den Kopf. »Bestraf sie nicht dafür, okay? Helena braucht den Job. Ich hab das im Griff und es ist ohnehin vorbei.«

Nun ist es an ihm, den Kopf zu schütteln. »Nein, sie hat die Regeln gebrochen. Und von dir hätte ich das ehrlich gesagt nicht erwartet!«

Scheiße. Heute scheint wirklich alles gegen den Baum zu fahren. Über die Schulter sehe ich zu Helena, die mit einem Tablett beladen zu den Tischen gehen will.

»Willst du mir vielleicht noch irgendwas zu dem Mädchen sagen?«

Wieder sehe ich zurück zu Helena, die sich schwertut. Sie passt nicht hierher. Ein Mädchen wie sie hat in der Hölle nichts zu suchen.

»Nein, Präs, das habe ich nicht. Ich gehe wieder nach draußen.«

»Warum ziehst du ihr das Leder nicht an?«

Schnaufend bleibe ich stehen, doch meine Augen ruhen auf ihr. »Ich bin nicht für die Ladynummer geschaffen. Wir hatten Sex, sie hat es gestern beendet und damit ist die Sache für mich erledigt.«

Rafe setzt zu einer Antwort an, die jedoch im Tumult erstickt wird. Plötzlich kommt Bewegung in die Menschenmasse. Eigentlich wie immer. Blöd nur, dass ausgerechnet Helena in den Fokus geraten ist. Irgendein Vollidiot hat sie auf seinen Schoß gezogen und ihr das Bier abgenommen. Max unser Secretary will bereits dazwischen, doch er hat Mühe, sich gegen die anderen zwei Kerle zu behaupten.

In mir tobt ein gewaltiger Hurrikan. Die Bierpulle landet lautstark auf dem Tisch, während ich die Leute einfach nur beiseiteschiebe.

Kaum, dass ich den Wichser erreicht habe, landet meine Faust krachend in seinem Gesicht. Beim zweiten Atemzug habe ich Helena gepackt und sie an Max Brust gedrückt.

»Es sind genügend Nutten anwesend«, brülle ich über den Lärm hinweg. »Raus hier.«

»Oh man, sie sah doch auch aus, wie eine von denen«, versucht er sich zu entschuldigen. Sofort landet meine Faust wieder in seinem Gesicht. »Meine Lady ist keine von den billigen Nutten«, knurre ich, während ich ihm immer wieder meine Faust in die Visage ramme. Er wehrt sich nicht dagegen.

Nur Rafe und Raider ist es zu verdanken, dass ich ihn nicht zu Tode prügele.

Mit geballten Händen starre ich meine Brüder an, bis ich zu Helena sehe. Tränen glitzern in ihren Augen und beruhigen den Aufruhr in mir. Mit zwei Schritten bin ich bei ihr und hab sie in meine Arme gezogen.

»Ich bringe dich nach Hause.« Für mich ist der Abend mehr als gelaufen und für Helena allemal.

»Das musst du nicht. Ich rufe mir ein Taxi.« Kurzerhand stemmt sie sich gegen mich und geht durch die Menge, zur Abstellkammer.

»Mit einem Ladyleder wäre das nicht passiert«, lässt mich Raider unnötigerweise wissen.

»Sag mir nicht, was ich tun soll, okay?«

Angepisst stapfe ich wieder nach draußen, ziehe sofort meine Schachtel Kippen aus der Kutte und zünde sie an. Jules beobachtet mich stur, sagt jedoch kein Wort.

Erst als Helena nach draußen tritt, nehme ich meine Umwelt wieder wahr.

»Ich bringe dich nach Hause«, sage ich noch einmal.

Ihr Make-up ist verwischt und Tränen laufen über ihre Wange.

»Für heute hast du genug getan, Rick. Ich rufe mir gleich ein Taxi.«

Schnurrstraks geht sie an Jules vorbei.

»Lass sie nicht so gehen, Rick.«

»Du weißt es also auch schon, ja? Warum denkt eigentlich jeder, er könnte für mich eine Entscheidung treffen?«

Auch ihn lasse ich links liegen, wie meine anderen Brüder zuvor. Zielstrebig gehe ich vorn ans Tor, wo sich Helena von Mini ein Taxi rufen lässt. Ich lehne lässig gegen das massive Stahltor und warte. Zwar darf ich sie nicht nach Hause bringen, aber ich werde wenigstens warten, bis sie sicher im Taxi sitzt.

NINE

Helena

Zwei Wochen sind seit dem Vorfall im Club vergangen. Zeit, in der ich es einfach nicht geschafft habe, aus meinem Tief zu entfliehen. Ich bin meinen Job los und somit auch meine Wohnung. *Shit Happens.*

Die Kündigung liegt seit gestern auf meinem Tisch. Woher soll ich auch die Kohle aufbringen, um weiterhin die Miete zahlen zu können? Auf die tausend Dollar habe ich verzichtet. Schön blöd, ich weiß. Aber irgendwie brauchte ich einen Abschluss mit den Black Revenge.

Auch die Anrufe von Skye ignoriere ich seither stoisch. Ich hätte ihrem Plan nicht zustimmen dürfen. Sie wollte Rafe davon erzählen, damit er den richtigen Druck auf Rick ausübt. Erst jetzt kapiere ich, wie dumm das in Wirklichkeit war.

Seit einer Stunde habe ich angefangen, die ersten Kisten zu packen. Die Möbel gehören ohnehin dem Vermieter und die paar wenigen Sachen sind schnell verstaut. Vorerst werde ich zu meinem Bruder nach Washington ziehen. Neue Stadt – neues Glück und keine Black Revenge. Vermutlich ist es besser so.

Morgen wird Jack mich abholen und ich kann das Kapitel Bridgewater endlich hinter mir lassen.

Als es an der Tür klingelt, will ich es zuerst ignorieren, entscheide mich dann doch dagegen. Vermutlich mal wieder meine nervigen Nachbarn, so wie immer.

Sehr zu meiner Überraschung ist es allerdings Skye, die sich zutritt zu meiner Wohnung verschafft.

»Du ignorierst mich seit vierzehn Tagen. Was soll das?« Ihr Blick fällt auf die Kartons. »Du ziehst weg?«

Ich nicke lediglich, denn nach einem Gespräch steht mir nicht der Sinn.

»Haust du einfach so ab? Warum?«

Vom Tisch nehme ich die Kündigung und reiche sie ihr. Das Schreiben sagt mehr als tausend Worte. Mein Spiel ist gespielt. Ich habe von Anfang an gewusst, wo das mit Rick und mir enden könnte. Es ist eingetreten und nun muss ich die Konsequenzen tragen.

»Ich helfe dir, du musst nicht ausziehen. Warum bist du nicht zu mir gekommen?«

Das fragt sie noch? »Ich ziehe zu Jack. In Bridgewater kann ich nicht mehr bleiben. Ein Neuanfang wird mir guttun. Mein Bruder hat vielleicht schon einen Job für mich in Aussicht.«

Und das ist nicht gelogen.

»Gibst du einfach so auf?«

Was soll ich ihr darauf antworten? Die Entscheidung ist gefallen. Wozu am Baum des Unmöglichen rütteln und auf ein paar Wunschknospen warten. Nein, so bin ich nicht. Es reicht, dass ich fast zwei Wochen lang vor mich hingelitten habe.

»Rick und ich wussten von Anfang an, dass das zwischen uns nicht funktioniert. Alles ist gut, okay? Ich weiß nicht, was ihr alle von mir erwartet.«

»Er mag dich genau so gern, wie du ihn. Aber Männer stellen sich dabei immer so ungeschickt an. Bitte, sprich wenigstens noch einmal mit ihm.«

Seufzend lasse ich den Kopf in den Nacken fallen. »Und was soll das bringen, Skye? Bitte, mach es nicht schlimmer, als es ohnehin schon ist. Ihr alle gebt euch einer Vorstellung hin, die es zwischen ihm und mir niemals gab. Wir wollten Sex und sonst nichts.«

Wütend stemmt sie die Hände in die Hüften. »Du liebst diesen Idioten und wenn mich nicht alles täuscht, dann tut er das auch. Ihr zwei seid zu stolz, um zu euren Gefühlen zu stehen. Wenn nur einer sagen würde, was er für den anderen empfindet, dann müsstet ihr euch nicht quälen.«

Skye liegt falsch. Ich habe die Illusion zwischen Rick und mir geliebt, nicht die Realität. Das sind zwei völlig verschiedene paar Schuhe.

»Süße, ich verstehe deine Bemühungen, aber ich habe meine Entscheidung getroffen. Jack holt mich morgen ab und dann werde ich zu ihm nach Washington ziehen. Mehr gibt es dazu nicht zu sagen. Hör auf nach Gründen zu suchen , die keine sind.«

Ich will ihn doch einfach nur vergessen und die Wunden lecken, die ich mir zugefügt habe.

»Wie du meinst, Helena.« Wütend dreht sie sich um und geht.

Erleichtert sinke ich gegen die Wand. Heiße Tränen brennen in meinen Augen. Dieses eine Mal gebe ich noch nach, rutsche auf den Boden und vergrabe das Gesicht in meinen Händen.

Ich habe mir gewünscht, dass Rick irgendeine Reaktion zeigt, doch er hat es nicht getan. Nichts.

Meine Sehnsucht nach dem Biker wächst von Tag zu Tag. Selbst in meinen Träumen verfolgt er mich. Mag sein, dass Skye recht hat, doch mir fehlt die Kraft. Was soll ich schon tun? Einmarschieren und ihm sagen, dass ich mich wider unserer Absprache in ihn verliebt habe? Die Blöße kann, will und werde ich mir nicht geben. Es ist vorbei – endgültig. Skye wird mich irgendwann verstehen und in ein paar Jahren lachen wir darüber. Klingt doch easy, oder? Warum heule ich dann wie ein Schlosshund und habe nur sein Bild vor Augen. Ich bin ein dummes Mädchen. Von Anfang an war klar, dass er mir das Herz brechen wird.

Mühsam rappele ich mich auf, wische die Tränen von meinen Wangen und mache mich weiter ans Einpacken. Es hat keinen Sinn. Meine Entscheidung steht. Morgen in den frühen Morgenstunden verlasse ich meine Heimat für immer. Um das Grab meiner Eltern werden sich Freunde kümmern und ansonsten gibt es nichts, was ich noch erledigen müsste.

Vielleicht finde ich in Washington ja einen anständigen Kerl, der mich zwar nicht fickt wie ein Rocker, aber mich gut behandelt. Sex soll ja nicht alles im Leben sein. Der Neuanfang war längst überfällig. Insbesondere nachdem mein Chef übergriffig wurde. Bridgewater ist eben eine kleine Stadt und es ist schwer, ohne Auto, etwas geeignetes zu finden. Ich sollte dankbar für meine zweite Chance sein.

Warum fühlt es sich dann so beschissen an? Ob ich doch nochmal mit Rick sprechen sollte? Nein, je eher das Kapitel geschlossen wird umso besser. Ich muss mich auf ein Neues davon vorbereiten. Irgendwie bekomme ich das hin.

TEN

Rick

Angestrengt lausche ich dem Gespräch der Old Ladys in meiner Nähe. Skye ist eben von Helena zurückgekehrt. In den letzten zwei Wochen hat niemand etwas von ihr gehört oder sie gesehen.

»Sie packt gerade ihre Umzugskisten, um zu ihrem Bruder nach Washington zu ziehen«, meint Skye.

Scheiße! Sie will von hier weg? Meinetwegen?

»Der blöde Vermieter hat ihr die Wohnung gekündigt, sie hat keinen Job mehr und so hat sie ihren Bruder um Hilfe gebeten.«

Warum habe ich das zugelassen? Ich habe Helena versprochen, dass ich mich darum kümmere, sollte Rafe uns auf die Schliche kommen. Was habe ich getan? Nichts! Mal wieder. Das sagt viel über mich aus. Sehr viel.

Ich springe auf und eile zu Rafe ins Büro. Dass er gerade telefoniert, stört mich recht wenig. Er deutet auf den freien Platz und beendet das Telefonat.

»Was kann ich für dich tun?« Nach der Nummer mit der Kleinen ist er immer noch nicht gut auf mich zu sprechen.

»Stell Helena wieder ein, damit sie die Wohnung nicht verliert. Von mir aus zahle ich ihren Lohn.«

Amüsiert lässt er sich gegen die Lehne sinken und spielt mit dem Kugelschreiber in seiner Hand. »Interessant, Bro. Es tut mir nur leid, dich in diesem Punkt enttäuschen zu müssen. Ich habe Helena nicht gekündigt oder sonst etwas. Ihre Entscheidung kam aus freien Stücken.«

»Was? Ich dachte, du hast sie Entlassen!« Jetzt verstehe ich gar nichts mehr.

»Du hast es immer noch nicht kapiert oder, Bro? Es ist kaum ein paar Wochen her, als ich mit Devon hier saß und ihm den Kopf waschen musste, damit er Mary zu seiner Old Lady ernennt. Muss ich das mit dir echt auch noch durchziehen? Bevor Helena an dem Abend an die Theke gegangen ist, hat sie sich mit den Mädels unterhalten. Dass sie den Braten sofort gewittert haben, sollte dir klar sein.«

Ach so ist das, dann hat Skye es ihm erzählt!

»Helena ist ein tolles Mädchen und ich verstehe dich einfach nicht. Sie will dich und du offenbar sie. Warum ziehst du es nicht einfach durch?«

Ja wieso eigentlich nicht? Die Frage stelle ich mir seit Wochen. Eine Antwort habe ich bisher nicht darauf gefunden.

»Ich bin kein Typ für eine Lady.«

»Das gleiche wollte mir Devon auch weismachen. Und dann ist Mary fast entführt worden und er hat sie angeschossen, um sie zu retten. Willst du darauf warten?«

Natürlich nicht! Wenn Helena etwas passieren würde, dann sehe ich rot. »Nein, aber wir hatten eine Absprache. Nur Sex. Sie hat es beendet und gut. Ich weiß nicht, weshalb wir darauf rumreiten.«

»Nur Sex. Alles klar. Die Kleine hat sich in dich verliebt und war zu feige, um dir das auch zu sagen. Sie dachte, dass du ihre Gefühle nicht erwiderst, und hat deshalb einen Rückzieher gemacht, Bro.«

Es ändert nichts. Helena ist zu schade für meine dunkle Welt. Sie hat es selbst gesagt. Mädchen wie sie zerbrechen an Männern wie mir.

»Wir begegnen nur einmal im Leben einer Frau, die uns so akzeptiert, wie wir sind. Weder Skye, noch Mary oder Liv betrachten die Schatten, die wir hinter uns herziehen. Sie sind dennoch an unserer Seite und nehmen uns so, wie wir sind. Auch Helena hat nicht deinen Posten oder deine unzähligen Kerben gesehen. Nein, sie hatte nur Augen für den Mann hinter der Kutte. So ein Mädchen findest du kein zweites Mal. Außer vielleicht bei Emma, die dir wie ein Groupie um den Schwanz tanzt.«

Ich wünsche mir so sehr eine Antwort auf die Frage, warum ich noch immer hier sitze, anstatt seine Worte zu reflektieren. Er hat ja recht. Das zwischen Helena und mir ist weitaus mehr als Sex. Ich mag unsere Gespräche, ihr Lachen und die freche Schnute.

»Deine Bemühungen weiß ich zu schätzen, Bro. Doch es wird kein uns zwischen Helena und mir geben. Sie hat sich entschieden und ich habe zugestimmt. Wir wussten von Anfang an, auf was wir uns einlassen. Nur Sex und dabei ist es geblieben. Mein Leben gehört den Black Revenge, das kann ich mit einer Lady nicht vereinen.«

Ungläubig schüttelt er den Kopf. »Dann bist du dümmer, als ich dachte. Raider hat vier Jahre geglaubt, Liv verloren zu haben. Wir alle konnten sehen, was das mit ihm angestellt hat. Er war nicht mehr er selbst und dir steht dasselbe Schicksal bevor! Ist Helena erst gegangen, dann ist der Zug für dich abgefahren.«

Ich stehe auf und sehe zu meinem Präsidenten herab. »Vergleich bitte nicht Äpfel mit Birnen. Was Raider, Devon oder dir geschehen ist, hat nichts mit mir zu tun, okay? Wir hatten Spaß miteinander und das war es. Da gibt es keine romantische Geschichte dahinter. Das überlasse ich euch drei Casanovas.«

In Windeseile verlasse ich das Büro und gehe auf den Hof. Die kühle Luft hilft mir dabei, endlich einen klaren Gedanken zu fassen. Ganz gleich, was Rafe denkt, ich habe mich damit abgefunden. Irgendwann stehe auch ich über dem Thema.

Der Schneefall hat zugenommen und eine neue, dicke Schicht bedeckt den Hof. Ohne darüber nachzudenken, packe ich die Schneeschaufel und beginne, das Gelände zu räumen. Mir fehlt Beschäftigung. Dauernd nur rumzusitzen, ist einfach nichts für mich. Ich brauche schwere körperliche Arbeit, damit mein Kopf zum Schweigen kommt. Dennoch schiebt sich immerzu ihr Bild in mein Hirn. Wieso kann ich nicht über meinen Schatten springen? Es wäre doch so einfach. All meine Gründe sind in Wahrheit keine, sondern bloß Ausreden.

Sprich die sechs Worte endlich aus. Willst du meine Old Lady werden? Was soll sich schon ändern? Du hast doch nur Angst davor, dich zu binden. Dabei weißt du längst, dass es wundervoll sein wird.

Bestrafe ich mich womöglich selbst? Will ich mir zeigen, dass ich mit meinen vierzig immer noch ein knallharter Rocker bin? Zwanzig Jahre lang habe ich geraucht, gefickt und meinem Club gedient. Ich hab es verdient, endlich Frieden zu finden, wie ihn auch meine Brüder gefunden haben. Sie sind glücklich, mehr als das. Rafe hat Ruhe gefunden und genießt jeden Augenblick mit Skye. Raider ist glücklicher als jemals zuvor und das, obwohl sich Liv noch immer nicht an alles erinnern kann. Und Devon? Die Nummer mit dem Schuss war eine Sache für sich. Aber alle drei haben es verstanden. Eine Lady bedeutet nicht, in Ketten gelegt zu werden, sondern endlich davon erlöst zu sein. Warum setze ich meinen verfickten Arsch dann nicht in Bewegung?

ELEVEN

Helena

Ich bin müde und erschöpft. Seit vier Stunden schleppe ich bereits einen Kasten Bier nach dem nächsten nach oben. Die Bar ist gut besucht und immer mehr Leute strömen hinein. Es ist beinahe ein Uhr. Die meisten davon kommen aus der nahegelegenen Disco.

Es ist eine Woche her, seit mich mein Bruder nach Washington geholt hat. Sieben Tage, an denen ich nichts anderes konnte, als an den Biker meines Herzens zu denken. Ich hatte so darauf gehofft, dass er mich aufhält. Dieser kleine romantische Teil hat es gehofft. Doch er ist nicht gekommen.

Alle zwei Tage telefoniere ich mit Skye, doch sie vermeidet das Thema Rick, wofür ich ihr mehr als dankbar bin.

An der Theke lasse ich den Kasten darunter verschwinden und nehme wieder eifrig Bestellungen entgegen. Die Minuten vergehen rasend schnell, doch eine Pause ist nicht in Sicht. Sabsy, die zweite Barfrau lächelt mich aufmunternd an. Sie ist ganz in Ordnung, mehr aber auch nicht.

»Wir arbeiten die paar noch ab und dann mach dich raus auf den Innenhof, damit du eine rauchen kannst.«

Dankbar nicke ich und beeile mich, alle Bestellungen abzuarbeiten.

»Ich bin kurz draußen«, lasse ich sie wissen und verschwinde im Privatbereich der Kneipe. Glücklicherweise ist das Wetter in Washington um einiges besser als in Bridgewater. Kein Schnee oder lästige Stürme. Dennoch fehlt mir die kleine Stadt.

Hier ist alles so groß und irgendwie interessiert sich keiner für den anderen. Aus der Jeans nehme ich die Schachtel Zigaretten und zünde mir eine davon an. Seitdem ich hier bin, habe ich wieder mit dem Rauchen angefangen. Es beruhigt meine Nerven irgendwie. Jedenfalls zeitweise, denn so richtig habe ich mit dem Thema nicht abgeschlossen. Immer wieder drängt sich der Club in meinen Kopf und die Zeit mit dem Rocker.

Ich lasse mich gegen die Fassade sinken und inhaliere den Rauch. Der Job ist gut, aber auf Dauer will ich mir den Stress nicht geben. Das ist einfach nichts für mich. Kurz habe ich überlegt, ob ich vielleicht eine neue Ausbildung beginne. Hier in Washington stehen mir sämtliche Türen offen.

Nach der Kippe gehe ich wieder zurück und werde sofort von Sabsy abgefangen.

»Eben ist ein neuer Gast gekommen, der sich nur von dir bedienen lassen will. Er sitzt in der hinteren Ecke. Wow. Was für ein Typ.« Sie leckt sich über die Lippen, während ich nur mit dem Kopf schüttele. Sie hat die Rocker aus Bridgewater noch nicht gesehen. Ich schnappe mir das Tablett und kämpfe mich durch die Menge Betrunkener.

Das Licht ist stark gedimmt, sodass ich kaum etwas erkennen kann. Vorsorglich, um nicht zu stolpern, habe ich den Blick auf meine Füße gerichtet.

»Was kann ich dir bringen?«, frage ich, ohne aufzusehen. Keine Ahnung, warum der Typ ausgerechnet nach mir verlangt hat. Aber ich bin auch nicht scharf darauf, es herauszufinden. Derlei passiert fast jeden Abend und jeder davon bekommt eine Abfuhr. Ich will nur einen Mann und der will mich nicht.

»Ich will mein Mädchen zurück nach Hause bringen.« Die männlich markante Stimme jagt mir einen Schauer über den Rücken. Sofort schnellt mein Kopf nach oben. »Rick?«, frage ich ungläubig. »Was machst du hier?«

Er erhebt sich aus der Dunkelheit und geht auf mich zu. »Du fehlst mir.«

Als er mich berühren will, weiche ich zurück. »Und du denkst, nur weil du jetzt hier bist, ändert das etwas? Ich habe tagelang Tränen deinetwegen vergossen und ...«

Er packt mich und zieht mich an seinen Oberkörper.

»Lass mich bitte los, Rick. Wenn du wegen einer schnellen Nummer hier bist, das läuft nicht mehr.«

Er schüttelt den Kopf und lächelt mich an.

»Und du glaubst, für Sex würde ich achthundert Meilen in Kauf nehmen?«

Ich will ihn von mir schieben, doch er hält mich fest umschlungen.

»Warum bist du dann hier? Für ein Gespräch hättest du anrufen können.«

»Helena, hör mir zu. Ich meine es ernst, du fehlst mir. Alles fehlt mir. Dein Lachen, deine freche Schnute und unsere vielen Gespräche.«

Sichtlich verwirrt sehe ich ihn an. »Und … und was heißt das jetzt?«

»Ich entführe dich, werfe dich über mein Bike, bringe dich in meinen Club und …«

Er geht zum Tisch zurück und greift nach einem Paket, das dort liegt.

»Das ist für dich, Baby.«

Ich nehme das Päckchen in beide Hände. Auf den ersten Blick kann ich nichts erkennen. Schwer ist es ebenfalls nicht.

»Mach es auf.«

Mit klopfendem Herzen ziehe ich an dem Bändchen und falte das Papier auseinander. Meine

Finger gleiten über das kalte Leder. Ich kann es kaum glauben. *Property of Rick*.

»Dass ich ein Idiot bin, brauche ich dir nicht sagen. Denn genau das bin ich. Ich dachte, meine Welt ist nicht gut genug für dich. Du bist so lebendig, frech, hast mir die Stirn geboten und mich zum Lachen gebracht. Ich will das immerzu. Jeden Morgen, zum Mittag, abends und in der Nacht.«

Was soll ich dazu sagen?

»Komm mit mir zurück nach Bridgewater und werd meine Old Lady.«

»Du willst mich? Mit allem drum und dran?«

Er nickt und grinst. »Jede Faser, Helena.«

Ich lasse zu, dass er mich wieder in die Arme zieht. Der Moment ist absolut magisch. Die Menschen um mich herum verschwimmen, während ich mich in seinen grauen Augen verliere.

»Küsst du mich jetzt endlich?«

Wieder grinst er, fasst in meine Haare und legt endlich seine Lippen auf meine.

Ich kralle mich an seiner Kutte fest, denn der Gedanke, er verpufft gleich wie eine Seifenblase, hält mich gefangen.

»Und wo soll ich wohnen? Meine Wohnung ist …«
Er nimmt das Ladyleder und streift es mir über.

»Meine Lady, meine Wohnung.«

»Und du hast dir das gut überlegt?«

»Mehr als gut. Wenn ich nicht so ein Idiot gewesen wäre, hätte ich dir schon am ersten Tag mein Leder übergezogen.«

Seine Worte bringen mich zum Schmunzeln. »Dann würde ich mal sagen, ich mache Feierabend und du bringst mich schleunigst zurück nach Hause.«

Mühelos hebt er mich auf seine Arme und trägt mich aus der Kneipe. Sabsy grinst wissend und winkt mir zum Abschied. An der Maschine setzt er mich ab, zieht sich selbst die Lederjacke aus und mir an. »Im Hotel hab ich ein paar Klamotten.«

Ich genieße seinen Duft, der mich sofort umgibt. Er schwingt sich auf sein Bike und ich tue es ihm gleich. Sofort schlinge ich meine Arme um seinen Leib.

Ich bin glücklich … auch wenn es etwas gedauert hat.

TWELVE

Rick

Zwei Wochen später

Im Halbschlaf bekomme ich mit, wie Helena aus dem Bett steigt. Ich stelle mich schlafend und beobachte sie heimlich. Seit wir zurück in Bridgewater sind, kann ich nicht genug von ihr bekommen. Inzwischen komme ich mir bescheuert vor. Meine Angst, mich zu binden, hätte mich beinahe die Frau meines Lebens gekostet.

»Was soll das denn werden?«, frage ich nach einer Weile.

»Ich mache die Wäsche«, erwidert sie keck. Nur in Hotpants und engem Top greift sie den Wäschekorb und verlässt tatsächlich das Zimmer. Kopfschüttelnd rappele ich mich auf und gehe ihr nach. Im Club ist es noch ruhig, sodass ich nicht Gefahr laufen muss, dass einer meiner Brüder sie halbnackt sieht.

Helena geht direkt in den Keller. Vom Türrahmen aus beobachte ich sie, wie sie sich bückt und unsere Wäsche hineintut.

Ich kann gar nicht anders, als an sie heranzutreten und ihre Taille zu packen.

»Das hat aber lange gedauert, Rocker.«

Mit der Hand greife ich in ihren Slip, reibe über die geschwollene Perle und genieße ihr Aufkeuchen.

»Jetzt muss ich dir nicht mehr den Mund zu halten. Endlich kannst du das Haus zusammen schreien.«

Grob platziere ich sie auf der Maschine, dränge ihre Schenkel auseinander und mich dazwischen. Die Panty ist schnell Geschichte. Ihre Falten sind von den letzten Stunden geschwollen. Nässe schimmert dazwischen und zieht mich magisch an. Vor ihr gehe ich in die Knie und lecke durch ihre Spalte.

Ihre Hände krallen sich in meine Haare. Sie stöhnt und schiebt das Becken nach vorn.

»Oh Gott ...«

»Rick reicht auch«, erwidere ich amüsiert und beiße in ihre süße Perle. Helena schreit. Selbst wenn der Keller gut abgeschirmt ist, wird es jeder hören können. Obwohl es in der Wohnung, in meinem Bett, gemütlicher ist, lasse ich es mir nicht nehmen, sie öfter hier unten zu ficken. Das ist unser kleines, schmutziges Geheimnis und damit meine ich nicht nur die Wäsche.

Ich will, dass sie noch lauter wird und schiebe zwei Finger tief in ihre Pussy. Mit dem richtigen Winkel und Druck, gelingt mir das ohne Anstrengung. Oh, wie sehr ich es liebe.

»Rick … mehr.« Immer schneller bewegt sie ihr Becken im Rhythmus zu meiner Zunge. Ihre

Innenwände ziehen sich fest um meine Finger zusammen.

Ihr Körper bebt, aufgrund des näher kommenden Höhepunktes.

»Komm für mich, Baby.«

Wie ein Ausgehungerter sauge ich mich an ihrer Klit fest.

Sie bäumt sich auf, schreit meinen Namen und explodiert an meinem Mund. Ein Schwall Feuchtigkeit benetzt meinen Bart und tropft auf den Boden.

»Nachdem du nun brav alle geweckt hast, auf zu Runde zwei.«

Kaum, dass sie sich erholt hat, ramme ich meinen Schwanz in sie bis zum Anschlag. Wieder erklingt ihr süßer Schrei. Die Hüften fest gepackt, halte ich Helena an Ort und Stelle. Raue, hart Stöße teilen das weiche Fleisch und dehnen es. Ich bin verrückt nach dieser Frau und das zeige ich ihr. Jede Minute, die ich mit Helena verbringe, ist wie ein Geschenk. Eine Chance, die ich nur einmal bekomme. Die Lektion habe ich gelernt.

»Gib mir alles«, fordert sie laut und bringt mich zum Lachen.

»Und wenn ich es stattdessen so mache?« Langsam ziehe ich mich zurück, um zeitlupenartig wieder in sie zu gleiten.

Helena hebt den Hintern und zieht eine Schippe.

»Rick hör auf, bitte.« Sofort stoppe ich und sehe in ihr wunderschönes Gesicht.

»Nein … nicht so. BITTE.«

Sanft umfasse ich ihr Kinn, presse ihr meinen Mund auf die Lippen und lasse Helena verstummen.

Der nächste Stoß kommt unerwartet und brutal. Helena verbeißt sich in meiner Unterlippe. Der Schmerz schießt augenblicklich in meine Eier.

Ich nehme meinen Rhythmus wieder auf, ficke sie gnadenlos, bis unsere Atmung nur noch abgehackt kommt und mein Orgasmus mich fortreißt.

»Oh Baby. Du bist so fucking perfekt.«

Auch sie atmet schnell und streicht sich die Haare aus der Stirn.

»Wer hätte gedacht, dass ein Mann mit vierzig noch solch eine Power hat.«

Mit hochgezogenen Augenbrauen starre ich auf sie herab.

»Ich hab mich wohl verhört, Küken. Es hat seinen Grund, warum ältere Männer bevorzugt werden, die wissen, wie es geht.«

Helena ist knapp siebzehn Jahre jünger als ich. In ihrem Alter war ich noch grün hinter den Ohren, was Sex angeht.

Sie rutscht von der Maschine und sieht auf ihr zerfetztes Höschen. »Schon wieder, Rocker! Bald hab ich keine Unterwäsche mehr.«

Wenn es nach mir ginge, dann ist es ohnehin sinnlos.

»Wie komme ich nach oben?«

Grinsend gehe ich in den hinteren Teil des Wäscheraumes, hole eine Box vom Brett und reiche sie ihr.

Sie mustert sie kurz, ehe sie sie öffnet und den Kopf schüttelt.

»Geheimversteck. Ich dachte, wir brauchen das früher oder später.«

»Du bist unmöglich, Rick.« Schnell zieht sie sich einen davon an.

»Gibts jetzt nen Kaffee? Ich brauche einen Wachmacher.«

Hmm, den kann ich ihr verpassen. Über meiner Schulter hängend bringe ich sie nach oben. Natürlich nicht, ohne dass Helena das Clubhaus zusammenbrüllt.

»Wir sollten unbedingt nochmal über deinen Posten sprechen«, hält mich Rafe auf und Helena verstummt.

»Von wegen! Ich habe nur die Sicherheit im Keller überprüft«, lasse ich ihn wissen.

»Oh ja und das haben wir alle gehört.«

Grinsend lasse ich ihn stehen und bringe mein Mädchen endlich zurück ins Bett.

»Hey, ich wollte einen Kaffee!«

Sofort bin ich über ihr und drücke sie in die Matratze. »Wenn ich mit dir fertig bin, dann bekommst du einen.«

Ich beiße mich an ihrem Hals fest, sauge daran, während sie sich unter mir windet.

Fakt ist, ich bin ein ziemlicher Idiot gewesen. Frauen wie Helena gibt es nur einmal und sie haben eine markante Wirkung auf Männer wie mich. Entweder, man nimmt sie mit allem, was dazu gehört oder man ist der größte Depp dieser Welt. Die Lektion habe ich begriffen und ich werde einen Teufel tun und sie jemals wieder aus meinen Fängen lassen.

BOOK FIVE

INHALT

BIKER DARK ROMANCE frisch aus USA

6 Jahre Leid, Schmerz und Hass!

Vor sechs Jahren erwischte Tessa ihre große Liebe Jules mit einer Nutte im Bett! Grund genug, aus Bridgewater für immer zu verschwinden und am gebrochenen Herzen zu leiden.
Grund genug, nie wieder in dieses Kaff zurückzukehren, dem Typen nie wieder zu sehen und ihm auf keinen Fall eine weitere Chance zu geben!

Blöd nur, wenn die eigene Mutter stirbt und man sich um deren Kram genau in Bridgewater kümmern muss!

Extrem ungünstig, wenn der Mistkerl von damals es auch noch erfährt und sich in den Kopf setzt, seine Unschuld zu beweisen! Auf seine Art natürlich!

Unf@ckingfassbar dämlich, wenn man sich dann auf dem Black Revenge Gelände in den Armen dieses Mistkerls wiederfindet!

Aber Tessa wäre nicht Tessa, wenn sie es dem Typen nicht **mit gleicher Münze** zurückzahlen würde …

ES HANDELT SICH UM EINE ABGESCHLOSSENE GESCHICHTE MIT EINER HAPPYEND GARANTIE. ALLE BÄNDE SIND UNABHÄNGIG VONEINANDER LESEBAR!

ONE

Tessa

»Hallo Miststück.«

Zwei Wörter, ein Mann und mein Fluchtinstinkt. Sofort knalle ich die Tür zu, registriere den Aufschrei meines Gegenübers. Das hat das Arschloch nicht erwartet. Ausruhen und auf gut Glück vertrauen, tue ich mich allerdings nicht, renne durch das kleine Motelzimmer, reiße die Verandatür auf und laufe nach draußen.

Ich habe mit sowas gerechnet. Dennoch hat mich der Besuch seinerseits überrascht. Gerade mal zwei Stunden hat es gedauert, bis er mich gefunden hat. So ein Scheiß. Als ob es nicht schwer genug war, überhaupt nach Bridgewater zu kommen, um meine verstorbene Mutter beizusetzen. Nein! Ich muss auch noch bleiben, damit ich die Bäckerei verkaufen kann. Und genau das hat mir jetzt das Genick gebrochen. Er wird nicht aufgeben, das hat er noch nie.

Endlich erreiche ich den Pfad, der mich zu meinem Wagen führt. Die Schlüssel habe ich geistesgegenwärtig noch gegriffen. Gleich habe ich es geschafft und dann kann der Wichser mich mal. Noch im Lauf, kurz vor meinem Ziel, werde ich hart zurückgerissen und pralle gegen eine harte Männerbrust. Scheiße. Seine Hände halten mich wie Schraubstöcke in der Umarmung und wollen mich trotz massiver Gegenwehr nicht loslassen.

»Hallo Kleines.« Die Stimme erkenne ich augenblicklich ... Der Sergeant at Arms des Black Revenge Motorcycle Club.

»Lass mich sofort los, Rick«, brülle ich, trete nach hinten aus und treffe ins Schwarze. Meine Freiheit bringt es mir nicht.

»Du kleine Furie. *Holy crab*«, flucht der Biker hinter mir. Zwei Weitere stehlen sich aus der Dunkelheit und zu meinem Verdruss auch Jules. Sechs Augen sind starr auf mich gerichtet, doch nur ein Paar ist voller Wut. Schon oft habe ich mir ausgemalt, wie ein Aufeinandertreffen zwischen uns aussehen würde. Tausende Szenarien sind durch meinen Kopf gewabert, doch die Realität ist nichts im Vergleich dazu, ihm nun nach sechs Jahren gegenüberzustehen. Meine Synapsen sind lahmgelegt, während er seelenruhig auf mich zu geht. Jules war schon immer ein anbetungswürdiger Kerl, doch die letzten Jahre haben ihn noch mehr definiert. Die langen Haare, die er einst getragen hat, sind einem Kurzhaarschnitt gewichen. Es sind eindeutig mehr Tattoos dazu gekommen, wie die Linien am Hals deutlich zeigen.

»Du bist immer noch das gleiche Miststück wie vor sechs Jahren, Baby.« Vor mir bleibt er stehen, gleitet mit dem Finger über meine Schläfe, die Wange hinab, bis er meinen Kiefer fest packt.

»Was willst du?« Meine Stimme zittert, obwohl ich mir alle Mühe gebe, ruhig zu bleiben. Noch immer hat er diese verheerende Wirkung auf mich, der ich schon früher nicht ausweichen konnte. Mit sechzehn bin ich zum ersten Mal mit den Black Revenge in Berührung gekommen. Mein Hang, in Schwierigkeiten zu geraten, war bereits als Jugendliche gut ausgeprägt. Meine Mutter hat immer versucht, mich in Röcke und Blusen zu stecken, doch ich wollte raus und lieber Hütten im Wald bauen. Ich war das Mädchen, dass die Jungs in der Schule verprügelt und ständig heimlich geraucht hat. Gesetze und Regeln haben mich nie interessiert. Dann bin ich Jules begegnet, dem schlimmsten Fehler meines Lebens. Zwei Jahre waren wir zusammen und sogar das beschissene Leder habe ich angezogen, nur um ihn mit einer Nutte zu erwischen.

Jäh brennt sich der Schmerz durch mein Innerstes und weckt meinen Kampfgeist. Ehe er reagieren kann, habe ich ihm ins Gesicht gespuckt und nach ihm getreten.

Nicht sehr ladylike, ich weiß, aber Rick hält mich so fest, dass es kaum etwas gibt, was ich sonst tun könnte. Devon und Raider lachen - Jules nicht. Seine

Nasenflügel blähen sich gefährlich auf. Niemand, absolut niemand stellt sich einem Black Revenge entgegen. Die Rocker haben in Bridgewater das Sagen. Wer sich ihnen entgegenstellt, muss die Konsequenzen tragen. Nur bei Frauen, da halten sich die Biker zurück. Und genau diesen Trumpf spiele ich aus. Jules wird mich nicht schlagen - nicht so jedenfalls. Ich weiß noch genau, wie er mir zum ersten Mal den Hintern versohlt hat, nachdem ich Scheiße gebaut habe. Drei Tage lang hatte ich das Gefühl, nie wieder sitzen zu können.

Stille legt sich zwischen uns. Wir sehen uns einfach nur an und fechten das Duell mit den Augen aus. Wenn Jules glaubt, ich würde klein beigeben, dann täuscht er sich.

»Wenn ich könnte, würde ich dir jetzt den Schwanz abschneiden, Wichser.«

Wieder erntet meine Reaktion nur ein kurzes Lachen seitens der Rocker. Devon, Rick und Raider waren einmal wie Brüder für mich. Auch sie haben mich jederzeit beschützt und das kam nicht gerade selten vor. Dies beweise ich gerade sehr eindrucksvoll.

»Ich werde darauf achten mein Spielzeug dieses Mal sicher vor dir zu verstecken, Miststück.«

Rick schiebt mich zum Wagen, während Jules mir den Schlüssel abnimmt. Anschließend fixiert Raider meine Hände und Füße mit Kabelbindern.

»Ist besser so, Baby«, lässt er mich grinsend wissen.

»Oh, wartet ab! Sobald ihr mir den Rücken zudreht, werde ich euch ein Messer in den Rücken rammen.«

Wieder kommt nur raues Lachen von den Rockern. Ich werde auf den Beifahrersitz gezwängt und Jules steigt ein, lässt sich auf den Sitz fallen, ehe er den Motor startet.

»Was soll das werden?« Oh, das weiß ich auch ohne seine Antwort. Den Regeln des Clubs nach gehöre ich Jules und somit den Black Revenge. Mit achtzehn habe ich das Leder angezogen und geschworen, für immer die Seine zu werden. Noch am selben Abend hat er die Nutte aus dem 40-6-6 gefickt.

»Ich bringe dich nach Hause und dann werden wir uns unterhalten, Baby.«

»Du stoppst sofort meinen Wagen und verpisst dich aus meinem Leben, Arschloch.«

Abrupt kommt das Auto zum Stehen und schleudert mich ruckartig nach vorn. Meine Brust schmerzt durch den Gurt und ich kann mir ein lautes Aufstöhnen nicht verkneifen.

Jules wendet sich mir zu, greift mit der Hand unsanft in meinen Nacken und zwingt mich so, ihn anzusehen.

»Mein kleines süßes Miststück. Du bist nicht in der Position irgendetwas zu fordern.«

Sein Griff wird immer fester. Der Schmerz jagt durch meinen Körper und lähmt mich regelrecht.

»Sobald die Chance kommt und das wird sie, werde ich fliehen. Du kannst nicht immer auf mich aufpassen.«

»Damit rechne ich, Baby. Aber das wird nie wieder vorkommen. Und wenn ich dir einen Ortungschip in den Arsch einpflanzen muss, damit das nie wieder passiert.«

So schnell, wie er mich gepackt hat, lässt er mich frei und setzt die Fahrt fort.

In meinem Kopf rattert es, denn ich will und werde nicht bei ihm bleiben. Der Zug ist abgefahren. Es wird nie wieder ein uns geben. ICH werde nie wieder auf diesen Mistkerl reinfallen. Damals war ich jung und dumm, doch auch das habe ich hinter mir gelassen. Mein Leben in New York mag nicht toll sein, aber es ist mein Leben. Dort gibt es keine Black Revenge und keinen Rocker, der über mich bestimmt. Was wir einst geteilt haben, ist vorbei. Wir hätten glücklich werden können, aber er musste Emma ficken, nur ein paar Stunden nachdem ich sein Leder angezogen habe. Das sagt viel über den Mann neben mir aus. Jules hat meine Naivität ausgenutzt und mich gedemütigt! Ich hätte ihm damals die Eier abschneiden sollen, als sie aus seiner Hose hingen. Aber was nicht ist, kann ja noch werden.

Der Rest der Fahrt vergeht schweigend, bis wir vor dem großen Tor halten, hinter dem ich zu einer Gefangenen werde. Jeder Biker auf dem Gelände wird akribisch auf mich achten. Dafür wird Jules sorgen. Ich muss meine Flucht gut planen, wenn ich damit erfolgreich sein will. Wahrscheinlich bekomme ich nur eine Chance und die darf ich nicht verhauen.

Wir passieren und Jules parkt den Wagen ab, steigt aus, ehe er mir heraushilft. Meine Fußfesseln werden gelöst, sodass ich zumindest wieder allein gehen kann. Jules umfasst meinen Oberarm und zerrt mich mit sich. Wenn er glaubt, ich würde freiwillig mitgehen, dann hat er sich geschnitten. Ich mache es ihm so schwer wie nur möglich. Meine Hacken bohren sich regelrecht in den staubigen Dreck. Doch leider bringt mir auch das nicht viel.

Rick, Devon und Raider folgen uns. Ich spüre ihre Blicke in meinem Rücken.

Im Clubraum herrscht reger Betrieb. Nutten laufen umher und lachen, während sie sich auf den Knien den Rocker anbieten. Die Musik ist laut und dröhnt in meinen Ohren. Es stinkt nach Tabak, Alkohol und abgestandener Muschi ... Widerlich.

Jules zieht mich bis zur Theke, wo ich das erste Mal an diesem Abend eine Überraschung erlebe. Sowohl Raider, Rick und auch Devon schlingen die Arme um drei Frauen, die dort auf die Rocker zu warten scheinen. Eine Weitere kommt aus dem hinteren Teil des Clubs mit Rafe, dem Präsidenten der Black Revenge.

Keiner sagt etwas, doch alle Blicke sind auf mich gerichtet. Die Frauen warten auf eine Erklärung, doch die Biker scheint es nicht zu jucken, dass ich nur in Top und Hotpants mit Kabelbindern um meine Handgelenke dastehe.

»Die Jagd war erfolgreich, wie ich sehe«, sagt Rafe an Jules gewandt, behält mich jedoch fest in seinem Blick. Statt einer Antwort zieht er seine Waffe aus dem Holster und reicht sie seinem Präsidenten.

Dann geht die Reise für mich weiter. Jules lässt nicht locker, bis wir die Treppe nach oben gestiegen sind und in seiner Wohnung stehen. Mich zu wehren habe ich aufgegeben. Selbst wenn ich hundert Kilo auf die Waage bringe und mich an einen Baum kette, würde Jules gewinnen.

»Willkommen Zuhause, Baby.«

Wutschnaubend tue ich das Einzige, was mir ein wenig Milderung verschafft und trete zu. Jules keucht kurz auf, fasst sich an seine Weichteile, bevor er nach mir greift und schmerzhaft zu Boden stößt. Ich keuche auf und versuche, mich wieder aufzurappeln. Sein durchdringender Blick hält mich allerdings davon ab.

TWO

Jules

Meine Nase schmerzt, meine Eier puckern ebenfalls und von meinem Ego will ich gar nicht sprechen. Sechs Jahre habe ich meine Lady gesucht und beinahe jeden Stein in den Staaten umgedreht. Wie sie es angestellt hat, ist mir auch jetzt noch ein Rätsel. Eines, dass ich bald lösen werde. Sofern mich Tessa am Leben lässt. Sie hat sich kaum verändert, zumindest nicht, was ihr Temperament angeht. Einmal Bitch, immer Bitch. Früher war es genau das, was meinen Jagdtrieb ausgelöst und dafür gesorgt hat, dass ich zwei Jahre mit einem Bein im Knast gestanden habe.

Meine Brüder haben mich oft gefragt, welcher Esel mich bei ihr geritten hat. Keine Ahnung, ich habe sie gesehen, ihren Zuckerarsch gerettet und sie behalten. Selbst die Trennung hat nichts daran geändert, dass ich noch immer besessen von ihr bin.

Langsam drücke ich das Kreuz durch, nachdem der intensive Schmerz verhallt ist und schaue auf sie hinab. Die Lippen sind fest aufeinandergepresst, ihre roten Haare verteilen sich wie ein Fächer auf dem hellen Laminat. Ihr Körper windet sich unter mir und ruft all die Emotionen zurück, die ich in den Hintergrund gedrängt habe. Tessa ist nicht mehr das kleine Mädchen von damals, sie ist weiblicher geworden, allerdings auch wilder als noch vor ein paar Jahren.

»Wenn du so weiter machst, dann ficke ich dich auf dem Fußboden«, knurre ich. Sofort stellt sie die Gegenwehr ein und funkelt mich wütend an.

»Meine Pussy ist für dich Sperrgebiet! Ich schlafe nicht mit einem Dreckschwein, dass Nutten vögelt«, spuckt sie mir entgegen. *Holy crab!* Das ist absoluter Bullshit. Ich habe, seitdem ich sie kenne, keine Clubbitch mehr angefasst. Schon seit meiner Anwärterzeit, halte ich mich bei bezahlter Liebe und gespielten Orgasmen zurück.

Grob zerre ich Tessa nach oben, bis sie wieder auf beiden Beinen steht. Aus dem Schaft ziehe ich das Messer und durchtrenne die Kabelbinder.

»Du kannst dich in der Wohnung frei bewegen.«

Wutschnaubend geht sie an mir vorbei, direkt zum Sofa. Ich sehe ihr nach, bis sie sitzt und atme das erste Mal durch.

Nur einem Tipp verdanke ich es, dass ich Tessa eingefangen habe. Es musste schnell gehen und ich bin heilfroh, auf meine Brüder gehört zu haben. Sie wussten von Anfang an, dass Tessa Probleme machen wird und sich nicht mit einem lieben ›Bitte‹

in den Club bringen lässt. Ein Wunder, dass sie mir überhaupt geholfen haben.

Jeder normale Mann hätte nach der Zeit einen Scheiß auf die Pussy gegeben, die ihn verlassen hat. Ohne Grund und Wort im Übrigen.

Erst habe ich ihr verschwinden für einen dummen Scherz gehalten, den sie sich von Zeit zu Zeit erlaubt hat. Tessa war nie einfach und hat das Clubleben gehörig auf den Kopf gestellt.

Es hat lange gedauert, bis ich verstanden habe, dass sie nicht von allein zurückkommen wird. Ich habe Ämter bestochen und meine Hände über den halben Kontinent ausgestreckt, nur um sie wiederzufinden. Ergebnislos.

Dennoch. Tessa gehört mir und daran wird sich nie etwas ändern. Ich war der erste Mann, der seinen Schwanz in ihre enge Muschi gerammt hat und ich werde der Letzte sein. Sollte ich erfahren, dass sich in den letzten Jahren ein anderer Mann in meinem Paradies ausgetobt hat, muss er sterben. Niemand legt Hand an mein Eigentum.

»Warum bist du damals abgehauen, Tess?«, durchbreche ich die Stille, um endlich dem *Warum* auf den Grund zu kommen.

Sie sieht zu mir, schweigt jedoch beharrlich. Das kann sie gut. Schon unser Kennenlernen war alles andere als romantisch oder süß, wie es sich vermutlich die meisten Mädchen vorstellen. Die

Narbe an meiner Schulter beweist, dass ich schon einiges mit meinem Miststück durchgemacht habe.

Dass meine Glock in den Händen meines Präsidenten gelandet ist, hatte einen guten Grund. Tessa ist ein Wildfang, gut zu vergleichen mit einem freien Mustang. Sie liebt die Freiheit und sträubt sich gegen jede Regel. Genau das war es, was mich schon immer an ihr gereizt hat. Ich wollte sie bändigen wie die wilden Pferde Amerikas.

Beinahe täglich hat sie auf offener Straße einen Streit angezettelt oder sich waghalsig in Prügeleien gestürzt. Mehr als einmal hat sie dafür den Status, zu einem Black Revenge zu gehören, schamlos ausgenutzt.

Jeden Tag, wenn ich sie zur Highschool gefahren und wieder abgeholt habe, standen die Mädels Schlange, um einen Blick auf ihren Black Revenge zu werfen.

Oh ja, Tessa ist eine Frau, die genau weiß, was sie will. Denn obwohl ich der Jäger bin, war sie es, die mich gejagt hat. Trotz der deutlichen Worte von Rafe hat sie keine Chance ungenutzt gelassen, um mich wiederzusehen. Der Umstand ihrer jungen sechzehn Jahre hat mich oft zurückrudern lassen, denn ganz gleich, wie sehr ich Tessa auch wollte ... Ich war kein Monster, wie die, die sie entführen wollten.

»Brauchst du noch etwas, bevor ich gehe?« Ich muss dringend aus ihrem Wirkungskreis, bevor ich all die Selbstbeherrschung in den Wind schieße.

Tessa lächelt spitzbübisch, steht auf und kommt auf mich zu. Ich bin gewarnt, denn wenn sie eines niemals macht, dann nachgeben.

»Gib mir dein Messer, damit ich dir deine untreuen Eier abschneiden und sie dir in den Mund stopfen kann.« Wie die kleine Schlange, die sie ist, kommt ihr die Drohung ohne weiteres über die Lippen.

»Lieber nicht, Baby. Aber du kannst auf die Knie gehen und meinen Schwanz lutschen, wie du es gern getan hast.« Ich bin schlau genug, mein bestes Stück nicht zwischen ihre Lippen zu schieben. Tessa hätte es drauf und würde gnadenlos zubeißen.

»Darauf kannst du lange warten, Mistkerl.«

Noch ehe sie außer Reichweite ist, habe ich ihren Nacken gepackt und sie an meine Brust gezogen. Nur leicht berühre ich ihre Lippen, um wenigstens ein bisschen von der Vergangenheit in mich aufzusaugen. Wie sehr ich es vermisst habe, wird mir schlagartig bewusst. Tessa ist mein Mädchen, das war sie von der ersten Minute an und ich werde sie zurückerobern.

Kraftvoll stemmt sie ihre Hände gegen meine Brust. Ich lasse zu, dass sie sich entfernt und mache auf dem Absatz kehrt. Es wird kein leichtes Spiel mit ihr, denn bisher habe ich keine Ahnung, warum sie geflohen ist und sich vor mir versteckt hat. Aber ich werde es herausfinden. Bis dahin wird sie in meiner Wohnung bleiben. Sie kann nicht für immer schweigen. Irgendwann wird die Wut an die Oberfläche brodeln und mit ihr die Wahrheit.

Vorsorglich schließe ich die Wohnung ab und gehe nach unten zu meinen Brüdern. Wie erwartet stehen sie mit ihren Ladys an der Bar und scheinen überrascht mich zu sehen. Bis auf Raider haben Rick, Devon und Rafe erst seit kurzem eine Lady. Liv und Tessa haben sich damals nicht kennengelernt. Kurz bevor Raiders Old Lady kam, war Tessa längst fort. Ich habe nie darüber gesprochen und mir nie anmerken lassen, dass ich mit ihr meinen Stolz verloren habe. Denn genau das habe ich.

»Entführst du jetzt unschuldige Frauen?«, will Mary, Devons Old Lady, wissen.

»Tess ist alles, aber nicht unschuldig, Kleines. Wenn du schlau bist, dann geh ihr aus dem Weg. Sie wird jede Chance nutzen, um von hier fortzukommen«, lasse ich sie wissen.

»Warum hast du sie dann hierhergebracht?«, richtet Liv das Wort an mich.

»Tessa ist Jules Old Lady. Vor sechs Jahren hat sie sich das Leder anziehen lassen und ist anschließend spurlos verschwunden«, klärt Raider die Frauen auf.

»Oh«, murmeln die vier einstimmig.

Ich ignoriere meine Brüder und ihre Frauen, greife nach der Wodkaflasche und gönne mir einen ordentlichen Schluck.

Mir graut es davor, zurück in meine Wohnung zu gehen. Vielleicht sollte ich einfach in einem der unteren Schlafzimmer schlafen, verwerfe den Gedanken jedoch sofort.

Es macht keinen Sinn, denn egal, wann ich den Fuß wieder in meine vier Wände setze, der Wirbelsturm Namens Tessa wird mich sofort mit brachialer Gewalt treffen. Schon krass, dass ich mir genau das wünsche. Ich will jagen, sie einstreichen und mich endlich wieder in ihr versenken. Tessa kann sagen, was immer sie will. Das zwischen uns ist noch nicht vollends gebrochen. Wir sind wie zwei Magnete, die ständig voneinander angezogen werden.

»Du kannst sie immer noch töten.« Rafe taucht in meinem Sichtfeld auf, in seiner Hand hält er meine Waffe. »Wir alle kennen die Regeln und wir haben sie lange für dich gedehnt. Wenn du an ihr festhältst, dann stehen wir hinter dir. Falls nicht, dann bring es hinter dich.«

»Das ist ein schlechter Scherz oder, Rafe?« Skyes Stimme ist nur ein Fiepen.

Um alle Fragen zu beantworten und seine Lady zu beruhigen, gebe ich ihm die Waffe zurück.

»Ich habe damals für sie gekämpft und daran wird sich auch jetzt nichts ändern. Ganz gleich, was sie getan hat.«

Ohne weiter auf meine Brüder und ihre Ladys zu achten, verpisse ich mich mit der Wodkaflasche ins Büro.

Ich brauche Abstand und etwas Zeit für mich.

THREE

Tessa

Ohne die Erlaubnis meiner Mutter bin ich mit dem Bus in die Nachbarstadt gefahren. Sie ist so beschäftigt in der Bäckerei, dass sie mich ohnehin nicht vermissen wird. Als ob ich mir den Jahrmarkt entgehen lasse, nur weil sie sich zu viele Sorgen um mich macht. Ich bin ein großes Mädchen und kann ganz gut auf mich aufpassen. In diesem Punkt übertreibt sie einfach.

Der Marktplatz ist vollgestopft mit Menschen, die sich an den unzähligen Buden und Geschäften drängeln. Meine Augen wissen nicht, wo sie zuerst hinsehen sollen. So bunt ist es hier und so voller Leben.

Schade, dass meine Freundinnen nicht mitkommen wollten, weil sie sich vor den Konsequenzen fürchten. Ich kann nur eins dazu sagen: Muschis. Es wird nicht passieren. Hier sind so viele Eltern mit ihren Kindern. Außerdem ist es Tag und nicht mitten in der Nacht.

Ich genieße die Abwechslung, nutze ein paar Fahrgeschäfte und ziehe mich anschließend mit meinem Essen zurück. Pommes! *Ich liebe sie. Am besten mit Ketchup und Mayo. Davon verdrücke ich gut und gern drei Portionen, wenn sich mir die Möglichkeit bietet. Meine Mutter will nichts davon hören … zu fettig und einfach zu ungesund. Sagt die Frau, die jeden Tag Plunderteilchen mit nach Hause bringt! Absolute Doppelmoral!*

»Na Sweety, möchtest du nicht mal zu Daddy kommen?«

Vor Schreck lasse ich fast meine Fritten fallen. Irritiert sehe ich mich um und entdecke einen Mann ganz in meiner Nähe. Er ist alt, fett und hässlich. Sein Grinsen, das den Großteil seiner Zähne entblößt, jagt mir einen Schauder über den Rücken.

»Ne lass mal Opi«, winke ich ab und stopfe mir eine weitere Pommes in den Mund.

»Ach komm. Ich spendiere dir auch Zuckerwatte oder ein Eis.« Der Fremde lässt einfach nicht locker. Und das fucked mich ab.

»Sehe ich so aus, als wäre ich auf Eis oder Zuckerwatte scharf? Nein! Und jetzt lass mich in Ruhe!«

Hoffentlich war das deutlich. Boah, was glaubt der Typ, wer er ist.

»Nun hab dich nicht so. Wir zwei könnten eine Menge Spaß zusammen haben.«

Ich verschlucke mich fast an meinem Essen, weil ich mir ein lautes Lachen nicht mehr verkneifen kann. Das hat er nicht gerade wirklich gesagt, oder?

»Bist du ein Kinderficker *oder was? Soll ich dich gleich hier kastrieren, damit du deinen verschrumpelten Schwanz nicht mehr in kleine Muschis schiebst?«*

Meine Worte scheinen ihre Wirkung nicht zu verfehlen. Eben hat er noch gesessen, doch jetzt steht er auf. Sein Blick ruht auf mir. Seine Zunge fährt sich genüsslich über die Lippen. Auch ich stelle mich hin, die Hände in die Hüften gestemmt.

So stehen wir uns gegenüber. Keine Ahnung was der Mist soll, aber mit mir hat er die falsche Wahl getroffen.

»Ein Mädchen wie du …« Er stoppt, seine Augen weiten sich und urplötzlich sucht der das weite.

»Mieser kleiner Kinderficker«, nuschle ich und will mich eigentlich zurück auf meinen Platz setzen, doch ich zucke erschrocken zusammen. Hinter mir, keinen Meter von mir entfernt steht ein weiterer Kerl.

»Meine Güte, musst du mich so erschrecken«, ringe ich mir ab, um meine Furcht nicht zu zeigen, denn dieser Mann jagt mir wirklich Angst ein. Er ist groß, breitschultrig, trägt eine Kutte und sieht mich aus grünen Augen direkt an.

»Du hattest echt Glück, Mädchen. Der Typ war bereit, dich einzukassieren, damit du sein neues Girly wirst.«

Unbeeindruckt von seinen Worten schiebe ich die nächste Pommes in meinen Mund. »Also im Ernst, Rocker. Den Fettsack hätte ich auch ohne deine Hilfe kastriert.«

Er fährt sich mit den Fingern über den Bart, bückt sich und zieht einen bewusstlosen Körper aus dem Schatten. »Das glaube ich nicht, Kleines.«

Jetzt bin ich baff. Dieser miese Drecksack war nicht allein. Ohne groß darüber nachzudenken, stehe ich auf und gehe auf den Rocker zu. Auf den Zehenspitzen stehend, drücke ich ihm einen Kuss auf die Mundwinkel. »Danke mein Retter.«

Das scheint den Biker echt zu überraschen.

»Jules. Mein Name ist Jules.«

Ich grinse und nasche weiter. »Dann danke, Jules. Offenbar gibt es noch nette Menschen in dieser Stadt.«

Er lacht kurz auf. »Nett passt nicht zu meinem Wortschatz, Baby.«

»Heißt, ich sollte noch mehr Angst vor dir haben? Bin ich nur gerettet worden, weil du auch scharf auf mich bist?«

Wieder ertönt der laute Klang seines Lachens und jagt mir durch Mark und Bein. Einem Mann wie ihm, einen Black Revenge, bin ich noch nie begegnet. Man *hört viel über den Motorradclub, aber gesehen habe ich noch keinen davon.*

»Wie alt bist du, Kleines?«

»Alt genug, warum willst du das wissen?« Ich bin echt fasziniert. Wie viele Mädchen in meinem Alter haben schon das Glück, welches mir zuteilwurde. Er hat mich gerettet, aus welchen Gründen auch immer.

»Soll ich dich nach Hause bringen, Mädchen?«

»Warum willst du das denn, Rocker?«

Die Antwort schuldet er mir, bevor ich dem Drang nachgebe und mich von ihm nach Hause bringen lasse.

»Weil ich nett bin, so wie du es gesagt hast.« Vorsichtig schiebt er eine Strähne meines Haares hinter mein Ohr. »Und … weil du ein sehr faszinierendes Geschöpf bist und nicht von diesen Schweinen gekascht werden sollst.«

»Erst ein Ritt auf deinem Bike und anschließend ein Ritt auf dir?«, hake ich nach, muss mir allerdings ein Grinsen verkneifen.

»Du bist mir eine. Aber nein. Ich will dich nur nach Hause bringen.«

Ein bisschen ärgert es mich schon. »Findest du mich nicht attraktiv genug?« Ich zupfte an meinem Top und streiche mit der anderen Hand über die enge Lederhose.

Wieder kommt er mir nah, packt mein Kinn, sodass ich ihn ansehen muss.

»Wenn du ein paar Jahre älter wärst vielleicht, Baby. Aber ich gehöre nicht zu der Sorte Mann, die kleine Mädchen bumsen. Die Frauen, die ich ficke, sind es gewohnt, hart rangenommen zu werden. Wenn ich dich so ansehe, dann weiß ich genau, dass deine Muschi noch keiner erobert hat, hab ich recht?«

Ich schnaube und schlage seine Hand fort. »Vielen Dank nochmal. Ich werde mich jetzt auf den Weg nach Hause machen.«

Schnell drehe ich mich um und stapfe davon. Von wegen zu jung und unberührt. Er weiß gar nicht, was er verpasst!

Kurz vorm Park, an dem mein Bus nach Bridgewater abfährt, hält mich Jules zurück. Sofort lande ich an seiner Brust und seine Lippen auf meinem Mund. Der Kuss ist gierig und soll mir zeigen, dass er eine Nummer zur groß für mich ist. Doch ich denke nicht daran. Mit gleicher Leidenschaft erwidere ich ihn, kralle mich an seinem Leder fest und heiße die Lava willkommen, die meinen Körper flutet. Dieser Mann ist göttlich, verboten und …

… gehört mir.

So sollte es sein, nachdem ich sein Leder trage. Na ja, sagen wir mal getragen habe. Für Jules hat sich nichts daran geändert, für mich schon. Ich kann dieses Bild in meinem Kopf nicht verbannen. Immer wieder sehe ich, wie er die Bitch an die Wand presst, seine Lippen an ihr Ohr legt und seine Hände auf ihren Hüften ruhen. Ich hatte all das Recht, mich zu verpissen. Von wegen ich bin die einzige Frau in seinem Leben! Für Jules habe ich meine Familie und Freunde verlassen. Alles, damit ich nur mit ihm zusammen sein konnte. Sämtliche Warnungen habe ich in den Wind geschossen, um nach zwei Jahren herauszufinden, dass sie recht damit hatten. Für ihn war ich nur das süße Dekoelement in seinem Bett. Eine Tatsache, die ich in den letzten Jahren begriffen habe. Je mehr Abstand zwischen uns kam, desto deutlicher wurde es. Es spielt keine Rolle, dass ich Jules noch liebe und beinahe jede Nacht von ihm träume. Er hat mein Herz zerrissen. Wie könnte ich ihm jemals wieder vertrauen? Es spielt auch keine Rolle, dass es nie einen anderen gab. Ich will nur noch nach New York zurück und mein Leben fortführen. Scheiß auf die verfickte Bäckerei, die mir den Schlamassel erst eingebrockt hat. Soll sich der Makler allein drum kümmern. Ich hätte ohnehin nichts daran verdient, denn die hohen Kosten aus dem Krankenhaus sprengen den Verkaufswert sowieso. Wäre ich die letzten Jahre nicht so blind gewesen, hätte ich meine Mutter damit nicht allein gelassen. Ich verdiene so gut, dass ich die Versicherung locker hätte übernehmen können.

Nun ist es dafür zu spät. Und was noch viel schlimmer ist ... Ich sitze hier fest, ohne die Aussicht auf ein Entkommen.

FOUR

Jules

Der Alkohol hat seine volle Wirkung entfaltet und verleiht mir den nötigen Mut. Ich werde jetzt in meine Wohnung gehen und mir meine Old Lady zurückholen.

Die Tür schwingt auf und knallt lautstark gegen die Wand. Absolute Dunkelheit empfängt mich. Schnell schalte ich das Flurlicht ein und sehe mich nach Tessa um. Ich entdecke sie schlafend auf dem Sofa.

Sofort sind meine Vorsätze wie weggewischt. Anstatt sie mir zu greifen, gehe ich vor ihr in die Hocke. Sie ist so wunderschön, dass es mir den Atem raubt. Vorsichtig schiebe ich die Hände unter ihren Körper und hebe sie hoch.

»Jules.«

»Ja, ich bin bei dir, Baby.«

Langsam trage ich sie zum Bett, lege sie in die Mitte, ehe ich mich meiner Klamotten entledige und mich zu ihr lege. Vorsichtig ziehe ich Tessa an mich heran und genieße nach so langer Zeit einfach ihre Nähe.

»Was war denn das, Bro? Seit wann küsst du kleine Mädchen?« Raider gesellt sich an meine Seite, während ich noch immer dem Bus hinterher sehe, mit dem die Kleine eben gefahren ist.

»Eine Warnung«, sage ich lediglich. Im Grunde war es meine Intention, dem Mädchen genau diese mitzugeben.

»Hmm. Seltsame Art für eine Warnung«, meint er und fischt seine Kippen aus der Kutte.

»Sie gehört zu den Mädchen, die früher oder später in der Scheiße landen.«

»Mag sein, aber das geht uns nichts an. Du hast schon genug getan, indem du dem Wichser das Genick gebrochen hast.«

Keine Ahnung, warum ich mich überhaupt eingemischt habe. Raider hat recht, das Mädchen war nicht mein Problem, doch ich habe es dazu gemacht. Den Regeln des Clubs nach, gehört ihr Zuckerarsch mir.

»Hätte ich zusehen sollen? Rafe sollte endlich eingreifen. In unserem Revier werden keine Kinder und Frauen verschleppt.« Ich hasse es, wenn Männer ihre Dominanz ausspielen und sich an Schwächeren vergehen.

»Bisher haben wir keinerlei Ansätze, außer dem Typen, den du getötet hast. Was den Alten angeht, so

hat er sich schnell verdrückt. Wir können nur die Augen aufhalten und wenn nötig eingreifen.«

»Und warum zweifelst du dann daran, dass ich sie gerettet habe?«, hake ich nach.

»Das tue ich nicht, Bro. Nur an der Art und Weise. Die Kleine ist nicht mal volljährig und du hast ihr dennoch die Zunge in den Rachen geschoben.«

Oh ja, das habe ich und ich schmecke noch immer ihren süßen Geschmack auf meinen Lippen. Ich weiß auch noch genau, mit welcher Intensität sie den Kuss erwidert hat. So hart bin ich noch nie gewesen, schon gar nicht auf Grund eines Kusses. Die Nutten, die ich normalerweise ficke, genießen diesen Luxus nicht. Das ist etwas Persönliches, Intimes und genau das habe ich mit dem Mädchen geteilt.

»Du bist ja nur neidisch«, kontere ich. Ein schwacher Versuch meinerseits. Für mich ist das Thema damit erledigt.

»Nicht wirklich, Bro. Von kleinen Mädchen lasse ich die Finger. Dann doch lieber Nutten. Die stellen keine Fragen, keine Ansprüche und es gibt keinen Ärger.«

Augenrollend lege ich mir bereits die nächsten Worte zurecht. »Klar, vergessen wir mal, dass jeder von den Black Revenge schon drüber gerutscht ist und die Weiber nur auf ein Leder aus sind!« Die Unterhaltung haben wir schon oft geführt. Raider ist einer meiner besten Kumpels, doch in diesem Punkt sind wir uns uneinig.

»Neun Uhr.« Unsere Unterhaltung ist beendet, denn die Zielperson, die wir für Rafe in den Club bringen sollen, ist soeben auf der Bildfläche erschienen.

»Du rechts - ich links«, sage ich knapp. Raider nickt zur Bestätigung.

Dank der Menschenmassen verschwimme ich regelrecht mit der Menge, obwohl es mir gelingt, meine Zielperson dabei nicht aus den Augen zu verlieren.

Wäre da nicht ein kleines Detail vor mir, dass meine Wut peitschenschnell nach oben treiben würde.

Raider schlägt zu, während ich aus der Ferne zusehe und ihm den Rücken decke. Bis er den Typen in den Van geschleppt hat, bleibt mein Augenmerk auf ihn gerichtet.

Doch anschließend presche ich nach vorn, packe zu und ziehe das Mädchen, das ich eben in den Bus gesetzt habe, aus der Menge.

»Sag mal, geht's noch?«

»Das frage ich dich. Hab ich dich nicht eben in den Bus gesetzt?«, knurre ich und baue mich bedrohlich vor ihr auf.

»Hey Tessa, ist das dein Daddy?«

Sämtliche Sicherungen brennen mir durch. Wütend packe ich den Bengel am Kragen, ziehe ihm die Faust durch die Visage, sodass er auf dem Boden landet.

»Ich würde mir gut überlegen, wie du das nächste Mal einen Black Revenge ansprichst. Du kannst froh sein, dass deine Mami ihre Beine für uns breit macht, ansonsten hätte ich dir sofort das Genick gebrochen.«

Wimmernd bleibt er einfach liegen, während seine Kumpels einen Rückzieher machen.

»Nun zu dir. Ich habe eben nicht umsonst einen Mann getötet, nur damit du mich verarschst.«

Das Gesicht der Kleinen wird aschfahl und zum ersten Mal scheint sie keinen Spruch über die Lippen zu bekommen.

»Er ist … war doch nur bewusstlos«, kommt es ihr stotternd über die Lippen.

»Nein. Ich habe dem Schwein das Genick gebrochen, Baby und gleich breche ich dir deins, wenn du dich nicht augenblicklich nach Hause machst.« Bei jedem Wort zuckt sie zusammen.

»Du bist ja schlimmer als meine Mom. Ich will doch nur ein bisschen Spaß.«

Ich überwinde die Distanz zwischen uns, packe grob ihren Nacken und schiebe sie aus der Menge. Es sind ohnehin schon zu viele Menschen auf uns aufmerksam geworden.

»Jules … willst du mich rollen, Bro? Was soll der Shit?«

»Leg Tina einfach zwei Scheine mehr dazu«, sage ich wütend.

»Was willst du mit der Bitch? Das ist nicht unser Problem. Sieh zu, dass du es loswirst.«

Ich sehe die Kleine nur kurz an und bedeute ihr genau dort stehen zu bleiben.

Unerwartet trifft Raider meine Faust, indes ich ein weiteres Mal aushole und seinen Kiefer erwische. Er taumelt zurück, fängt sich und setzt zum Gegenschlag an, verfehlt mich jedoch.

Bevor ich ihm ein weiteres Mal meine Faust in die Fresse rammen kann, werden wir auseinandergerissen.

»Spinnt ihr jetzt völlig«, donnert Rick. Devon, der hinter Raider steht, mustert mich eingehend.

»Den Scheiß könnt ihr im Club klären und nicht auf offener Straße! Worum ging es überhaupt?«, will Devon wissen.

»Die Kleine! Jules hat einen Kerl kaltgemacht, der sie entführen wollte.«

Ich schweige beharrlich, doch meine Wut und auch die daraus folgende Körpersprache, verraten meinem Vizepräsidenten eine Menge.

»Er hat Tinas Sohn eine verpasst und dreht gerade völlig durch«, erklärt Raider weiter.

Die Kleine, die hinter mir steht, wird argwöhnisch beäugt. Ich mache einen Fehler, dessen bin ich mir mehr als bewusst. Doch allein die Vorstellung, ihr könnte etwas passieren, lässt mich rotsehen.

»Fahr mit Rick in den Club, Raider. Kümmert euch um den Auftrag.«

Beide gehen, während Devon mit der Kleinen und mir zurückbleibt. Vorsichtig sehe ich mich nach Tessa um, die noch immer hinter mir steht.

»Muss ich mir Sorgen machen, Jules?«

»Warum? Weil ich meinen Job ernst genommen und ein Mädchen davor bewahrt habe, entführt zu werden?«, knurre ich.

»Bis dahin verstehe ich deine Intention vollkommen. Aber nicht mehr, nachdem du Tinas Sohn verprügelt hast.«

»Der kleine Wichser hat mich beleidigt. Ich habe ihm nur eine Lektion erteilt, die er bitternötig hatte.«

Er mustert mich ruhig, bis er das Wort an die Kleine richtet. »Jules bringt dich nach Hause und ich will deinen Arsch nie wieder in der Nähe eines Black Revenge sehen, verstanden?«

Sie nickt und er lässt uns allein.

»Warum hast du das getan? Ich habe dich nie um Hilfe gebeten.« Ja, warum Jules?

Wütend stapfe ich davon und lasse sie stehen. Was für ein Bullshit. Ich habe Raider wegen einer Pussy *geschlagen! Ein Glück, dass Devon mich nicht auseinandergenommen hat.*

»Beweg endlich deinen Arsch zu mir, Püppi«, brülle ich im Befehlston, nachdem sie ihren Hintern noch immer nicht in Bewegung gesetzt hat. Sofort ist sie an meiner Seite, während wir zum Bike gehen.

»Auf meine Maschine. Na los«, setze ich nach. Ohne Murren kommt sie dem nach.

Ich schwinge mich ebenfalls auf mein Bike, packe ihre Arme und ziehe sie zu mir.

»Halt dich an mir fest und zick nicht rum. Ich habe keine Lust, dass du runterfällst und ich deine Überreste von der Straße kratzen darf.«

Widerwillig krallt sie sich an mir fest. Ihre Mitte ruht an meinen Hintern, während sich ihre Finger fest an mein Shirt krallen.

Die Nähe ruft meinen Schwanz auf den Plan. Dabei versuche ich mir ständig in Erinnerung zu rufen, dass sie zu jung für mich ist. Wirklich. Ich will die Kleine nicht anziehend finden.

Holy crab! Ich bin sowas von am Arsch.

FIVE

Tessa

Wohlige Wärme umgibt mich. Der Duft nach Leder und Mann benebelt meine Sinne und …

Halt! Sofort reiße ich die Augen auf. Direkt neben mir liegt niemand anderes als Jules. Dieser kleine Wichser muss mich in sein Bett gebracht haben, während ich geschlafen habe. Vorsichtig rolle ich mich auf die Seite, schiebe die Füße über die Bettkante und … werde grob zurückgerissen. Jules schiebt sich über mich. Die Hände presst er grob über meinem Kopf zusammen.

»Guten Morgen, Miststück.«

»Dir wünsche ich keinen guten Morgen, Arschloch.«

Er grinst und leckt sich über die Lippen.

»Ich habe deinen Kampfgeist schon immer gemocht, Tessa.« Wichser!

»Und ich, wenn ich deinem Körper irgendwelche Löcher verpassen konnte«, zischt sie.

Oh ja, ich werde nie vergessen, wie ich ihn angeschossen habe. Dabei war der Grund dafür mehr als bescheuert und mehr als jugendlicher Leichtsinn.

»Mhm … Du willst offenbar, dass ich dir wieder deinen süßen Hintern versohle.«

Alles geht so schnell, dass ich mich schon auf dem Bauch liegend wiederfinde, ohne zu merken, wie es ihm gelungen ist. Meine Shorts werden nach unten gerissen und prompt landet der erste harte Schlag auf meinem Hintern.

Ich beiße mir auf die Unterlippe, um keinen Laut von mir zu geben, denn JA ... es tut höllisch weh!

Wieder und wieder schnellt seine Hand nach unten. Ich spüre nichts außer Schmerz und gleißende Hitze, die von meinem Hinterteil durch meinen gesamten Körper fegt.

Die ganze Zeit über gebe ich keinen Mucks von mir. Ich kämpfe auch die Tränen nach unten und schütze meine Seele vor der erneuten Demütigung.

Keine Ahnung, wie viele Schläge es sind. Irgendwann greift Jules in meine Locken und zieht mich nach oben, sodass ich mit dem Rücken an seine Brust gepresst werde.

»Und jetzt mein kleines Miststück wirst du mir sagen, warum du ohne ein Wort abgehauen bist.«

Ich bleibe stumm. Lediglich meine schwere Atmung verrät, welcher Sturm in mir tobt.

»Ich will wissen, warum du mich verlassen hast, Tessa«, setzt er deutlicher nach. Der Zug auf meine Haare wird fester.

»Sag. Mir. Warum!« Unwillkürlich zucke ich zusammen. Mein Fluchtinstinkt meldet sich und ich ramme ihm meinen Ellenbogen in den Rippenbogen. Leider ohne den gewünschten Effekt, denn Jules lässt mich nicht los.

»Okay, also von vorn.«

Grob werde ich zurück auf die Matratze geworfen und das Spiel beginnt von Neuem.

»Sprich, Weib. Warum?«

Die Demütigung seinerseits schlägt in blanke Wut um. Ich rappele mich hoch und flüchte aus dem Bett.

»Wie war es mit Emma? Hat sie dich gut verwöhnt, ja? Hat es sich gelohnt eine dreckige Hure zu ficken, obwohl du bereits eine Old Lady im Bett hattest?«, schreie ich ihm entgegen.

Ich bin so unsagbar wütend. Das erstbeste in meiner Nähe landet in seinem Gesicht! Auch das zweite und dritte Teil fliegt in seine Richtung. Jules hastet aus dem Bett, bekommt mich zu fassen und presst mich gegen die Wand hinter mir.

Sein Mund landet stürmisch auf meinem, während ich die Hände in seinen Haaren vergrabe. Grob werde ich auf seine Hüften gehievt und von meinem Slip befreit. Der harte Schaft ruht vor meinem Eingang, bereit mich auszufüllen. Ich stöhne in unseren Kuss, lasse zu, dass er sich Stück für Stück in mich schiebt. Wie sehr habe ich das vermisst.

»Jules«, wispere ich an seine Mundwinkel, koste jeden Zentimeter seiner Härte in vollen Zügen aus.

»Ich.habe.die.Nutte.niemals.gefickt«, presst er hervor und rammt sich noch tiefer in mich.

Mein gesamter Unterleib vibriert. Zwischen meinen Beinen pulsiert es. Meine Perle zuckt und reagiert auf jede Berührung hypersensibel.

Erneut küsst er mich, gleitet mit der Hand zwischen meine Beine und massiert meinen geschwollenen Kitzler. Ich komme so heftig, dass ich meinen Schrei nicht länger unterdrücken kann. Auch nicht den heftigen Schwall meines feuchten Höhepunktes.

Jeder weitere Stoß von Jules fordert mich und benetzt den gesamten Boden zu seinen Füßen.

Als er ebenfalls kommt, sinke ich erschöpft gegen ihn. *Ich bin so eine idiotische Kuh!*

»Ich habe nicht mit ihr geschlafen, Tessa. Wie kommst du darauf?«

Seine Frage zerstört die Blase, die ich um uns herum aufgebaut habe. Die Realität und der Hass auf diesen Mann, brodeln zurück an die Oberfläche.

»Lass mich runter, Jules. Sofort.«

Ohne zu zögern, stellt er mich auf die Füße zurück. Sofort drehe ich mich auf den Hacken um und stürme ins Badezimmer.

Oh man, was habe ich gerade nur getan. Es hätte niemals so weit kommen dürfen!

»Hey.« Jules kommt ebenfalls ins Bad, setzt sich auf den Badewannenrand und zieht mich auf seinen Schoß. Das Intime … Das vertraute kehrt zurück und eine Ruhe, die ich lange Zeit nicht mehr empfunden habe.

»Erklärst du mir, wie du auf diesen Bullshit kommst, Baby? Ich würde dich niemals betrügen. Du kennst meine Meinung über Nutten und bezahlter Liebe. Schon vor dir habe ich davon weitestgehend die Finger gelassen.«

Ja, ich kenne seine Meinung zu dem Thema … doch ich weiß auch, was ich mit eigenen Augen gesehen habe! Und genau das kann er nicht abstreiten.

»Hör auf, okay? Jules, ich habe es gesehen. Ich habe fast neben euch gestanden. Warum kannst du nicht dazu stehen und lügst mich stattdessen an?«

Noch mehr, als diese Bilder, die seit sechs Jahren durch meinen Verstand surren, ist es sein Leugnen, das mich extrem verletzt.

»Was hast du gesehen, Baby?«, hakt er weiter nach.

Ich seufze, lege den Kopf in den Nacken, bevor ich ihn wieder ansehe.

»An dem Tag, an dem du mir das Leder angezogen hast, habe ich dich mit Emma im Flur vor deinem Büro gesehen.«

»Was hast du gesehen?« Seine Finger umfassen hart mein Kinn, sodass ich seinem Blick nicht ausweichen kann.

»Du hast sie gegen die Wand gedrückt, dein Knie war zwischen ihren Schenkel, deine Hände an ihren Hüften und dein Gesicht an ihrem Ohr.«

Er schnaubt verächtlich. »Und du glaubst wirklich, dass ich sie gefickt habe? *Holy crab*, Tessa! Ich habe ihr lediglich eine Lektion erteilt, weil mich ihre ständigen Avancen genervt haben. Die Bitch ist andauernd in mein Büro stolziert, hat mir permanent ihre Muschi unter die Nase gehalten, obwohl sie wusste, dass wir zusammen sind. Ja, ich habe vor dir ein paar Nutten gebumst. Aber weder während unserer Zeit noch danach eine Bitch davon angefasst.«

Ich weiß nicht, was ich glauben soll. Redet er sich jetzt einfach raus oder stimmt es, was er mir sagt?

»Theresa, ich liebe dich. Daran hat sich seit unserem Kennenlernen nichts geändert.«

Ich kämpfe gegen meine Emotionen. In den letzten Jahren bin ich mehr eine leere Hülle meiner selbst gewesen. Unfähig, mein Leben bei den Rockern zu vergessen.

Langsam erhebe ich mich und bleibe vor dem Spiegel stehen. Was ich sehe, gefällt mir schon lange nicht mehr. Ich habe alles Erdenkliche probiert, um einen neuen Abschnitt zu beginnen. In New York habe ich meine Ausbildung beendet und einen guten Job angenommen. Alles andere jedoch, war ein absoluter Fehlschlag. Egal welchen Mann ich kennengelernt habe, ich habe immer Vergleiche zu Jules gesucht.

»Was hast du die letzten Jahre getrieben?«, will er wissen, nachdem er mich eine Zeitlang beobachtet hat.

Durch den Spiegel sehe ich zu ihm. »Darf ich mich frei bewegen oder sperrst du mich hier ein?«, stelle ich die Gegenfrage, ohne ihm zu antworten.

»Du darfst. Aber erwarte nicht, dass du bei meinen Brüdern immer noch einen Bonus genießt, wie du es früher getan hast.«

Was das bedeutet, braucht er nicht weiter zu erläutern. Sie sind sauer auf mich, denn ich habe nicht nur Jules den Rücken zugewandt, sondern auch den Black Revenge.

»Danke. Wärst du so gut und würdest meine Klamotten aus dem Hotel holen, ich würde mich wirklich gern umziehen.«

Wortlos steht Jules auf und verschwindet, ehe er kurz darauf mit meinem Koffer wiederkommt. Anschließend geht er zurück ins Schlafzimmer.

Ich sehe das Leder in seiner Hand. »Es gehört immer noch dir und es wäre besser, wenn du es trägst, sobald du dich im Club ohne mich aufhältst. Es gibt viele neue Member und so solltest du geschützt sein.«

Ich nehme es ihm ab und schließe anschließend die Tür hinter mir. Was ich jetzt brauche, ist Zeit für mich. In meinem Kopf herrscht ein heilloses Chaos. Nicht nur wegen ihm, denn der Tod meiner Mutter hat mir den Boden unter den Füßen weggerissen. Wegen des Rockers bin ich nicht mehr nach Hause zurückgekehrt, nicht einmal, als ich von ihrer Krebserkrankung erfahren habe. Ein Armutszeugnis ... ich weiß!

SIX

Jules

Nachdem ich mich angezogen habe, verlasse ich meine Wohnung und gehe in den Clubraum. Keine Ahnung, was ich erwartet habe, aber sicherlich nicht, dass ich mit Tessa schlafe und noch weniger, was der Grund für ihre überstürzte Flucht war. Warum hat sich mich an diesem Abend nicht zur Rede gestellt, wie sie es sonst auch stets getan hat? Tessa gehört nicht zu der Sorte Frauen, die vor Auseinandersetzungen davonlaufen.

»Na, hast du die Nacht überlebt?« Devon deutet auf den freien Platz neben sich und ich nicke.

»Offenbar, denn ansonsten würdest du mich nicht fragen können.«

Mary, die ebenfalls neben ihm sitzt, kaut auf ihrer Unterlippe, während sie mich still beobachtet.

»Hast du ihr wehgetan? Du kennst Rafes Regeln.«

Ach? Echt? Welch Ironie, dass genau der Mann etwas zur Thematik bringt, was er selbst nicht einhalten konnte. Wenn ich mich recht erinnere, wollte er seine Old Lady erschießen, weil sie ihn dabei gesehen hat, wie er ihren Nachbarn umgebracht hat.

»Sie lebt noch, wenn du es genau wissen willst. Das andere hat sie verdient.«

»Andere?« Fragend hebt er die Braue.

»Es war mal wieder an der Zeit ihr den Hintern zu versohlen!«, lasse ich Devon wissen. Mary schnalzt missbilligend mit der Zunge.

Prompt erscheint Tessa ebenfalls im Club und sieht sich unsicher um.

»Sie darf sich frei bewegen, bevor du mir die Frage stellst. Ich ziehe mich ins Büro zurück und werde die neue Route ausarbeiten und vielleicht auch gleich testen.«

Ich sehe Max aus dem Büro kommen, dicht gefolgt von Emma. Auch Tessas Blick liegt auf der Bitch, die beinahe unsere Beziehung zerstört hätte. Oder vielleicht auch schon längst hat. Denn die Frage ist noch unbeantwortet.

Noch bevor ich weiß, was ich tue, gehe ich zu Tessa und schlinge von hinten meine Arme um sie. »Bleib ruhig, Baby. Füttere niemals den Troll«, flüstere ich ihr ins Ohr.

Tessa dreht sich in meinem Griff, die Arme schlingt sie fest um meinen Nacken und küsst mich. Ich erwidere das zarte Spiel ihrer Lippen, koste den süßen Geschmack, der auf meiner Zunge liegt.

Emma sagt nichts, grinst mich nur hämisch an und verlässt anschließend den Club. Dieses dreckige Miststück!

»Du kannst aufhören. Sie ist weg«, lasse ich Tessa wissen. Augenblicklich bringt sie Distanz zwischen uns und mich zurück in die Realität. Mein Mädchen glaubt mir nicht, was mir die letzten Sekunden nur deutlich vor Augen führen.

»Jules warte kurz«, hält mich Mary zurück, nachdem ich in Richtung Büro davon stolziere. »Hast du etwas dagegen, wenn Tessa …«

»Vergiss es, Honey. Sie bleibt innerhalb des Clubs. Sie wird nicht mit zu Skye gehen. Das ist mein letztes Wort.«

»Ich kann Mini bitten aufzupassen. Hier ist euer Spielplatz und bei Skye der von uns Frauen. Komm schon.«

Ich drehe mich zu ihr, bevor ich Tessa ansehe. »Starte nur einen Versuch abzuhauen und ich pflanze dir wirklich einen Chip in den Hintern«, knurre ich und gehe davon. Das »Danke Jules« von beiden Frauen ignoriere ich geflissentlich.

Wider Erwarten sitzt ausgerechnet Rafe in meinem Büro, als ich die Tür öffne, um hineinzugehen.

»Willst du mich jetzt auch noch mit Weisheiten und guten Ratschlägen quälen?«, frage ich genervt. Seitdem er seine Lady hat, versucht er ständig unser

Gewissen zu bekehren, als wäre er ein gottverdammter Heiliger.

»Muss ich das, Jules? Aber nein, ich bin wegen der Route für den nächsten Transport hier. Ich will, dass du unsere vorherige Absprache vergisst und alles neu ausarbeitest.«

Fragend mustere ich meinen Präsidenten. Ich stelle keine Fragen, wenn er mir einen Auftrag gibt … normalerweise. »Vertraust du mir nicht? Was ist an der ersten Route auszusetzen?«, frage ich ihn direkt.

»Bullshit, Bro! Es geht um die Kanadier. Ich vertraue ihnen nicht. Wenn sie erwischt werden, haben sie mächtig Probleme ... wenn sie uns allerdings verkaufen, dann stehen sie verdammt gut da.«

Ich seufze. »Es gibt nicht viele Möglichkeiten die Route so schnell zu ändern. Jedenfalls nicht, wenn ich mir den Scheiß noch ansehen muss.«

»Du kennst die Straßen besser als jeder von uns und wirst mit Sicherheit eine Lösung finden«, muntert er mich auf. »Jetzt können wir über Tessa sprechen.«

Ich stöhne gequält. »Erst Devon und nun auch noch du. Sie lebt, es geht ihr gut … Was willst du noch?«

»Tessa hat unser Leben schon von Anfang an durcheinandergewirbelt. Wie ich sie kenne, wird sie schon bald neuen Ärger heraufbeschwören.«

Genervt rolle ich mit den Augen. »Vermutlich wird sie das oder sie überrascht uns zur Abwechslung einfach mal.«

Sein Schnauben bringt deutlich zum Ausdruck, was ich mir insgeheim denke.

»Du kannst von Glück sagen, dass dich dein Schwanz damals nicht in den Knast befördert hat. Tessa war immer schon zu jung und viel zu anstrengend.«

Ich ziehe eine Augenbraue nach oben und schüttele anschließend den Kopf. »Skye, Mary, Liv, Helena? Sie alle haben ihre Eigenarten und den Club auf so manche Weise in Schwierigkeiten gebracht oder einen von uns.«

»Ganz Unrecht hast du nicht. Aber im Vergleich zu deiner Tessa war das alles harmlos. Sie hat dich angeschossen und du hast mit ihr geschlafen, als sie erst sechzehn war. Kaum, dass sie allein war, ist sie von einer Scheiße in die nächste geschlittert.«

Ich werde das Gefühl nicht los, dass er mir etwas ganz anderes sagen will. »Was soll ich deiner Meinung nach jetzt tun?«

»Ich biete dir die Möglichkeit, das Leder zurückzunehmen … Ganz ohne Konsequenzen. Du bist ein freier Mann - sie eine freie Frau. Ihr fangt beide bei null an und dieses Kapitel ist für immer beendet.«

Hat er das wirklich gerade gesagt? Das glaube ich einfach nicht!

»Hör zu, Rafe. Eine Old Lady wird von einem Biker nicht einfach mal so ausgewählt und kann beliebig ersetzt werden. Als ich Tessa das Leder angezogen habe, wollte ich das so und … ich will es noch immer so. Sie gehört mir … an meine Seite … in mein Bett. Ende der Durchsage!«

Er grinst und nickt wissend. »Das wollte ich von dir hören, Bro.« Mehr sagt er nicht und verlässt mein Büro.

Von wegen mein Mädchen freigeben! Vor acht Jahren habe ich die Hölle zum Kampf herausgefordert, nur damit ich sie behalten konnte. Denn in einem Punkt hatte Rafe vollkommen recht … Ich habe wegen ihr mit einem Bein im Knast gestanden, als ich mit ihr geschlafen habe. Nicht zu vergessen ihre Mutter, die dank meines Präsidenten nichts gegen mich unternommen hat. Wahrscheinlich war sie auf eine Art froh, ihre schwierige Tochter los zu sein. Mit der Bäckerei und ohne ihren Mann war sie schlichtweg überfordert.

Ich schüttele die Gedanken vorläufig ab. Mit dem Wunsch, die Route zu ändern, hat Rafe mich absolut überfahren. Aus dem Schreibtisch hole ich die Karten und sehe mir die verschiedenen Abschnitte genau an. Auf den zwanzig Meilen zum Treffpunkt gibt es wenige Möglichkeiten, nur Passagen des Weges zu ändern.

Es hilft nichts … ich muss die komplette Strecke neu abstecken. Und dafür muss ich aufs Bike steigen.

Ich packe die Karten zusammen, verstaue sie in meiner Kutte und gehe auf den Hof.

Vor meinem Bike steht Tessa und scheint mit Mary in ein Gespräch vertieft. Wie sie so an meine Maschine gelehnt dasteht, erinnert sie mich an das Mädchen, das ich damals einkassiert habe.

Ich räuspere mich kurz. »Ich brauche mein Bike.«

»Entschuldige … ich wollte dir nicht im Weg stehen.«

Ich schwinge mich auf den Sitz und starte mit einem Kickdown den Motor.

»Wirst du lang fort sein?«, will sie unsicher wissen.

Früher hätte ich sie einfach mitgenommen und die Zeit mit ihr genossen. »Ich weiß es nicht«, antworte ich ehrlich, ohne den Blick von ihr abzuwenden.

»Fahr vorsichtig, okay?«

Ich nicke und fahre vom Hof. Vielleicht brauche ich das jetzt auch. Nur die Straße, mein Bike und ich.

Selbst wenn Rafes Angebot verlockend geklungen hat, habe ich meine Worte ernst gemeint. Wir Biker nehmen uns nicht leichtfertig eine Old Lady! In unserer Welt ist das Ladyleder bedeutender als ein Ehevertrag oder eine geistliche Segnung vor Gott.

Eine solche Liaison beendet nur der Tod.

All die Jahre konnte ich meine Wunden vor der Außenwelt verstecken. Niemand hat gesehen, wie sehr ich hinter meiner harten Fassade gelitten habe, denn genau das habe ich getan. Für Tessa wurden Berge versetzt und ganze Landschaft neu gestaltet. Ich habe zeitweise an meinem Verstand gezweifelt und habe meinen Brüdern eine harte Zeit beschert, weil ich etwas wollte, dass ich nicht hätte haben dürfen.

Und jetzt? Jetzt muss ich wieder um das freche Miststück kämpfen, damit sie zu mir zurückkehrt.

Fuck off!

SEVEN

Tessa

»Das ist ja mal gehörig danebengegangen«, meint Mary und stellt sich an meine Seite.

»Was meinst du?«

Sie schüttelt den Kopf, hakt sich bei mir unter und zieht mich mit sich. »Das mit Jules. Oder hast du dich gerade mit einem anderen Mann unterhalten?«

»Nein. Egal. Vergiss es einfach! Das zwischen Jules und mir ist ohnehin gelaufen. Er hat mich betrogen und ganz gleich welche Ausrede er auch bringt, ich werde ihm nicht mehr glauben.« Das zumindest ist mein Plan, der bis jetzt nicht sonderlich gut funktioniert hat.

Wir verlassen das Clubgelände und gehen in das Haus gegenüber. So weit Mary mir erklärt hat, gehört das Haus Skye, Rafes Old Lady.

Sie führt mich in das Nebengelass, wo bereits die anderen Ladys auf uns warten.

»Schön, das hat ja schon mal geklappt«, sagt eine davon.

»Das ist Helena, Ricks Lady, Liv gehört zu Raider und Skye zu Rafe«, stellt sie alle nacheinander vor.

Ich stehe unsicher in der Küche und warte. Keine Ahnung, weshalb Mary mich mitgenommen hat. Ja, noch trage ich die Kutte, auf der Fett *Property of Jules* steht, doch das ist nur eine Frage von Zeit.

»Kriegsrat, Mädels. Ich habe die Männer vorhin miteinander sprechen hören. Offenbar hat mein Mann vor, Jules anzubieten, dass Ladyleder zurückzunehmen«, sagt Skye.

»Halt! Wir können das sofort abkürzen. Wenn Jules dem zustimmt, dann ist das in meinem Interesse. Unsere Verbindung wäre gelöst, ich nicht länger Eigentum der Black Revenge und könnte mein Leben endlich weiterführen«, sage ich bestimmt.

Das scheint die Frauen vor mir sichtlich zu irritieren.

»Das kann nicht dein erst sein, Süße! Ich habe gesehen, wie du ihn angesehen hast und auch, wie du ihn im Club geküsst hast«, wirft Mary ein.

Ich verlange ja auch nicht, dass sie es verstehen! Was zwischen Jules und mir geschehen ist, hat keine von ihnen mitbekommen. Sie kennen mich nicht und auch wenn ihre Intentionen lieb gemeint sind ... nein Danke.

»Ich habe es nur wegen Emma getan. Mehr war da nicht. Mary, ich würde gern zurück.« Sofort mache ich auf dem Absatz kehrt und warte im Flur auf sie. Ich rechne es den Mädels hoch an, dass sie mir helfen wollen, aber ich habe meine Entscheidung bereits getroffen, als ich ihn damals verlassen habe.

»Du machst einen großen Fehler, Tessa.«

Mag sein, dass sie es so sieht … ich nicht.

Zielstrebig gehe ich zurück auf das Clubgelände und Mary lässt mich allein. Inmitten des Hofes bleibe ich stehen und werfe einen Blick durch die Reihe der Biker. Jeder … absolut jeder sieht mich an, als wäre ich eine Schwerverbrecherin. Jules hatte recht, denn nur der Umstand, dass ein *Property of Jules* meinen Rücken ziert, hält die Jungs davon ab, mich zum Teufel zu jagen.

»Tessa? Oh mein Gott, ich glaubs ja nicht. Du hier?«

Ich drehe mich zu der Frauenstimme um und staune nicht schlecht, wer da vor mir steht.

»Gina, ich fasse es nicht. Du bist immer noch bei den Jungs!«

Die dralle Blondine zieht mich sofort in eine Umarmung. »Klar! Wie könnte ich nicht? Sag, wie geht es dir? Ich dachte vorhin echt, dass Emma mich verarschen will.«

Beim Klang ihres Namens verschwindet mein Lächeln. Wie gern würde ich der Nutte den Hals umdrehen.

»Komm, Honey. Wir gehen jetzt an die Bar und quatschen«, sagt sie fröhlich und zieht mich hinter sich her.

»Ähm … Es ist nicht mal zehn«, meine ich schockiert.

»Baby, für Alkohol ist es nie zu früh.«

Wenn ich so drüber nachdenke, dann hat sie eigentlich recht. Eine Ablenkung täte mir gut.

»So, und nun erzählst du mir, warum du Hals über Kopf abgehauen bist.«

Gina wartet gar nicht darauf bis die Clubbitch, die heute Thekendienst hat, unsere Gläser mit Shots füllt.

»Emma und Jules«, sage ich lediglich.

»Im Ernst jetzt, Schätzchen? Für niemanden würde ich die Hand ins Feuer legen, außer für ihn.«

Damals hätte ich das auch so unterschrieben.

»Wir wissen beide, dass Emma schon immer scharf auf ihn war.« Im Grunde kann ich es ihr nicht mal verdenken. Jules ist einfach anbetungswürdig. Groß, muskulös, tätowiert und ein Black Revenge. Die perfekte Kombi für eine Nutte, die keine Optionen mehr hat.

»Emma gehört nicht in unseren Kreis, das hat sie noch nie, Tessa. Ich frage mich ohnehin, warum Rafe sie noch duldet. Es gibt hier keine Old Lady, die ihr nicht sofort den Hals umdrehen möchte. Jetzt, da du zurück bist, wird sie sicher nichts unversucht lassen, Jules wieder zu umgarnen.«

Das habe ich befürchtet. Der Drink, den ich sofort runterkippe, brennt höllisch in meinem Rachen und noch viel schlimmer in meinem Magen.

»Nun mach dich nicht heiß, Süße! Dein Jules geht dir nicht fremd. Dafür liebt er dich viel zu sehr. Er ist geblieben, obwohl du seinen Wanst durchlöchert und ständig in Schwierigkeiten gesteckt hast. Erinner dich an den Tag in der Schule. Du hast es mit deiner Art so weit gebracht, dass dich sämtliche Jungs verprügeln wollten. Er hat dich vor seinen Brüdern beschützt und bis zu deinem achtzehnten Geburtstag mit einem Bein im Knast gestanden.«

Wieder kippe ich einen Shot hinunter. »Ich bekomme das Bild von ihm und Emma nur nicht aus meinem Kopf. Verstehst du? Anfangs war ich zu hundert Prozent sicher, dass er mich betrügt. Ich habe mein Sparbuch geplündert und bin nach New York abgehauen. Nicht mal meine Mom wusste, wo ich bin. Erst habe ich in einer Kneipe gejobbt und anschließend eine Ausbildung gemacht. Inzwischen habe ich einen Job, eine Wohnung und ein ganz anderes Leben. Ich bin nur nach Bridgewater gekommen, um meine Mutter zu beerdigen und die Bäckerei zu verkaufen. Ich habe mit meinem vorherigen Leben abgeschlossen.«

Sechs Jahre sind eine verdammt lange Zeit und inzwischen bin ich reifer und älter geworden. Viele Dinge sehe ich heute ganz anders. Mich Jules an den Hals zu werfen war das Dümmste, was ich je getan habe.

»Hast du das wirklich? Ich bin lange genug im Business, um zu wissen, dass man mit Bikern niemals abschließt.«

Zeit für Glas Nummer drei. Endlich entfaltet der Schnaps seine Wirkung.

»Liebst du ihn noch?«, stellt sie die elementare Frage.

Ich wende den Blick kurz ab, um meine Gedanken zu ordnen. Vorhin, mit Jules im Bad. Er hat mir gesagt, dass er mich noch liebt. Was ist mit mir? Liebe ich ihn noch?

And the next one. Je mehr die Frage durch mein Hirn kreist, desto mehr Shots kippe ich mit Gina.

Ich ignoriere, dass sich immer mehr Member im Club einfinden und auch die Nutten nach ihrem kurzen Schläfchen zurückkehren. Selbst die Old Ladys, die nur unweit von mir entfernt sitzen, blende ich aus. Mag sein, dass sie glücklich sind … ich bin es nicht. Seit gestern hat sich nicht viel geändert … Ich bin nach wie vor kein Teil der Black Revenge mehr.

»Das habe ich vermisst, Süße! Im Gegensatz zu den anderen Damen hast du uns nicht wie Menschen zweiter Klasse behandelt.«

Ich beiße mit auf die Unterlippe, während mein Kopf zur Seite ruckt. Liv, Mary, Skye und Helena beobachten das Geschehen ganz genau. Was sie sehen, gefällt ihnen kein Stück.

»Du bist eben genau so durch, wie ich. Wir unterscheiden uns kaum.« Und damit sage ich die Wahrheit. Gina und ich, wir haben beide die Schattenseiten des Lebens gesehen. Wir wissen, was es heißt, in der Scheiße zu stecken.

»Darauf trinken wir einen.«

Keine Ahnung, wie viele ich in den letzten Stunden getrunken habe, aber mit dem Karussell in meinem Kopf, kommt auch die emotionale Gleichgültigkeit. Insbesondere im Hinblick auf Emma, die um jeden Kerl herumscharwenzelt, der im Raum ist.

»Ich sollte nach oben gehen«, sage ich nach einer Weile. Es dreht sich alles und ich bin müde.

»Du verträgst auch nichts mehr, hmm?«

»Nein«, antworte ich und kichere.

»Lass uns tanzen, das hilft gegen die Karussellfahrt.«

Ich bin kaum Herr meiner Sinne, aber es tut gut, einmal wieder ich zu sein. Etwas, dass ich seit New York vollkommen ausgeblendet habe.

»Was hast du mit ihr angestellt, Gina?«, will Raider wissen.

»Das hat sie mal gebraucht.«

»Klar und wir gleich ordentlich Ärger mit Jules, weil Tessa stramm ist wie ein alter Matrose.«

Pff, mache ich lediglich und tanze weiter. Ungeachtet dessen, dass Jules den Club betritt und er die Situation sofort erfasst.

Genau der richtige Augenblick, um Gina meine Zunge in den Hals zu schieben. Im ersten Moment scheint sie überrascht, doch dann bemerkt sie meinen Rocker und geht auf das Spiel ein.

Was dieser Arsch kann, kann ich schon lange!

EIGHT

Jules

Es hat gutgetan mal rauszukommen und meinen Kopf frei zu kriegen.

Rafes Angebot kommt für mich nicht in Frage, aber ich habe keinen blassen Schimmer, wie es mit Tessa weiter gehen soll. Sie vertraut mir nicht und ich bezweifle, dass sich daran etwas ändern wird. Wie ich sie kenne, wird sie abhauen, sobald sie die Gelegenheit bekommt.

Ich fahre auf den Hof und parke mein Bike bei den anderen. Den Auftrag habe ich ausgeführt und eine neue Route ausgewählt. Allerdings müssen wir ein Staffelsystem fahren, um die Waffen in den Club zu bringen. Aber das sollte unser kleinstes Problem sein.

Zufrieden betrete ich den Club, nur um gleich darauf meine Zufriedenheit in Wut zu wandeln. Als ich Gina und meine Lady erblicke, brennen meine Sicherungen durch. Dieses kleine Miststück!

Für einen kurzen Moment schließe ich die Augen, ehe ich auf Tessa zugehe. Sie sieht mich, unterbricht den Kuss mit Gina und beginnt zu lächeln. Kaum, dass ich sie erreicht habe, schlingt sie die Arme um meinen Nacken und tanzt fröhlich weiter, als wäre eben nichts gewesen.

Immer wieder streift ihr Unterleib meinen Schwanz, der natürlich sofort darauf reagiert.

»Findest du mich nicht attraktiv«, lallt sie. Deutlich kann ich den Alkoholgeruch wahrnehmen, der von ihr ausgeht.

»Ach nein, du stehst ja auf Nutten. Ich jetzt übrigens auch«, setzt sie nach.

Ich packe mein Mädchen, hieve sie mühelos auf meine Hüften, bevor ich sie an die nächste Wand presse. Grob nehme ich ihren Mund in Besitz, während ich eine Hand in ihren Haaren vergrabe. »Ich müsste dir deinen Hintern versohlen.« Die Nummer mit der Clubbitch ging einen Schritt zu weit. Schon von Anfang an, hat Tessa und Gina eine Art Freundschaft verbunden, die zusätzlich für genügend Zündstoff gesorgt hat.

»Hast du doch schon«, kichert sie.

Da ich Tessa nicht vor allen Anwesenden ficken will, werfe ich sie kurzerhand über die Schulter.

»Du gehörst ins Bett, Baby.«

»Uiii … ja … ich war ein ganz böses Mädchen, Rocker. Und was du mit denen machst, weiß ich schon.«

Kopfschüttelnd steige ich die Stufen nach oben und schlage den Weg zu meiner Wohnung ein. Meine Brüder und ihre Ladys beachte ich nicht. Es ist mir gleich, was sie denken. Wobei, wenn es um meine Old Lady geht, scheint sie eh nichts mehr zu schockieren. Tessa singt unterdessen laut den Song, der aus der Jukebox klingt mit und zappelt wild herum.

Kaum, dass ich die Tür hinter mir geschlossen haben, steuere ich das Bett an und werfe sie auf die Matratze.

»Willst du auch, dass ich wie eine von den kleinen Nutten aus dem Club bin, auf die du offenbar stehst.« Wankend rappelt sie sich auf und sinkt auf die Knie vor mir. Ich bin kaum dazu fähig, ihre Hände von meiner Hose fernzuhalten. Frauen und Alkohol!

»Mhm …« Mein Schwanz schnellt aus der Hose, direkt auf Höhe ihrer göttlichen Lippen. Den Verräter interessiert es nicht, ob ich stocksauer auf mein Mädchen bin.

»Benutz mich, Jules. So, wie die Nutten im Club.«

Trotz ihrer Zunge, die über meine komplette Länge leckt, bleibe ich ruhig. Jedenfalls einen Moment lang, denn meine Wut ist keinesfalls verebbt.

»Du willst benutzt werden?« Grob fasse ich ihre Haare zusammen, zwinge sie auf meinen Schwanz und ramme ihn bis zum Anschlag hinein. Tessa wehrt sich, stemmt die Hände gegen meine Oberschenkel, doch ich halte sie an Ort und Stelle. Sie würgt, ringt nach Luft.

»Schön schlucken, Bitch.«

Sie kämpft gegen mich mit all der Kraft, die ihr zierlicher Körper aufbringen kann. Nur weil ich es will, schafft sie es, dem Ansturm zu entkommen.

»Bist du bescheuert!« Schweratmend stemmt sie sich nach oben, während in ihrem Blick die pure Verachtung aufblitzt.

»Was denn, gefällt es meiner kleinen Nutte nicht?« Unsanft stoße ich sie auf das Bett und schiebe mich über sie.

»Ich will deinen Arsch, Bitch. Ich will mich tief in dein enges Loch rammen und deine Schreie hören.« Kurzerhand drehe ich sie auf den Bauch. Eine schnelle Gegenreaktion ist dank des Alkohols kaum möglich.

»Nein Jules. Hör auf damit, okay?«

»Warum ziert sich mein Fickstück denn so?«

Die Hose verschwindet und bleibt in den Kniekehlen hängen. Der Slip ist schnell nur noch ein Fetzen.

Meinen Schwanz bringe ich direkt in Position und harre vor dem Schließmuskel aus.

Ich habe Tessa noch nie zu etwas gezwungen und ich fange heute nicht damit an. Es ist eine Lektion, die sie hoffentlich kapiert.

Ganz leicht dränge ich gegen den festen Muskel, registriere ihr leises Wimmern und breche ab.

»Der Unterschied zwischen einer Nutte und dir besteht darin, dass du bei mir eine Wahl hast. Eine

Nutte wird benutzt wie ein Stück Dreck. Es interessiert mich nicht, ob sie will oder nicht. Es juckt mich nicht, ob sie schmerzen hat oder was auch immer. »

Wütend ziehe ich mich zurück.

»Schlaf deinen Rausch aus. Wir werden morgen darüber sprechen. Und nein, ich werde dich nicht ficken, wenn du betrunken bist.«

Tessa hat sich gefasst und sieht mich aus weit aufgerissenen Augen an. Zu spät erkenne ich meine Waffe in ihrer Hand, die sie nun auf mich richtet.

»Du wirst jetzt nicht gehen, Rocker. Komm zurück ins Bett … Nackt und zeig mir, wie sehr du mich willst.«

Tessa ohne Waffe ist gefährlich, doch mit, noch dazu betrunken, ist sie unberechenbar.

»Hör auf mit dem Mist, Baby. Du hast zu viel getrunken. Morgen wirst du es bereuen.«

Es wäre ein Leichtes, sie einfach zu entwaffnen. Allerdings tue ich es nicht.

»Ausziehen!«

Knurrend gebe ich nach und komme ihrem Wunsch entgegen, bis ich nackt vor ihr stehe.

»Komm ins Bett.«

Erneut mache ich, was sie sagt. »Und jetzt?«

Zu meiner Überraschung reicht sie mir die Glock, die ich aus ihrem Wirkungskreis werfe. Sicher ist sicher.

»Wie sehr hast du mich vermisst, Jules?«

»Hast du es getan, Baby?«

Überdeutlich schnell hebt und senkt sich ihr Brustkorb.

»Es war scheiße ohne dich.«

Ihre Worte sind ehrlich, selbst wenn sie im Rausch gesprochen werden. Und das ist der gravierende Unterschied. Was sie mir jetzt sagt, hätte ihr normalerweise der Stolz verboten.

»Ich weiß. Genau so beschissen, wie für mich, Tessa.«

»Es tat so weh, euch zu sehen und mein Stolz …«

»… dein Stolz hat dich, trotz der Einsamkeit und der Sehnsucht nach mir, davon abgehalten zurückzukehren.«

Sie nickt. *Jackpot.*

Ich ziehe Tessa zu mir, schiebe meine Hand in ihren Nacken und küsse sie. Nicht mit der Gier, die durch meinen Körper jagt und meine Synapsen lahmlegt. Ich will ihr zeigen, was sie mir immer noch bedeutet. Damals, auf dem Fest, habe ich bereits um sie gekämpft. Ich habe mich gegen meine Brüder gestellt und sehr viel auf mich genommen, damit ich ihr mein Leder anziehen konnte. Das wirft man nicht einfach so weg. Ja, sechs Jahre sind eine lange Zeit, aber sie hat nichts für mich geändert.

»Die anderen Frauen haben sich vorhin darüber unterhalten, dass Rafe dir angeboten hat, das Leder zurückzunehmen.«

Das war so klar. Diese nichtsnutzigen Weiber.

»Hör zu Tessa …«

»Nein, jetzt hörst du mir zu. Es ist viel passiert und ich bin lange nicht mehr das Mädchen, das du von damals kennst. Ich habe mir ein Leben in New York aufgebaut und ich werde dahin zurückkehren. Du solltest sein Angebot annehmen. Es ist noch nicht zu spät dafür, eine andere Frau zu wählen.«

Die Weste zieht sie aus und reicht sie mir kommentarlos. Anschließend steht sie auf, nimmt eine Decke vom Bett und geht ins Wohnzimmer.

Ich bleibe noch eine Weile auf dem Bett sitzen, betrachte das Leder in meiner Hand, bevor ich aufstehe und die Wohnung verlasse.

Auf der Treppe kommen mir Rafe und Skye entgegen.

»Ich nehme dein Angebot an.« Stumpf reiche ich ihm Tessas Kutte und verschwinde in Richtung Büro. Was ich brauche, ist Alkohol … eine Menge davon.

Das Schicksal hat in diesem Fall wohl kein Erbarmen mit mir. Dabei habe ich wirklich geglaubt, eine zweite Chance würde alles ändern.

Aus dem Schreibtisch hole ich die Flasche Whiskey. Ich mache mir nicht die Mühe und verzichte auf ein Glas.

»Warum so mies gelaunt, Rocker?«

Na Klasse! Das brauche ich jetzt!

»Verpiss dich, Emma!« Die Nutte hat mir zu meinem Unglück gefehlt.

»Ich könnte dir Abhilfe schaffen bei all dem Ärger, den du hast.«

Das ist zu viel. Mit einem Satz bin ich auf den Beinen, greife in ihre Haare und donnere ihren Kopf gegen den Türrahmen. Emma schreit auf und flucht, während sie sich gegen meinen festen Griff wehrt.

»Ich habe mir den Bullshit viel zu lange angesehen, Bitch. Deinetwegen gibt es hier nur Ärger und es reicht.«

Meine erhobene Stimme ruft Rick und Raider auf den Plan. Doch auch Devon kommt aus seinem Büro.

Die dreckige Bitch landet vor den Füßen meiner Brüder.

»Fahr dich runter Bro.«

»Mich runterfahren? Dank der Schlampe denkt Tessa, dass ich fremdgegangen bin, dabei würde ich sie nicht mal anfassen, wenn sie ein Hundert Dollarschein auf der Straße wäre«, brülle ich, sodass jeder Black Revenge mich hören kann.

Immer mehr meiner Brüder strömen herbei und wollen mit eigenen Augen sehen, wie ich die Bitch fertig mache.

»Von wegen. Die dumme Kuh war nicht mehr als ein Kind und hat sich genau so verhalten.«

In mir brennen sämtliche Sicherungen durch. Ohne darüber nachzudenken habe ich meine Waffe gezogen und auf sie gerichtet.

»Jules«, zischt Devon scharf. Natürlich! Er hat auch vergessen, dass er Mary damals abknallen wollte.

»Sie hat genug Unfrieden gestiftet und es mehr als verdient.«

NINE

Tessa

Bis in die Wohnung konnte ich Jules brüllen hören. Trotz des Nebels bin ich aufgesprungen und nach unten gerannt. Es ist mir egal, dass ich nur Shorts und Top trage.

Bereits auf der Treppe kann ich die unzähligen Biker erkennen, die einen Blick auf das Geschehen erhaschen wollen. Aber leider auch, weshalb sie so aus dem Häuschen sind. Jules hat die Knarre gezogen und auf Emma gerichtet.

Ich bin ehrlich, der verletzte Teil in mir würde sich wünschen, dass er einfach abgedrückt. Das Miststück hat es mehr als verdient. Dennoch schiebe ich mich durch die Menge, bis ich zwischen Rick und Raider stehe.

Jules Blick gleitet zu mir. Noch nie zuvor habe ich meinen Rocker so wütend erlebt und es gab mit Sicherheit viele Situationen, in denen er es war.

Ohne groß darüber nachzudenken, gehe ich auf ihn zu und drücke die Waffe nach unten.

»Lass uns nach oben gehen«, sage ich ruhig, während ich die Hand auf seine Brust lege.

»Es gibt nichts mehr zu sehen«, brüllt Devon und vertreibt die restlichen Biker.

Emma steht in der Zwischenzeit auf.

»Du hast dich in der Schule schon immer als etwas Besseres gesehen«, spuckt sie mir entgegen und sichert sich meine Aufmerksamkeit.

»Falsch. Ich bin einfach nur die gewesen, die ich immer war. Ich musste mich nicht verstellen.« Für mich ist das Thema erledigt.

Nicht aber für sie. Doch ehe der schlecht ausgeführte Schlag mich treffen kann, bin ich zur Seite gewichen.

Jules will gerade dazwischen, doch ich halte ihn zurück.

»Weißt du, was ich in New York gelernt habe?«

Emma schüttelt den Kopf.

»Das.« Mit der Handkante schlage ich unter ihre Nase. Emma taumelt und schreit auf. Frisches Blut spritzt und hinterlässt eine unschöne Spur an der Wand.

»Du spinnst doch«, schrei sie. »So kann ich nicht arbeiten.«

Endlich greift Devon ein. »Ab sofort ist es dir untersagt, den Club zu betreten. Auch ich habe viel zu lange die Klappe gehalten, nur weil meine Old Lady das so wollte. Raus hier.«

Wütend stampft sie davon, ohne sich noch einmal nach uns umzusehen. Ich ahne bereits, dass es nicht ihr letzter Auftritt war. Emma gehört nicht zu den Frauen, die sich demütigen lassen, ohne zum Gegenschlag auszuholen.

»Lernt man sowas echt in New York, Kleines?«, will Raider wissen.

»Nein«, sage ich und drehe mich zu Jules. »Das lernt man von seinem Mann.«

Jules legt den Arm um meine Taille und zieht mich zu sich. »Gut gemacht, Baby.«

Ich lächle verlegen. Seine Nähe löst etwas in mir aus, das ich lange unterdrückt habe. Wir sind nicht einfach nur ein Paar gewesen, sondern ein Team.

»Ich gehe ins Bett. Jetzt ist ja wieder Ruhe.«

Jules gefällt es nicht, doch er lässt mich ziehen. Es ist besser so.

Oben auf dem Treppenabsatz stehe ich plötzlich Rafe gegenüber. »Du bist immer wieder für eine Überraschung gut, Theresa. Ich habe dich unterschätzt. Was du eben getan hast ...« Er spricht den Satz nicht zu Ende. Stattdessen hält er mir meine Kutte entgegen.

»Ihr zwei habt lange dafür gekämpft, Tessa. Wirf es nicht weg.« Das Ladyleder landet in meinen Händen. Noch nie hat sich etwas so schwer angefühlt. Der verletzte Teil in mir, will einfach nur noch nach Hause. Doch mein Herz schreit bereits auf, sobald ich im Begriff bin, den Gedanken Taten folgen zu lasseen.

Ich werfe einen Blick über die Schulter, atme tief durch und gehe erneut nach unten, direkt in Jules Büro. Er sieht sofort auf und scheint erstaunt. Erst recht, als er das Leder in meiner Hand sieht.

Wie schon früher, schiebe ich ihn kurz weg, setze mich mittig auf den Schreibtisch und warte darauf, dass er sich zwischen meine Beine schiebt.

»In New York habe ich zuerst in Kneipen gearbeitet und mir ein bisschen Geld beiseitegelegt. Ich hatte von Anfang an den Vorsatz, eine Ausbildung zu absolvieren, was ich auch getan habe.«

Seine Hände landen an meinen Hüften und er sieht mich überrascht an. »Was hast du gemacht?«, will er wissen.

»Du wirst es kaum glauben, aber ich arbeite mit Kindern. Als Sozialarbeiterin kümmere ich mich um sozialschwache Familien.«

»Ich habe nie an dir gezweifelt, Baby. Du warst und bist eine starke Persönlichkeit. Was du dir vorgenommen hast, das hast du auch geschafft.«

Oh ja … dafür gibt es viele Beweise. »Kannst du dich daran erinnern, wie ich damals in den Club gekommen bin, weil ich dich wiedersehen wollte?« Gott, der Präsident hat getobt und Jules die Hölle heiß gemacht.

»Ja und es war jeden Kampf Wert, Tessa. Egal, was ich für dich auch in Angriff nehmen musste, ich bereue es nicht.«

Eine verzwickte Situation.

»Komm zu mir zurück, Baby. Ich will dich nicht aufgeben.«

Meine Finger fahren durch seine Haare. »Du hättest dir in all den Jahren eine andere Lady nehmen können.«

»Wie hätte ich das gekonnt? Ich wollte immer nur dich. Du kennst unsere Gesetze. Eine Old Lady ist kein Fick zwischendurch. Wir entscheiden uns bewusst und mit dem festen Vorsatz, unsere Frauen nie wieder gehen zu lassen. Als ich dich beschützt habe, war mir klar, dass du mir gehören musst. Niemand sonst sollte dich haben.«

Und genau das war es, was mich schon von Anfang an in diese Welt gezogen hat. Mag sein, dass es für viele die unromantischste Liebeserklärung ist, die ein Mann geben kann. In der Welt der Rocker hingegen, ist es das Schönste, was eine Frau zu hören bekommt.

»Ich habe unzählige Klamotten in New York und außerdem eine Bäckerei am Arsch, die ich dringend verkaufen muss. Hilfst du mir dabei?« Wahrscheinlich mache ich einen großen Fehler, aber ich mache, , wenn dann einen, zu dem ich stehen kann.

Statt einer Antwort gleiten seine Finger an meinen Oberschenkel entlang. Die Berührung jagt mir eine Gänsehaut über den Rücken.

Durch die Pants reibt er an meinen Schamlippen, reizt meine sensiblen Falten.

Zwei Finger haken sich in den Bund und schieben das Höschen nach unten. Ich helfe ihm dabei, sodass meine Mitte für ihn frei liegt. Ich werde nach vorn gezogen und Jules versinkt zwischen meinen Beinen. Seine Zunge leckt über die Schamlippen, bevor sie über meinen Kitzler kreist.

»Oh … wie habe ich das vermisst.« Genüsslich leckt er durch meine Spalte, gleitet mit zwei Fingern tief in mich ein. Ich stöhne, lege mich auf seinen Schreibtisch und schlinge die Beine um seinen Nacken.

»Jules«, keuche ich. In mir braut sich ein Orkan zusammen. Sämtliches Blut schießt zwischen meine Schenkel. Ich vergrabe die Hände in seine Haare, presse ihn fest auf meine Scham. Mein Becken zuckt nach oben, während er sich an meiner Perle festsaugt.

»Verdammt«, schreie ich auf. Seine Zähne beißen sich fest und ich komme so hart und feucht, wie noch nie zuvor.

»Jetzt muss ich Rafe erklären, warum seine Routenpläne nass sind und nach Muschi riechen«, amüsiert er sich.

Ich werde knallrot und stemme mich auf die Ellenbogen. Viel Zeit, um mich unwohl zu fühlen habe ich nicht. Dick und prall schiebt sich sein Schwanz zwischen meine Schamlippen. Der harte Stoß bringt mich erneut zum Schreien. Gott ist das scheiße geil. Ich fühle mich, als würde ich jeden Moment auseinanderbrechen. Meine Muschi wird bis aufs äußerste gedehnt und schmiegt sich eng um seinen Schaft.

»Du hast dich schon immer gern hier ficken lassen«, sagt er zwischen zusammengebissenen Zähnen und nimmt mich noch härter.

»Noch lieber auf deiner Maschine, Jules.«

Oh ja, wie oft haben wir es draußen getrieben, während wir durch die Gegend gefahren sind. Und ich habe es geliebt. Der Kick, erwischt zu werden ist berauschend.

Mit den Zähnen verbeißt er sich in meinen Hals. Der pulsierende Schmerz hallt in meinem Kitzler wider und katapultiert mich rasant nach oben. Meine Nägel krallen sich in seinen Rücken, hinterlassen unzählige, blutige Striemen.

Ich war schon seit unserem ersten Kuss süchtig nach diesem Rocker und habe nie etwas anderes gewollt. Die Zeit, die ich mit Jules zusammen genossen habe, hat einen Neustart fast unmöglich gemacht. Es ist nicht so, dass es keine Angebote gab, aber wer einmal vom Kuchen gekostet hat, der will

mehr.
Hart und zart ... der starke Kontrast, aus dem mein Biker besteht. Er würde jederzeit für mich töten und mich anschließend in seinen Armen wiegen, als wäre ich eine gottverdammte Göttin.

So oft ich mir auch einreden wollte, dass das zwischen uns gelaufen ist ... Er beweist mir soeben das Gegenteil. Ich liebe Jules ... von ganzem Herzen.

TEN

Jules

Ich lege den Kopf in den Nacken, knurre und packe ihre Hüften fester. Tessa schreit meinen Namen und rekelt sich auf dem Schreibtisch. Der Augenblick könnte kaum perfekter sein. Sie kehrt an meine Seite zurück und gibt uns eine zweite Chance. Ich werde Tessa nicht enttäuschen und ihr jeden Wunsch von den Lippen ablesen.

Ihre Pussy zieht sich fest um meine Härte zusammen, während sich ihr Körper verkrampft. Mein Blick ruht auf ihr, saugt jede köstliche Regung wie ein Schwamm auf. Meine Eier schwellen an und machen sich bereit. Mit einem letzten kräftigen Stoß jage ich uns über die Klippen und spritze meinen Saft in ihre heiße Mitte.

»Jetzt war meine harte Arbeit für den Arsch, Baby.« Ich deute auf die Landkarte unter ihrem Hintern. Tessa grinst mich nur frech an und lässt zu, dass ich ihr aufhelfe.

»Das ist jetzt wirklich blöd gelaufen. Du hättest mich nicht so hart rannehmen dürfen.« Hart? Fragend ziehe ich die Augenbraue nach oben.

Vorsichtig steigt sie vom Schreibtisch und geht auf die Suche nach ihrem Slip, während ich die Straßenkarte sichte. Es bringt nichts, sie ist vollkommen ruiniert. Was so viel heißt wie, ich werde eine kleine Nachtschicht einlegen müssen.

Von hinten schlingt Tessa die Arme um mich. »Es tut mir leid. Ich wollte deine Arbeit nicht zerstören, Jules. Bist du mir sehr böse?«

Wie kann sie das nur glauben? Nicht wegen einem Stück Papier. Es ist ärgerlich aber in ein bis zwei Stunden erledigt.

»Alles gut, Baby. Aber du wirst wohl allein hochgehen müssen. Rafe braucht die Routen morgen früh.«

»Ich hab eine Idee. Du fängst schon mal an und ich mache uns einen kleinen Snack.«

Kurz sehe ich an ihr herab. *No fucking way!*

»Du wirst dir vorher etwas anziehen. Ich lasse dich nicht halbnackt zwischen meinen Brüdern herumspazieren.« Das scheint Tessa zu amüsieren. »Ich bin es einfach nicht mehr gewohnt, dass so viele Menschen um mich herum sind. In der Wohnung in New York war ich immer allein.« Zum Glück auch für sie! Ansonsten müsste ich jetzt jemanden töten.

»Ich bin gleich zurück.« Wie selbstverständlich greift sie das Ladyleder, zieht es über und verlässt mein Büro. Nur kurz starre ich auf die verschlossene

Tür, ehe ich eine neue Karte aus dem Schrank nehme und die Route sowie die Verteilung neu markiere.

Es dauert eine halbe Stunde, bis Tessa mit zwei Flaschen Bier und Sandwiches wieder zu mir kommt. »Danke, Baby.« Wie selbstverständlich setzt sie sich auf meinen Schoß und lehnt sich gegen meine Brust. »So kann ich aber nicht arbeiten, Baby.« Ohne Vorwarnung hat sie eines der Sandwiches gegriffen und hält es mir hin. »Du sollst ja auch erst was essen. Mit leerem Magen arbeitet es sich schlecht.«

Ich kann sie nur ansehen. Die Frau, die ich vor sechs Jahren gekannt habe, hat sie inzwischen hinter sich gelassen. Na ja, sagen wir zum Großteil, denn ich bin mir sicher, dass irgendwo noch der kleine Drachen in ihr schlummert. Ich verdrücke alle Sandwiches und trinke mein Bier, was Tessa ein zufriedenes Lächeln auf die Lippen zaubert.

»Ich gehe nach oben. Mach nicht mehr so lang.« Sie will sich schon erheben, doch ich halte sie zurück. Noch bin ich nicht bereit, mein Mädchen gehen zu lassen. Stattdessen setze ich sie neben den Plänen auf meinen Schreibtisch und arbeite weiter. Die gesamte Zeit über ruht ihr Blick auf mir, während sie ihr Bier austrinkt.

»Fährst du morgen mit?«, hakt sie nach einer Weile nach.

»Nein. Ich bleibe im Club. Deshalb braucht Rafe die Pläne auch dringend.«

»Drehst du dann vielleicht eine Runde mit mir? Ich muss ohnehin zur Bäckerei. Der Mann von der Immobilienfirma wollte sich ein Bild machen.«

Hmm … »Wir können das Objekt auch über den Club verkaufen. Wenn Rafe dahintersteht, dann könntest du bessere Konditionen aushandeln.«

»Ich weiß nicht, ob es gut ist, die Black Revenge mit einzubeziehen.«

Die Bedenken kann ich durchaus verstehen. »Wie du möchtest, Baby. Ich wollte es dir nur anbieten. Aber klar können wir morgen eine Runde drehen.« Ich beende meine Arbeit und verstaue die Karten in einem Umschlag, den ich Rafe noch schnell auf den Schreibtisch lege.

»So, Feierabend. Lass uns nach oben gehen. Ich brauche dringend ein bisschen Schlaf. Die letzten Tage waren sehr ereignisreich.«

Ich trage Tessa hoch in meine Wohnung. Die Arme hat sie dabei fest um meinen Nacken geschlungen.

»Es hat mich fast vom Hocker gehauen, hier weitere Old Ladys zu sehen.«

»Ja, in den Jahren hat sich einiges verändert. Kurz nach dir ist Liv in den Club gekommen. Die Geschichte mit ihr und Raider war heftig. Anschließend kam Skye dazu. Dann Mary und zuletzt Helena. Ich denke die Mädels werden es dir irgendwann erzählen.«

»Was denken die anderen über mich, Jules? Hassen sie mich wirklich, weil ich abgehauen bin.«

Seufzend setze ich mich mit ihr auf das Sofa. »Nein. So ist das nicht Tessa. Niemand hasst dich, aber du bist auch nicht gerade dafür bekannt, die Ruhe in Person zu sein. Meine Brüder haben nie verstanden, was ich an dir gefunden habe. Du warst erst sechzehn und dennoch bist du hier mit offenen Armen empfangen worden. Als du fort warst, na ja, es hat schon für Gesprächsstoff gesorgt.«

Meine Worte scheinen Tessa nur bedingt zu beruhigen. »Mach dir nicht so viele Gedanken darüber, Baby. Du warst jung und hast in deinen Augen einen triftigen Grund gehabt, mich in den Arsch zu treten. Emma hat es zu weit getrieben und in den letzten Monaten viel Ärger unter den Mädels verursacht. Es ist noch keine zwei Wochen her, da hat sie Mary fast zum Explodieren gebracht. Und um das zu schaffen, muss schon viel passieren.«

Es war an der Zeit, dass Emma den Club verlässt. Die anderen Old Ladys saßen mit Sicherheit schon in ihrem »Büro« zusammen und haben einen Plan geschmiedet, wie sie sie loswerden wollen. Das können sie nämlich gut. Woher ich das weiß? Bis vor kurzem wurde ich ständig abkommandiert, um auf die Scharr aufzupassen.

»Ich bin ehrlich. Wirklich böse wäre ich nicht gewesen, wenn du sie erschossen hättest. Seit der

Schulzeit ist sie mir auf den Senkel gegangen und hat keine Chance ausgelassen, mich zu schikanieren. Emma wollte stets das, was ich auch hatte. Deshalb ist sie in den Club gekommen. Sie war der Meinung, so ebenfalls an ein Leder zu gelangen.«

Das wollen die meisten Schlampen, die hier ein- und ausgehen. Sie alle suchen nach etwas, das es hier nicht gibt.

»Nur besondere Frauen erhalten ein Ladyleder. So wie du …«

»Ein Wunder, dass du sie mir nach zwei Jahren echt noch angezogen hast. Ich habe damals wirklich geglaubt, du machst einen Rückzieher, weil ich dein Leben nur noch komplizierter gemacht habe.«

Oh ja, es gab viele Gründe dafür, sie nicht zu meiner Old Lady zu nehmen. Allerdings auch viele Gute, die dafürsprachen.

»Du denkst zu viel darüber nach, Baby. Es gibt Dinge, die sind so, wie sie sind.«

Die Gespräche sind für heute beendet. Ohne Vorwarnung hebe ich sie wieder auf die Arme und bringe sie ins Bett. Vorsichtig ziehe ich ihre Hose aus, bis ich mich ebenfalls entkleide und zu ihr steige.

»Ich habe es wirklich vermisst und mir so oft gewünscht, nur noch einmal in deinen Armen zu liegen.« Zärtlich kuschelt sich Tessa an meine Seite und schließt die Augen.

»Schlaf gut, Baby.«

»Jetzt bestimmt«, nuschelt sie und driftet ins Traumland. Meine Finger gleiten sanft ihren Rücken auf und ab, ehe auch ich in den Schlaf falle.

ELEVEN

Tessa

»Schön, dass du gekommen bist, Tessa.«

Ich stehe vor Skye, die mich in ihr Haus führt, wo bereits die anderen Frauen warten. Es war nicht meine Idee und ich bin nur gegangen, weil Jules mich darum gebeten hat. Ehrlich, am liebsten wäre ich mit ihm Bett geblieben.

Sie führt mich in die Küche, in der ich bereits vor zwei Tagen war.

»Hi«, grüße ich knapp und lasse zu, dass sie mich auf einen freien Stuhl drückt.

»Wird das wieder eine eurer geheimen Hexenrunden, in der ihr eure Opfer wählt und sie mit Flüchen belegt?«, will ich wissen und sehe alle nacheinander an.

»Nein, wir basteln nur Voodoopüppchen, die wie unsere Männer aussehen«, meint Liv.

»Spaß beiseite. Wir treffen uns öfter. Der Club gehört den Männern und hier können wir einfach mal Zeit untereinander verbringen, ohne dass wir von Testosteron überschüttet werden.«

Also doch so ein Hexending! Oh je, wo bin ich hier nur hineingeraten.

In eine bunte Mischung, wie ich schnell feststellen muss. Die Frauen der anderen Biker könnten nicht unterschiedlicher sein und passen dennoch perfekt zusammen. Skye ist durch einen Stalker bei Rafe gelandet. Liv und Raider hat man übel mitgespielt und sie hat bis heute nicht ihre komplette Erinnerung zurückerlangt. Devon, der Vizepräsident wollte Mary zuerst erschießen und Helena, na ja, die konnte die Finger nicht von Rick lassen.

»Tja, und ich bin die Lady, die schon mit sechzehn in den Club gekommen ist, sich hat das Leder anziehen lassen und anschließend geflüchtet ist. Das wars.« »Na so leicht kommst du uns nicht davon. Die Männer wollten uns nämlich kein Sterbenswörtchen davon verraten, wie Jules auf dich gestoßen ist.«

Daher weht der Wind. »Ich bin damals unerlaubt und allein auf ein Straßenfest gegangen. Leider ist dort jemand auf mich aufmerksam geworden und während ich mich habe ablenken lassen, wollte ein weiterer Mann hinter mir mich schnappen. Jules hat es gesehen und dem Mann hinter mir das Genick gebrochen. Es gibt da wirklich nicht viel zu erzählen.« Dieser Moment zwischen uns, als er mich geküsst hat und zum ersten Mal diese heftigen Gefühle in mir geweckt hat, will ich für mich behalten. Auch, wie ich nur einen Tag später in den

Club gestürmt bin, um den Rocker wiederzusehen. Ich wollte das Bauchkribbeln, welches er in mir ausgelöst hat. Immer und immer wieder.
Die Tür geht auf und fällt klickend zurück ins Schloss. »Oha … die Patrouille ist da«, amüsiert sich Helena. »Heute nicht, Mädels. Ich will nur meine Lady entführen.«

Gott sei Dank. Ich schicke tausend Dankesgebete nach oben.

»Du kannst dich auch ein anderes Mal mit deiner Frau im Bett austoben. Wir haben sie heute beschlagnahmt«, meint Liv und sieht meinen Rocker herausfordernd an.

»Meine Lady, mein Bike und eine Bäckerei, die verkauft werden will, stehen heute auf dem Programm. Ihr werdet wohl oder übel auf Tessa verzichten müssen.«

Ich lasse mich von ihm auf die Beine ziehen und grinse verlegen, sodass es die Mädels nicht mitbekommen.

»Du bist gemein, Jules«, schimpft Liv hinter mir.

»Gemein seid ihr vier! Was habt ihr schon wieder ausgeheckt, dass ihr am helllichten Tag zusammensitzt und Sektchen trinkt? Welcher von den armen Bikern da draußen muss heute dran glauben?«

Gespannt lausche ich. Von Mary weiß ich, dass Jules in den letzten Wochen und Monaten immer wieder ein Auge auf die Ladys seiner Brüder hatte.

»Vielleicht Mini oder Hank«, antwortet Liv.

»Nein, Max ...«, wirft Helena ein.

Mein Rocker zieht die Augenbrauen nach oben. »Na da kann ich ja froh sein, dass ich bereits eine Lady habe, ansonsten hättet ihr mich wohl auch noch verkuppelt.«

Amüsiert sehe ich Jules an. Das wäre sicher lustig geworden. Allein wenn ich daran denke, wie viele Zweifel und Vorurteile ihn bei mir beschäftigt haben.

»Ach, bevor ich es vergesse! Eure Männer fahren heute ins Staatsgefängnis, um einen Member abzuholen, der entlassen wird. Sollte etwas sein, dann wendet euch an Max oder Mini, bis ich zurück bin.«

Fragend sehe ich Jules an. »Storm?« Ich kenne die Antwort, bevor er sie mir mit einem Nicken gibt. Heilige Scheiße!

»Na dann wird es ja ab sofort wieder lustig.«

Storm hält den Posten des Kassenwarts inne und war für fast sieben Jahre im Knast, weil er einen Mann auf offener Straße fast zu Tode geprügelt hat. Es ist ohnehin ein Wunder, dass er nicht mehr Zeit absitzen musste.

»Na toll, erfahren wir jetzt auch mal was?«, hakt Skye nach.

»Glaub mir, sobald du ihn siehst, weißt du alles, was du wissen muss«, sage ich.

Jules schnauft kurz, bevor er mich mit sich zieht und sich über seine Schulter hinweg bei den Ladys verabschiedet.

»Du bist nicht begeistert, dass er wieder auf freien Fuß kommt, hmm?«, frage ich ihn, während wir auf sein Bike zusteuern. Storm und er sind nie dicke Freunde gewesen, was leider auch an mir liegt.

»Darum geht es nicht, Baby. Du hast es nicht gemocht, dass Emma mir ständig nachgestellt hat ... Ich nicht, dass er dir ans Röckchen wollte.«

Kommentarlos setze ich mich auf seine Maschine, nachdem er es getan hat. Wortlos reicht er mir seinen Helm, den ich sofort aufsetze. Im Anschluss rutsche ich nach vorn und schlinge die Arme um seinen Körper. Meine Schenkel ruhen fest an seinen. Der Duft von Mann und Leder steigt mir in die Nase. Ich habe Motorradfahren schon immer geliebt. Es ist intimer als Sex und schöner als jedes Vorspiel.

Die gleichmäßige Vibration jagt durch meinen Körper, nachdem Jules sein Baby gestartet hat und mit mir vom Hof fährt. Das gehört auf jeden Fall zu den Dingen, die ich sehr vermisst habe.

Wir fahren durch Bridgewater und sämtliche Blicke sind auf uns gerichtet. Die Rocker in dieser Stadt sind Fluch und Segen zugleich. Die einen hassen sie ... die anderen lieben sie. Mein Ladyleder macht deutlich, dass ich eine von ihnen bin.

Mir fällt auf, dass es das erste Mal ist, dass ich mit meinem Leder auf seinem Bike sitze. Eine Premiere.

Ich schlinge die Arme noch fester um ihn und lege meinen Kopf ab.

Die Fahrt dauert nicht lang. Jules fährt auf den kleinen Parkplatz, der sich vor der Bäckerei befindet und stellt die Maschine ab, ehe er den Motor abschaltet.

Ich lehne mich noch ein Stück vor, sodass ich ihm ins Ohr flüstern kann. »Das war unsere erste Fahrt, bei der ich das Ladyleder trage.« Ich kann nicht verhindern, dass in meinen Worten die pure Freude mitschwingt.

»Ich weiß, Baby. Und es fühlt sich geil an.« Vorsichtig löst er die verknoteten Finger um seinen Leib, damit er absteigen kann.

Ich löse inzwischen den Helm und reiche ihn Jules.

»Nach sechs Jahren sitzt du endlich wieder auf meinem Bike ... Am liebsten würde ich dich direkt hier ficken, weil der Anblick allein meinen Schwanz anschwellen lässt.«

Ich grinse und schüttele den Kopf. Ja, so ist das mit der Romantik bei den Kerlen. Keine Blumen oder Pralinen!

Langsam gleiten meine Finger über die pralle Beule in seiner Jeans. »Warte ab, bis das Wetter wieder besser wird und ich im Röckchen hier sitze.«

Er knurrt und packt mein Handgelenk. »Fordere den Teufel nicht zum Tanz, Baby.«

»Niemals, Jules! Nur zum Ficken.«

Unsanft packt er meine Hüften und dirigiert mich nach oben, sodass er mich mit dem Rücken auf seine Maschine legen kann. Meine Beine hängen an den Seiten hinab, während er sich über mich schiebt.

»Die Oma von gegenüber wird einen Herzinfarkt bekommen, Jules«, keuche ich atemlos.

»Das ist mir herzlich egal.« Oh, welches Wortspiel.

Seine Hände gleiten unter mein Shirt, indes er sich an meiner Unterlippe festbeißt. Stöhnend lasse ich ihn gewähren und blende alles um uns herum aus.

Nur das deutliche Räuspern hinter uns, hält Jules von seinem Vorhaben, mir seine Finger in die Jeans zu schieben, ab.

»Ms. Canning?«, fragt der Mann sichtlich irritiert.

Jules rappelt sich auf und zieht mich mit sich.

»Entschuldigung, ich hatte Sie nicht so früh erwartet«, sage ich ruhig, obwohl ich die brennende Hitze auf meinem Gesicht spüre.

»Ich wusste nicht, dass das Objekt zu den Black Revenge gehört«, stottert er tapfer. Echt jetzt? Der Makler scheint Angst vor meinem Biker zu haben.

»Tut es nicht. Ich habe nur meine Frau hierher begleitet.« Um dem Wort *Frau* mehr Nachdruck zu verleihen, legt er den Arm um meine Schulter. Typisch Rocker! »Platzhirsch«, zische ich und wende mich wieder dem Mann vor mir zu.

»Ich will wirklich keinen Ärger«, setzt er erneut zu sprechen an.

»Es geht um die Bäckerei meiner Mutter, die ICH verkaufe. Wo ist das Problem?«, hake ich nach.

Jules neben mir hält sich zurück, doch ich ahne, dass der Mann von der Immobilienfirma das Weite suchen wird.

»Tut mir leid, Miss.« Ängstlich geht er davon und lässt mich mit offenstehendem Mund zurück.

Jules beginnt zu lachen und fängt sich einen heftigen Schlag von mir ein.

»Das ist nicht lustig!« Toll, wie soll ich das Objekt jetzt verkaufen? Ich brauche das Geld, um die Krankenhausrechnungen bezahlen zu können.

Jules zückt sein Handy und geht ein Stück von mir weg.

Ich sehe auf das alte Backsteinhaus, welches so viele Jahre mein zu Hause gewesen ist. Unten befindet sich die Bäckerei und darüber die Wohnung, in der meine Mutter und ich gelebt haben.

Es fällt mir verdammt schwer, sie nun nach sechs Jahren zu betreten. Wehmut erfasst mich und legt sich wie ein Stein in meinen Magen.

Dennoch gehe ich zum Eingang, stecke den Schlüssel hinein und öffne ein Kapitel meines früheren Lebens.

TWELVE

Jules

Während ich ein Telefonat mit unserem Immobilienmakler führe, geht Tessa bereits ins Innere.

Nachdem ich dem Typen alles Notwendige gesagt habe, stecke ich das Handy weg und folge ihr.

Die Bäckerei liegt im Dunklen, doch auch ohne Licht merke ich sofort, dass hier etwas nicht stimmt.

»Tessa?«

Es dauert einen Moment, ehe sie zu mir kommt. Dank des Lichteinfalls, der von der Tür hereinkommt, erkenne ich sofort die Tränen, die sich auf ihren Wangen einen Weg bahnen.

»Ich hätte nicht so lang fortbleiben sollen.«

Ich ziehe sie in meine Arme und bette ihren Kopf auf meiner Brust. »Alles wird gut, Baby.«

Wahrscheinlich habe ich leicht Reden. Meine Eltern haben sich nie für mich interessiert. Die Black Revenge sind die einzige Familie, die ich je hatte.

»Wollen wir zurück in den Club oder möchtest du noch hierbleiben?«

»Inzwischen komme ich mir so dumm vor, weil ich einfach abgehauen bin. Sie hätte meine Hilfe gebraucht und ... Ich war so zerfressen vor Hass auf dich, dass ich die letzten Jahre mit ihr verschenkt habe.«

Ich halte Tessa weiter in meiner Umarmung gefangen, während ich behutsam ihren Rücken streichele.

»Vermutlich hätten wir alle so gehandelt. Du bist sehr jung gewesen, Tessa. Vergiss das nicht. Nicht immer sind unsere Entscheidungen rational.«

Ich weiß, wovon ich spreche. Meine Old Lady war damals sechszehn, ich bereits dreißig. Ein UNS hätte es laut dem Gesetz nicht geben dürfen. Noch dazu, weil ich mich jahrelang wie ein Bastard dadurch gefühlt habe.

Ich bin fertig. Der Tag hat mir die letzten Energiereserven genommen. Achtundvierzig Stunden auf dem Bike sind selbst für mich eine Herausforderung, aber das gehört zu meinem Job und dem Patch, dass ich als Road-Captain innehabe. Es kommt nicht oft vor, doch von Zeit zu Zeit schon. Mein Posten befindet sich auf der Straße, die ich im Umkreis von hundert Meilen wie meine Westentasche kenne. Rafe verlässt sich auf mich und ich will ihn nicht enttäuschen.

Ich will gerade meine Augen schließen, als sich die Wohnungstür öffnet und Sekunden später eine fröhliche Tessa auf mich springt.

»Hey Baby, mit dir habe ich heute gar nicht gerechnet«, sage ich erschöpft.

»Du warst zwei Tage fort.« Ihr süßer Schmollmund befindet sich direkt über mir. Ich kann nicht anders, packe ihren Nacken und küsse sie. Es ist erschreckend, wie sehr man nach Küssen süchtig werden kann.

Unbeholfen gleiten ihre zarten Finger über die nackte Haut meiner Brust, zeichnen Kreise, bis sie nach unten wandern.

Sofort habe ich mit der freien Hand ihr Handgelenk gepackt und sehe sie an.

»Das ist keine gute Idee, Baby. Du bist zu jung für Sex«, sage ich mit Nachdruck und schiebe sie von mir.

Enttäuscht setzt sie sich aufs Bett und sieht mir nach, wie ich im Badezimmer verschwinde. Allmählich muss ich mich beherrschen. Jeden Tag wird der Druck größer, sie endlich zu markieren. Sie soll mir gehören, vollends ... doch Tessa ist erst sechszehn. Wenn ich diese Barriere nehme, dann stehe ich mit einem Bein im Knast. Nicht zu vergessen, dass die Kleine noch Jungfrau und somit doppelt Tabu ist.

Tessa kommt ins Badezimmer und schließt die Tür hinter sich. Im Spiegel kann ich genau beobachten, wie sie auf mich zugeht und die Arme um meine Mitte schlingt.

»Bitte nicht, Baby. Ich habe keine Ahnung, wie lange ich mich bei dir noch zurückhalten kann«, sage ich zwischen zusammengebissenen Zähnen. Meine Warnung verpufft, denn erneut suchen ihre Finger den Weg zu meinem Schritt.

»Hör auf damit, Jules. Ich habe meine Entscheidung bereits getroffen ... Ich will, dass du mit mir schläfst. Ich will, dass du der erste und der letzte Mann in meinem Leben bist.«

Gänsehaut überzieht meinen Körper. Schweißperlen glänzen auf meiner Stirn.

Holy crab! »Baby ... nicht. Ich kann das nicht machen.«

Sie ist so zart und ... sie bedeutet mir etwas. Tessa kann man nicht mit den unzähligen Nutten vergleichen, die hier im Club herumlaufen.

Sanft bewegen sich ihre Lippen über meinen Rücken. Die Finger gleiten unter meine Shorts. Ich sollte ihr Einhalt gebieten, doch ich kann einfach nicht. Seit Wochen tanzt ihr süßer Arsch vor meiner Nase und obwohl ich es besser wissen müsste, verliere ich mich mit jedem Tag mehr.

Ich drehe mich zu ihr, mein Blick ruht auf ihrem wunderschönen Gesicht. Tessa ist so unglaublich klein und zerbrechlich. Die roten Locken hängen in ihrer Stirn und umrahmen das jugendliche Gesicht.

»Ich werde dir wehtun!« Statt vor mir zurückzuweichen, stellt sie sich auf die Zehenspitzen und küsst mich.

»Das kannst du gar nicht, Jules.« Seufzend schlinge ich meine Arme um sie. Tessa hat gar keine Ahnung.

Langsam hebe ich sie auf meine Arme und trage sie zum Bett zurück. Mit ihr lasse ich mich darauf sinken und vergrabe ihre zierliche Gestalt unter mir.

»Ich vertraue dir«, flüstert sie leise.

In mir tobt ein erbitterter Kampf. Wenn ich mit ihr schlafe, dann lege ich sämtliche Hebel um. Tessa ist keine Clubbitch die man fickt und an den nächsten Bruder weiterschiebt.

»Du unterschreibst einen endgültigen Vertrag, der dir früher oder später ein Ladyleder einbringt«, sage ich ruhig und warte auf ihre Reaktion. Ich habe schon lange mit dem Gedanken gespielt. Es ist mir gleich, was alle anderen sagen oder was sie sich erhoffen, dass ich tue. Tessa ist mein Mädchen und in spätestens zwei Jahren, wenn das mit uns funktioniert, hätte ich ihr ohnehin mein Leder angezogen.

»Ich habe keine Angst davor, für immer von dir eingefangen zu werden, Rocker. Das habe ich dir mehr als einmal deutlich gemacht.«

Es ist ein Fehler und dennoch kann ich mich ihr nicht entziehen. Ich habe es versucht, aber wie soll der Wolf standhaft bleiben, wenn das Lamm freiwillig zu ihm kommt.

Ich küsse Tessa. Zuerst langsam, bis es sich verselbständigt. Ja, ich bin süchtig nach ihren Lippen und der Gier, die sie mit jedem Kuss offenbart. Ich weiß schon jetzt, dass diese Frau mein Untergang sein wird. Fuck off! Dann soll es so sein. Lieber sinke ich mit der Titanic, als darauf zu verzichten.

Langsam streife ich ihre Jeans nach unten und lasse auch den Slip folgen.

»Du bist wunderschön, Baby.«

Vor Verlegenheit färben sich Tessas Wangen rot.

»In meiner Gegenwart brauchst du dich nicht schämen.«

Meine Finger gleiten an ihrem Oberschenkel hinauf. Ich muss mich wahrlich zusammenreißen. Auch für mich ist das eine absolute Premiere. Eine Jungfrau hat es noch nicht in mein Bett geschafft. Wobei ... bisher durfte gar keine Frau in mein Bett.

Vorsichtig schiebe ich mich zwischen ihre Beine und lasse den Kopf auf ihre Mitte sinken. Dabei behalte ich Tessa genau im Blick. Mit der Zungenspitze berühre ich den Kitzler, ehe ich darüber lecke. Tessa verspannt sich augenblicklich.

»Entspann dich, Baby. Das wird hammergeil, ich verspreche es dir.« Um ihr die Angst ein wenig zu

nehmen, fasse ich ihre Hand und widme meine Aufmerksamkeit wieder ihrer Perle. Die süßen, kleinen Zuckungen verraten genau, welche Gefühle in ihr toben. Sie stöhnt und hält meine Hand fest.

Saugend und leckend setze ich sie weiter unter Strom. Die Kleine fordert meine Selbstbeherrschung auf ein extremes Maß. Das spüre ich auch jetzt. Mein Schwanz zuckt vor Ungeduld und will nichts sehnlicher, als ihre Pussy stürmen.

»Jules … bitte hör auf … ich.« Weiter kommt Tessa nicht. Ihr süßer Körper verkrampft sich und der erste Höhepunkt fegt über sie hinweg.

»Herzlichen Glückwunsch, Baby.« Grinsend schiebe ich mich über sie und nehme ihren Mund in Besitz.

Unsicher streichelt sie mich und bringt mich beinahe mit ihren zarten kleinen Fingern um den Verstand.

»Mach langsam, Tessa. Ich kann ansonsten für nichts mehr garantieren und bei dir will ich mir Zeit lassen.«

Diesen Moment kann ich Tessa niemals wieder zurückgeben, genau deshalb verdient sie ein perfektes erstes Mal. Ich will nicht, dass sie Angst vor dem Sex hat oder es so scheiße findet und gar nicht mehr will. Dass mir solche Gedanken mal durch die Birne eiern, verdanke ich dem kleinen Wirbelwind unter mir. Zwar kostet sie extrem viele Nerven, doch sie erdet mich. Auf eine gewisse Art verschafft sie mir Ruhe.

Kurz steige ich aus dem Bett, um mir die Hose auszuziehen. Tessa beobachtet mich genau. Bisher hat sie mich allerhöchstens in Shorts gesehen und das war eher ein Zufall.

Scharf zieht sie die Luft ein, als ihr Blick meine Härte streift.

»Wird es sehr wehtun?«

»Es wird wehtun, aber versuch dich nicht zu verkrampfen«, antworte ich und gleite wieder über sie. Die Arme neben ihren Kopf gestützt sehe ich sie an. »Du hast gesagt, du vertraust mir. Tu es jetzt, Baby.«

Behutsam bringe ich mich vor ihr in Position.

»Mach es schnell, dann ist der Schmerz Geschichte.«

Ich küsse sie. Langsam, sanft. Tessa ist mir zu verspannt. Ich will, dass sie sich mir öffnet und bereit dafür ist.

Sacht gleite ich in sie ... verharre jedoch, als ich die Barriere bemerke. Erneut erobere ich ihren Mund, bis sie sich mir wieder entgegen presst ... und lasse es geschehen. Ich durchbreche den kleinen Widerstand, halte Tessa gefangen, die sich vor Schmerz auf die Lippe beißt. In ihren Augen glänzen Tränen und sie versucht, meinem Blick auszuweichen.

»Shh ... Es ist gleich vorbei.«

Nach dem ersten Ansturm bewege ich mich langsam, damit sie sich an meinen Schwanz gewöhnen kann.

Aus dem anfänglichen Schmerz, den ich deutlich in ihren Augen gesehen habe, wird Lust.

»Jules ...« Mit leichten Stößen bringe ich sie immer weiter dazu, ihre Zurückhaltung abzulegen.

Tessa klammert sich an mich, schiebt das Becken nach oben, um mich noch tiefer in sich aufzunehmen. Ich habe bereits geahnt, dass das Mädchen mein Untergang sein wird. Und das ist sie ... Tessa hat längst die unsichtbaren Ketten um mich gelegt. Es stört mich nicht mal ... die Kleine gehört mir und das ist alles, worauf es mir im Augenblick ankommt.

THIRTEEN

Tessa

Der laute Knall der Tür lässt mich zusammenzucken.

Jules schiebt mich sofort hinter sich und zieht die Waffe aus dem Holster.

»Oh man ... Jules. Jag mir nicht so einen Schrecken ein. Die Tür ist nur durch einen Luftzug zugeknallt«, sage ich. Dass ich damit nicht Recht behalte, machen mir die Brandsätze deutlich, die durch die hinteren Fenster geworfen werden. Rauch breitet sich rasant aus und Flammen schießen nach oben.

Geduckt eilt Jules zum Fenster und sieht hinaus.

»Shit.« Kurzerhand zückt er sein Telefon.

»Ruf die Jungs zusammen und kommt zur Bäckerei. Beeilt euch.«

Augenblicklich ist er wieder bei mir. Mir fällt jetzt erst auf, dass ich wie angewurzelt mitten im Raum stehe.

»Bleib hier, ich schließe nur die Verbindungstür.«

Selbst wenn er mich nicht darum gebeten hätte, würde ich mich keinen Millimeter bewegen.

»Hör zu, Baby. Die Brandsätze sind nur eine Finte. Sie wollte uns auf die Straße locken. Wir warten, bis meine Brüder hier sind und dann ...«

Weiter kommt er nicht. Kugeln fliegen durch die Luft und nur Jules ist es zu verdanken, dass ich nicht durchlöchert bin. Er schirmt mich mit seinem Körper ab, während er ebenfalls auf alles schießt, was sich bewegt.

Aus der Ferne kann ich bereits die Maschinen der anderen Black Revenge hören, die sich nähern.

Ich sehe die hellen Flammen, die aus der Backstube schießen. Selbst die Hitze dringt bereits zu mir hinüber. Der stechende Geschmack von verbrannten Gegenständen liegt auf meiner Zunge.

Für alles andere bin ich blind. Mit diesem feigen Anschlag verbrennen meine Erinnerungen. Meine Kindheit steht buchstäblich in Flammen und so, wie es aussieht, kann ich nichts dagegen machen. Es ist mir egal, dass ich keine Ahnung habe, wie ich die Krankenhausrechnung begleichen werde, oder aber ob wir hier leben rauskommen. Mein Stolz hat mich unfuckingfassbare SECHS JAHRE von meinem alten Leben getrennt. Etwas, dass ich mir gerade nicht verzeihen kann.

Jules packt mich am Oberarm und zieht mich aus der Bäckerei. Fünf weitere Black Revenge stehen draußen ... doch ich bin in meiner Schockstarre gefangen.

Erst als mein Blick zu Emma gleitet und ich kapiere, was hier gerade gelaufen ist, verwandelt sich meine Trauer in pure Wut.

Jules kurze Unaufmerksamkeit nutzend, ziehe ich die Waffe aus dem Holster und gehe auf das Miststück zu, dass von Max festgehalten wird.

Direkt vor ihr bleibe ich stehen. Ich bin so unsagbar wütend, verletzt ... einfach ALLES!

»Du dreckige Bitch«, schreie ich. Es gleicht dem einer Furie, die direkt aus der Hölle nach oben gestiegen ist. »Lass sie los, Max«, sage ich seelenruhig. Selbst der Secretary weicht vor mir zurück.

»Jules ... Nimm deiner Lady die Waffe aus der Hand.« Immer mehr Schaulustige kommen aus ihren Häusern gestürmt. Es interessiert sie nicht, dass soeben eine Existenz verloren geht. Es juckt sie nicht, dass ich mit der Waffe auf einen Menschen zielen. Und es bedeutet nichts, dass die Black Revenge ein Teil davon sind.

Sensationsgier ... Neugierde ... Schamlosigkeit.

»Baby, gib mir meine Waffe zurück. Sie ist es nicht wert, dass du dir die Finger schmutzig machst.«

Ich ignoriere ihn.

»Sag mir warum? Was habe ich dir je in deinem Leben getan? Seit der ersten Klasse versuchst du, mich fertig zu machen und mit jedem misslungenen Versuch wird es schlimmer, wieso?«

Aus jeder Pore strömt mir Emmas Hass entgegen.

»Du warst so perfekt. Jeder hat dich geliebt, obwohl du ein Miststück vor dem Herrn warst. Dir ist alles in den Schoß gefallen, während ich hart kämpfen musste, um überhaupt was zu fressen auf dem Tisch zu bekommen. Ihr hattet die Bäckerei und was hat unser Vater mir und meiner Mutter gelassen? NICHTS.«

Ich weiche mehrere Schritte zurück und knalle gegen Jules, der die Situation sofort ausnutzt, um mich zu entwaffnen.

»Bring mich hier weg, Jules und macht mit der Nutte, was ihr wollt. Ich bin hier fertig.«

Emma brüllt mir die ganze Zeit Beschimpfungen nach, doch ich blende sie einfach aus. Ich klammere mich an den Mann an meiner Seite, lasse zu, dass er in meinem schwachen Moment die Stütze ist, die ich dringend brauche.

Fürsorglich hebt er mich auf sein Bike, ehe er selbst aufsteigt. Meine Arme krallen sich an seinem Shirt fest, während ich das Gesicht an seiner Kutte berge. Heiße Tränen schießen hervor, die ich nicht länger zurückhalte.

Vermutlich hätte ich Emma einfach erschießen sollen. Aber nachdem, was sie gesagt hat, konnte ich es nicht mehr. Der Schmerz ist so heftig, dass meine Brust sich anfühlt, als würde jemand tausend kleine Nadeln darin versenken.

Jules bringt mich direkt in den Club. Noch immer habe ich mich fest an ihn gekrallt und denke gar nicht daran, ihn loszulassen, nachdem er das Bike geparkt hat.

»Alles in Ordnung bei euch? Mini hat mir eben erzählt, was vorgefallen ist!«, will Rafe von Jules wissen, der liebevoll meine Hände streichelt.

»Emma. Keine Ahnung. Die Jungs bringen sie gleich her.«

Er löst meine Finger und steigt ab, um mich gleich drauf vom Bike zu heben.

»Ich bringe meine Lady hoch und dann komme ich wieder runter.«

Langsam schiebt er mich vor, ohne auf die Antwort seinen Präsidenten zu warten.

Jules will soeben die Tür zum Clubhaus öffnen, als Storm herausgestürmt kommt und mich fast über den Haufen rennt.

»Es hat sich nichts verändert«, zischt Jules und zerrt mich regelrecht an seine Seite.

»Das Gesicht kenne ich doch.« Sein Blick gleitet lüstern über meinen Körper. Storm ist fast einen Kopf größer als Jules, der bereits an die zwei Meter misst. Jeder Fleck auf seiner Haut ist mit schwarzer Tinte bedeckt, lediglich sein Gesicht nicht. Storm gehört zu der Sorte Mann, denen ich niemals im dunklen Begegnen möchte. Im Gegensatz zu den anderen Rockern geht er noch einer regulären Tätigkeit nach.

Am Ende der Straße befindet sich sein Tattoostudio, zu dem er offenbar gerade wollte.

Ich lächele meinen Rocker an, ehe ich zu Storm trete. »Mach mich nur noch einmal dumm an, Elias und ich hacke dir deine Eier ab, püriere sie und serviere sie dir als Henkersmahlzeit«, zische ich in alter Manier.

»Oh ich liebe deine Lady, Jules.«

Meine Faust landet so hart in seiner Visage, dass ich selbst über die Heftigkeit meiner Reaktion überrascht bin.

»Hast du mich gerade geschlagen, Baby?« Er klingt richtig angepisst und baut sich vor mir auf. Bevor ich überhaupt begreife, was los ist, bin ich hinter Jules gelandet.

»Du lässt die Finger von meiner Frau«, knurrt mein Rocker bedrohlich, sodass selbst ich Angst bekomme.

Einige Black Revenge haben sich um uns versammelt, nicht zuletzt Rafe, der mich amüsiert ansieht.

»Deine Frau! Pah ... und deshalb ist sie sechs Jahre vor dir davongelaufen.« Strom will sich abwenden und gehen, was Jules mit einem harten Tritt in seine Kniekehlen verhindert.

Es geht alles so verdammt schnell, dass ich nicht weiß, wo ich zuerst hinsehen soll.

Raider packt mich und zieht mich zurück, damit ich nicht auch getroffen werde.

»Mach dir keinen Kopf, Kleines. Das war lange überfällig. Außerdem muss Jules Adrenalin abbauen, nachdem was eben geschehen ist.«

Wirklich nett, dass der Vollstrecker mich beruhigen will. Es würde auch funktionieren, wenn ich nicht zusehen müsste, wie sich die Männer zu Brei schlagen. Auf beiden Seiten werden heftige Schläge ausgeteilt und eingesteckt.

»Rafe ... Bitte«, sage ich eindringlich.

Er nickt Devon zu und sie schnappen sich jeder einen von ihren Brüdern.

»Schluss jetzt.«

Jules taumelt zu mir und das Ausmaß der Prügelei wird deutlich sichtbar. Gerade, als ich mir die Wunde ansehen will, schiebt sich Storm zwischen Jules und mich.

»Ich habe gewonnen, versorgst du mich jetzt auch.«

»Jetzt hör mir gut zu, denn ich werde mich in diesem Punkt nicht wiederholen!« Um dem ganzen noch ein wenig mehr Nachdruck zu verleihen, gehe ich zu Jules und lasse zu, dass er seine Arme schützend um mich schlingt.

»Starte nur noch einen Versuch, mir zu nahe zu kommen und ich erschieße dich mit deiner eigenen Waffe!«

Er weiß, dass es keine leere Drohung meinerseits ist. Zum Beweis trägt mein Rocker eine Narbe.

»Lass uns reingehen«, sage ich an Jules gewandt. Ich will nur noch weg hier. Das Chaos ist mir zu viel. Und Storm hat mir zu meinem Unglück noch gefehlt. Ich weiß, dass er von Anfang an scharf auf mich war und das mehr als deutlich zum Ausdruck gebracht hat. Dafür war ihm sogar der Clubfrieden gleichgültig.

Oben in der Wohnung angekommen, setze ich Jules auf das Sofa und hole den Verbandskasten aus dem Badezimmer.

»Warum hast du das getan, Jules? Als ob ich nicht schon früher mit dem Idioten klargekommen wäre.«

Anstatt mich meine Arbeit machen zu lassen, zieht er mich auf seinen Schoß.

»Du gehörst mir, Tessa. Und was mir gehört, das beschütze ich. Er hätte dich geschlagen oder zumindest grob angepackt. Außerdem hat er die Prügel schon lange verdient.«

Aus dem Koffer hole ich ein Alkoholtuch und tupfe die Schrammen in seinem Gesicht ab. Seine rechte Wange ist angeschwollen und am Wangenknochen aufgeplatzt. Seine Unterlippe blutet und von der Nase will ich erst gar nicht sprechen.

»Du weißt doch genau, dass er das absichtlich getan hat. Er wollte dich damit ärgern und du hast es zugelassen.«

Der Griff an meinem Hintern ist unnachgiebig, wie auch das Knurren, das mein Rocker ausstößt.

»Lass uns nicht mehr davon sprechen, okay? Der Tag wird beschissen genug.«

Ich habe keine Ahnung, was mit der Bäckerei geschehen ist oder wie ich die Rechnung vom Krankenhaus begleichen soll. Nicht zu vergessen mein Job und die Wohnung in New York.

»Es tut mir leid, Baby. Das war blöd von mir.« Liebevoll zieht er mich an seine Brust und gibt mir den Halt, den ich gerade brauche.

»Das von Emma war einfach eine miese Aktion. Doch auch das bekommen wir hin.«

Ich seufze. Darum geht es mir nicht mal. »Meine Mutter musste, nachdem sie die Diagnose Krebs erhalten hat, die Bäckerei schließen. Sie hatte nicht mehr das Geld, um ihre Rechnungen zu bezahlen und ...«

»Tessa ... Ich kümmere mich um alles. Dafür hast du mich an deiner Seite, Baby. Außerdem bin ich mir sicher, dass die Jungs das hinbekommen haben. Es wird noch ein paar Tage streng riechen in der Bäckerei, aber sie ist nicht abgebrannt. Dafür war Emma zu blöd.«

Ich wünsche mir so sehr, dass er damit recht behält.

»Was auch kommt, Baby. Wir schaffen das gemeinsam.«

EPILOG

Drei Wochen sind seit dem Brand in der Bäckerei vergangen. Die Black Revenge konnten das Feuer löschen, bevor die Feuerwehr angerückt ist. Selbst die Renovierung haben die Rocker auf sich genommen, damit ich sie verkaufen konnte.

Die wenigen Sachen aus meiner Vergangenheit stehen in Kisten verpackt, im Keller des Clubs. Ich fühle mich noch nicht in der Lage dazu, mich damit auseinanderzusetzen. Irgendwann, doch nicht heute und auch nicht morgen.

Nächste Woche fahren wir mit Mini nach New York, um meine restlichen Sachen zu holen. Meinen Job habe ich inzwischen gekündigt und werde demnächst Skye in der Tagesstätte unterstützen.

Die Stimmung zwischen Storm und Jules ist immer noch aufgeheizt, was daran liegt, dass er immer noch mit mir flirtet. Ich versuche, es zu umgehen, wobei die anderen Ladys auch sehr hilfreich sind. Er ist im Voodozirkel nach oben gerutscht. Ich bin mal gespannt, wie sie das anstellen wollen.

Jules schlingt von hinten die Arme um mich. Seine Nase vergräbt er in meinen Haaren. »Lust auf eine Runde mit dem Bike, Baby?«

Wenn es ums Motorradfahren geht, kann ich einfach nicht nein sagen. Es ist die Zeit, in der wir den

Black Revenge für einen Moment den Rücken zukehren können und das ganze Clubleben ausblenden. Ich liebe die Jungs und auch die Mädels ... aber manchmal bin ich wirklich gern allein mit meinem Rocker.

»Ich bin dafür.«

Langsam lasse ich mich zu seiner Maschine ziehen. An seinem Blick erkenne ich genau, dass er längst etwas anderes im Sinn hat. Aber das macht es doch gerade erst spannend, oder …

BOOK SIX

INHALT

BIKER DARK ROMANCE frisch aus den USA!

Mörderische Freiheit!

Vor sieben Jahren habe ich für eine Frau getötet!

Ich verlor nicht nur meine Freiheit, nein - auch die Frau ist jetzt Geschichte.

Fuckin' Weiber!

Jetzt taucht erneut eine in meinem Leben auf: unschuldig, ängstlich, verprügelt!

Nichts für mich! No way!

Natürlich f(!)cke ich sie trotzdem!

Und selbstverständlich flieht sie vor mir.

Leider ist mein Killerinstinkt sofort erwacht!

Kostet mich nun ihre Freiheit wieder meine eigene oder bekomme ich diesmal mein Happyend?

ES HANDELT SICH UM EINE ABGESCHLOSSENE GESCHICHTE MIT EINER HAPPYEND GARANTIE. ALLE BÄNDE SIND UNABHÄNGIG VONEINANDER LESEBAR!

ONE

Storm

Nach sieben Jahren wieder in meinem Tattoostudio zu stehen, fühlt sich seltsam an. Alles ist noch so, wie ich es damals verlassen habe. Jede Packung, jede Farbe, einfach alles steht noch an seinem vorgesehenen Platz. Der Duft von Desinfektionsmittel steigt mir in die Nase und gibt mir dennoch das Gefühl, wieder zu Hause zu sein.

Die Black Revenge sind mein Leben, doch dieses Studio ist so etwas, wie meine Geliebte. Etliche Stunden habe ich hier verbracht und meinen Kunden die ungewöhnlichsten Motive unter die Haut gestochen. Der Ausgleich zum Leben im Club. Hier bin ich mein eigener Herr. Außerdem wasche ich ganz nebenbei ein bisschen Kohle, die wir erwirtschaftet haben.

Als Kassenwart ist es mein Job, die Finanzen gut im Blick zu behalten. Während meiner Abwesenheit hat Rafe das selbst übernommen. Genau das bemerke ich, sobald ich die Bücher aufschlage und die Kartons voller Unterlagen sehe.

Theoretisch müsste ich das Chaos dringend ordnen, um wieder auf den Laufenden zu sein. Aber, und das ist ein großes ABER … Ich habe einen Anruf bekommen und die Chance genutzt, gleich heute einer Kundin ein neues Tattoo zu stechen.

Es juckt mir buchstäblich in den Fingern, endlich einer sinnvollen Beschäftigung nachzugehen.

Im Knast ticken die Uhren anders. Noch dazu, wenn man die meiste Zeit in Einzelhaft verbringt, so wie ich es getan habe. Ein Luxus, der dem Club viel Kohle gekostet hat. Rafe wusste, dass ich andernfalls keinen Stein mehr auf demselben gelassen hätte.

Ich schüttele die Gedanken ab. Das Thema Knast ist vom Tisch und ich habe nicht vor, jemals wieder einzufahren.

Im Nebenraum schalte ich das Licht an und beginne mit meinen Vorbereitungen. Die Arbeit tut gut und lenkt von den trüben Gedanken ab, die mich seit der Entlassung beherrschen.

Jill ist schon lange eine treue Kundin. All ihre Tattoos stammen von mir. Die meisten aus Bridgewater betreten mein Geschäft nicht. Für sie bin ich ein gefährlicher Krimineller, mit dem sie nichts zu tun haben wollen. Mir ist es egal. Bisher hatte ich immer genug Kunden, um den Laden als repräsentabel anzusehen.

Wie jedes Mal, kontrolliere ich das Gerät. Insbesondere heute, nachdem es so lange Zeit nicht mehr für mich geschnurrt hat.

Vielleicht nutze ich die Gunst, dass es ausgerechnet Jill ist, die heute zu mir kommt und ficke die Kleine. Ich weiß, dass sie schon früher auf mich gestanden hat und mir platzen allmählich wirklich die Eier. Sich im Knast zu Wichsen baut Druck ab, aber es geht nichts über eine enge, feuchte Pussy.

Das kleine Glöckchen am Eingang läutet und lässt mich aufhorchen.

»Komme gleich«, rufe ich, bevor ich den letzten Handgriff an der Maschine anlege.

»Brauchst du nicht, Storm. Wir kommen auch zu dir.« Ähm wir?

Holy crab!

Das war´s mit ficken.

Zu meiner Verwunderung kommt Jill jedoch nicht mit einem Mann, sondern mit einer weiteren Frau ins Hinterzimmer.

»Alter, Storm. Du siehst gut aus«, umfängt mich ihre Goldstimme. Ich würde ja gern das gleiche sagen, doch der dicke Bauch ihrer Schwangerschaft holt mich schnell auf den Boden der Tatsachen.

»Und du mächtig schwanger.« Keine Ahnung, was ich ihr sonst darauf erwidern soll. Jill verzieht lediglich den Mund zu einer Schnute und umarmt mich. Diesmal lasse ich sie gewähren, denn dadurch erhasche ich einen Blick auf die Kleine, die mit ihr gekommen ist. Im Vergleich zu Jill, wenn man diesen überhaupt anstellen kann, wirkt sie zierlich und in sich gekehrt. Mir fällt sofort das Hämatom auf der linken Wange auf, welches sie unter einem Berg Schminke verstecken wollte. Das funktioniert so nicht, wann kapieren diese blöden Weiber das endlich?

»Wer ist deine kleine Freundin?«, will ich wissen. Jill bemerkt ihren Fehler, lässt von mir ab, um die Kleine zu sich zu ziehen.

»Das ist Isalie. Sie wohnt zur Zeit bei mir, weil … weil sie keine Wohnung auf die schnelle gefunden hat.« Soll heißen, weil ihr Freund sie verdroschen hat und sie Zuflucht brauchte. Ich bin nicht blöd. Die Erklärung liegt allein in der Körpersprache von Isalie. Angst dringt aus jeder Pore, sodass ich es förmlich riechen kann.

»Du bist hoffentlich nicht gekommen, damit ich die Scheiße geradebiege, oder?«, frage ich unumwunden. Jill scheint irritiert, begreift jedoch schnell, was ich meine.

»Nein, Storm. Wie kommst du darauf?«

Ungläubig bleibt mein Blick an ihr haften. »Gut, denn das ist Geschichte. Ich habe keinen Bock wegen der Kleinen wieder einzufahren!«

Wutschnaubend meldet sich ebendiese zu Wort. »Ist das hier ein Tattoostudio oder nur ein billiger Schuppen für Auftragskiller?«

Überrascht schießen meine Brauen in die Höhe. »Oho, das kleine Mäuschen hat ja sogar eine

Stimme.« Amüsiert schiebe ich die Liege zurecht, nehme das Desinfektionsmittel und sprühe es großzügig darüber, bevor ich mit dem Tuch über die Fläche reibe.

»Los Jill, hau dich drauf. Ich muss heute noch ein paar Sachen abarbeiten und habe nur wenig Zeit.«

Sie räuspert sich und deutet auf ihre kleine Freundin. »Ich nicht, Storm. Isalie will das Tattoo.«

Okay … Das überrascht mich dann doch.

»Gut, dann geht eben die gleiche Ansage an sie.«

Da es nur um einen Schriftzug geht, den mir Jill bereits zugesendet hat, muss ich ihn nur noch auf das Papier übertragen. Bevor ich das in Angriff nehme, will ich mir noch ansehen, wohin sie gestochen werden will.

»Also Schätzchen, wo darf ich dir unter die Haut gehen?« Bei meiner Frage zuckt sie unweigerlich zusammen.

»Ähm … ich dachte …« Zögerlich deutet sie auf die Stelle über ihrem Schlüsselbein.

Ich überwinde die kurze Distanz und streiche über die helle Haut.

»Ich denke, das sollte funktionieren. Zieh das Shirt aus und leg dich schon mal hin. Ich werde in der Zwischenzeit das Papier vorbereiten.«

Fragen stelle ich schon lange keine mehr. Das Wieso, warum, weshalb sind mir gleich. Es gibt keine Stelle am Körper eines Menschen, den ich noch nicht mit schwarzer Farbe verziert habe. Selbst die Tattoos meiner Brüder habe allesamt ich gestochen.

An meinem Pult setze ich mich kurz, um die Vorlage zu übertragen. Jill kommt ebenfalls nach vorn, das Handy am Ohr und telefoniert.

Sie ist der beste Beweis, was sieben Jahre ausmachen können. Früher hätte ich nie damit gerechnet, dass sie einmal Mutter werden würde. Auch nicht, dass meine Brüder sich eine Lady nehmen. Inzwischen zählen wir bereits fünf. Die Mädels sind in Ordnung und passen perfekt zu den Jungs. Bis auf Tessa. Ich kann immer noch nicht fassen, dass sie wieder bei Jules ist. Bevor ich in den Knast ging, habe ich sie kennengelernt. Sie war ein absoluter Troublemaker, aber einer der Sorte, die sich ein Mann wünscht.

Ich schüttele den Gedanken ab und gehe mit der Vorlage zurück zu Isalie.

»Ich hab es dir in zwei Größen gezeichnet. Schauen wir mal, was besser aussieht.«

Vom Tisch nehme ich das Spray und benetze die Haut damit. Anschließend lege ich das Papier darauf und wische mit dem Handrücken darüber. Vorsichtig löse ich es wieder und gebe Isalie den Spiegel.

»Das wäre die Variante, die ich dir empfehlen würde, weil sie nicht so klobig im Vergleich zu deiner zierlichen Gestalt wirkt.«

Unsicher sieht sie in den Spiegel und betrachtet den Schriftzug: **Don't tread on me**.

»Wow, das sieht jetzt schon perfekt aus.«

Kurz nicke ich, bevor ich den Spiegel wieder an mich nehme und auf den Tisch packe.

»Bevor ich loslege, brauche ich noch eine Unterschrift von dir.« Lästiger Papierkram und wenn es nach mir ginge, würde ich darauf verzichten, doch es gehört zu meinen Auflagen.

»Na klar.«

Ruhig warte ich ab, bis das erledigt ist und nutze die kurze Zeit, um bereits Farbe in den Trichter zu füllen. Mit leichtem Druck auf das Pedal erwacht die Maschine zum Leben. Surrend schießt die Nadel nach vorn und bald schon in die Haut der Kleinen.

»Möchtest du noch etwas wissen, bevor ich beginne?« »Puh … mir fällt gerade irgendwie nichts ein«, antwortet sie ehrlich.

»Okay. Über die Pflege unterhalten wir uns später, Kleines. Ansonsten sollte dir klar sein, dass es ohne Schmerzen nicht funktioniert. Wenn es gar nicht geht oder du eine Pause brauchst, dann sag Bescheid.«

Sie nickt.

Ich atme tief durch und lehne mich leicht über sie, um die Nadel anzusetzen. Ihr Parfüm steigt mir unweigerlich in die Nase und lenkt mich einen Moment lang ab. Dabei fällt mein Blick auf das Veilchen unter ihrem Auge.

»Wer hat dich geschlagen, Kleines?«

Halt dich zurück. Not your fucking problem!

»Niemand. Ich hatte einen Unfall und bin …« »Natürlich«, fahre ich dazwischen, »bist gegen die Schranktür gerannt.« *Shut up, Storm!*

»Ja … Nein. Ach egal.«

Ich hasse Männer, die Frauen schlagen. Wir sollten unsere Überlegenheit lieber dazu nutzen, um sie zu beschützen oder sie mit süßem Lustschmerz zu verwöhnen.

»Es geht los. Entspann dich, Kleines.«

Ich konzentriere mich auf die Zeichnung, die ihre Haut ziert, und setze die Nadel an. Die erste schwarze Tinte schießt unter die Hautoberfläche. Isalie zuckt nicht zusammen, sondern bleibt tapfer. Dennoch spüre ich, wie sie verkrampft.

»Auszuhalten?«, frage ich vorsichtshalber nach. Schon die härtesten Kerle haben es geschafft, nach dem ersten Stich in Ohnmacht zu fallen.

»Ja, es geht. Es zwickt nur ein wenig«, erwidert sie ehrlich.

Jill kommt zurück ins Hinterzimmer gestürmt und bleibt vor Isalie stehen. »Es läuft alles schief. Eben kamen die falschen Blumen für die Hochzeit und die Brautjungfern müssen noch eingewiesen werden.« »Geh schon. Ich nehme später den Bus zu euch«, sagt Isalie beschwichtigend.

»Okay, aber wenn etwas ist, dann rufst du mich an.« Isalie nickt lediglich und Jill geht, nachdem sie ihr einen Kuss auf die Wange gedrückt hat. Dabei verrutscht das Shirt auf ihrem Bauch und entblößt noch weitere blaue Flecke. Ich warte, bis das Türglöckchen läutet und ich sicher sein kann, dass Jill gegangen ist.

»Wer hat das getan?« Auch wenn ich die Kleine nicht kenne und sie mich eigentlich nichts angeht, macht es mich rasend vor Zorn.

»Lass mich raten, du bist wieder irgendwie gestürzt? *Bullshit*, Kleine.«

Sie seufzt, während ich erneut die Nadel in ihre Haut jage.

»Das Thema ist erledigt und ich will nur noch damit abschließen, okay? Ich kenne dich nicht mal und außerdem …«

»… bin ich ein Outlaw, dem du es ohnehin nicht sagen willst«, schließe ich den Satz ab, den sie begonnen hat.

»Nein, ich wollte sagen: Du kennst mich nicht.«

Mag sein, aber dennoch geht es mir nicht am Arsch vorbei, was es aber sollte. Auf solche Proleten kann ich ja gut!

»Ein Rat von mir. Sollte er dich noch einmal anfassen, dann ramm ihm die Kante deiner Handfläche unter die Nase und such das Weite.«

Keine Ahnung warum ich ihr überhaupt helfe. Schließlich ist es nicht *my fucking problem!*

»Wird er nicht«, erwidert sie ruhig und offenbart, was ich ohnehin schon geahnt habe.

Frauen! Wie kann man nur so naiv sein!

»Ich muss mich kurz über dich beugen, aber wir sind fast fertig.«

Mein linker Fuß bleibt auf dem Pedal, während ich das Knie zwischen ihre Schenkel auf der Liege positioniere, um das Gleichgewicht zu halten. Anstatt weiter zu machen, sehe ich sie an. Isalie ist sehr jung, vielleicht Anfang zwanzig. Ihre kleine, beinahe zierliche Gestalt weckt den Beschützerinstinkt in mir. Doch auch etwas anderes, Dunkles bricht in mir aus. Der Wunsch, ihre süßen Lippen mit meinen Zähnen zu malträtieren wird immer stärker. *Holy crab!* Ich sollte langsam aber sicher etwas gegen meinen Sexentzug unternehmen.

»Willst du nicht weiter machen?«, will sie unsicher wissen. Ihre Atmung geht schwer, was nicht nur deutlich sichtbar, sondern auch hörbar ist.

Ich weiß nicht, woher mein Impuls kommt, doch ich schiebe das Knie weiter hinauf, bis es ihre Mitte berührt. Sanft presst es sich gegen ihre Scham, was sie zum Aufkeuchen bringt.

Jetzt wäre der perfekte Zeitpunkt für einen Rückzug … wäre, denn ich tue es nicht. Was auch daran gelegen ist, dass sie selbst über mein Knie reibt.

Das Gerät landet krachend auf dem Tisch, während meine Lippen sich fast von allein auf ihre Kirschlippen pressen.

Sekunden später gleiten ihre Finger unter mein Shirt und spuren an meinen Sixpack entlang, während ihr Unterleib immer fester über mein Knie reibt. Isalie stöhnt in unseren Kuss, während ihr Körper unter mir bebt.

Ich bin steinhart und kämpfe gegen den Drang, ihr die Klamotten von Leib zu reißen.

Fingernägel bohren sich in meine Haut und suchen krampfhaft nach Halt.

Sie bäumt sie auf, zittert aufgrund des heftigen Höhepunktes und nur der Kuss hält sie davon ab, mein Studio vor Ekstase zusammenzuschreien.

Sofort ziehe ich mich zurück, als hätte ihre Reaktion mein Hirn wieder angeschaltet. *Fuck* … das war ein riesiger Fehler, dabei habe ich wirklich gedacht, dass mir das nie wieder passieren wird.

Ich ringe mir schnell ein *tut mir leid ab* und gehe sofort wieder an die Arbeit.

Die Kleine muss verschwinden … so schnell es geht.

TWO

Isalie

Oh mein Gott!

Ich bin fassungslos darüber, was ich eben getan habe. Der erste Orgasmus meines Lebens … von einem Black Revenge … in seinem Tattoo Studio. Vor Scham möchte ich am liebsten im Erdboden versinken.

Nein! Wohl eher aufgrund meiner Gedanken, denn ich wünschte, er hätte nicht damit aufgehört.

Noch immer spüre ich seine Lippen und den rauen Bart, der über mein Kinn gekratzt hat.

Gott, wie tief bin ich gesunken!

Als wäre nichts geschehen, setzt der Biker vor mir die Nadel erneut an meine Haut. Der Schmerz erdet mich und sorgt dafür, dass meine Gedanken nur noch zu einer wabbligen Masse zerfallen.

Stumm lasse ich die Prozedur über mich ergehen, ohne ihn noch einmal anzusehen, und bin heilfroh, als er endlich fertig ist.

Storm wischt über die gepeinigte Haut und löst erneut ein gewaltiges Kribbeln in meinem Bauch aus.

Trotz seines intensiven Blickes, der nicht verbirgt, was er gern mit mir anstellen würde, bleibt er professionell und nähert sich mir nicht.

»Das war´s«, sagt er ruhig und reicht mir den Spiegel. Ich nehme ihn, doch meine gesamte Aufmerksamkeit gilt dem Rocker. Storm hat dieselbe Anziehungskraft, wie eine Tüte meiner Lieblingsgummibärchen.

»In den nächsten zwei Tagen solltest du nicht duschen und deine Haut mit der Salbe einreiben, die ich dir gleich geben werde. Es könnte auch Farbe austreten, also verzichte vorerst auf schöne Klamotten.« Stoisch rattert er seinen Text runter und sieht mich nicht einmal dabei an.

Ich stehe auf und ziehe mir das Shirt wieder über, bis er plötzlich vor mir steht.

»Ich werde eben noch etwas zum Schutz drüber legen. Den lässt du bis morgen drauf.«

Wieder berührt er meine Haut. Ich versuche erst gar nicht, den leisen Seufzer zu unterdrücken.

»Der Schmerz lässt bald nach.«

Nein … es tut nicht weh. Es liegt nur an dir.

Gott! Wenn er wüsste, dass ich noch Jungfrau bin … Ja, für meine einundzwanzig Jahre ist das vermutlich eher unüblich. Alle meine Freundinnen haben schon lange Sex, doch ich wollte auf den Richtigen warten. Bis vor wenigen Tagen dachte ich auch, ihn gefunden zu haben. Wie falsch ich damit lag, betonen die vielen blauen Flecke, die meinen Körper übersäen.

Brenden und ich sind ein Jahr zusammen gewesen. Irgendwie dachte ich immer, dass er der perfekte Mann dafür wäre, doch der Satz endete mit X. Allein das Vorspiel hat mir die Tränen in die Augen getrieben und all die schönen Träume zerstört, die ich mir für mein erstes Mal vorgestellt habe. Als ich es dann beenden wollte, ist Brenden vollkommen ausgeflippt und ich bin anschließend zu Jill geflüchtet.

Und jetzt? Dieser Biker hat mich geküsst und ich mich an ihm gerieben. Gott, das ist so peinlich.

»Fertig, Kleines.«

Hastig weiche ich zurück, um seiner Nähe zu entkommen. Ich fühle mich wie ein brodelnder Vulkan, der jeden Augenblick losgeht.

»Danke«, stottere ich, »was bekommst du dafür.«

Er sieht mich ruhig an, ehe er die Arme vor der Brust verschränkt. Dabei spannt das Shirt an den Oberarmen, sodass mir fast der Sabber aus meinen Mundwinkeln rinnt. Ich habe schon viele attraktive Männer gesehen, doch Storm ist eine Augenweide. Er ist groß, hat unzählige Tattoos und ... zu meiner Schande muss ich gestehen, dass mich sein Alter eher anzieht, als abschreckt.

»Jill hat noch einiges gut bei mir. Sieh es als Freundschaftsdienst.«

Ich nicke und will schleunigst verschwinden, doch Storm packt mich im letzten Augenblick und zieht mich zurück. Unsanft lande ich an seiner Brust und hebe augenblicklich den Kopf, um ihn besser ansehen zu können.

Mit allem habe ich gerechnet, doch nicht damit, dass seine Hand meinen Nacken umfasst und er mich küsst.

Mich Wachs in seinen Händen zu schimpfen, wäre leicht untertrieben. Hitzewellen jagen durch mein Innerstes, sodass ich mich nur Haltsuchend an ihn schmiege und die Finger fest in seine Kutte kralle.

»Du bist so süß, dass ich mich beherrschen muss, um dich nicht sofort zu ficken. Komm mir nie wieder unter die Augen oder ich garantiere für nichts mehr.« Die mahnenden Worte brechen den Bann. Panisch löse ich mich von ihm und renne buchstäblich aus dem Studio. Sein raues Lachen begleitet mich dabei. Ich bin sowas von dämlich. Am liebsten würde ich mir selbst in den Hintern treten. Doch das ist gerade mein kleinstes Problem, wie ich schnell feststellen muss.

Wie zum Teufel komme ich zu Jill? Bei all der Hektik, die sie wieder versprüht hat, habe ich total vergessen, dass sie meine Geldbörse noch bei sich hat. Klasse! Einfach toll.

Von Bridgewater muss ich jetzt ins nächste Dorf laufen und das liegt rund vier Kilometer entfernt. Das ist einfach nicht mein Tag.

»Alles okay?« Ausgerechnet Storm kommt vor die Tür und spricht mich an.

»Muss ich jetzt Angst davor haben, dass du deine Drohung von eben wahr machst?« Ich will gar nicht zittern, doch mein Körper ist wie im Rausch.

»Möchtest du das denn?« Samtig weich hüllt mich seine Stimme in einen Kokon.

Wenn er wüsste, was ich alles will und es dennoch nie zulassen würde. Okay ... es besser nicht sollte, denn das eventuell rutscht bei diesem Mann weit in den Hintergrund.

Männer wie er sind gefährlich! Und ich habe mir mein erstes Mal definitiv nicht unter einem Outlaw der Black Revenge vorgestellt.

Es soll mit Liebe und Vertrauen verbunden sein. Und genau diese Dinge interessieren einen Kerl wie ihn nicht. Deshalb beschließe ich, Storm die Antwort schuldig zu bleiben.

»Jill hat meine Sachen mitgenommen, als sie gefahren ist. Ich muss die vier Kilometer jetzt zu Fuß gehen. Das ist alles. Also … Danke nochmal für das Tattoo. Machs gut.«

»Soll ich dich nach Hause bringen? Ich muss eh in die Richtung.« Während er die Kippen aus seiner

Jeans holt, sieht er zu mir und wartet geduldig auf meine Antwort.

»Ich will dir wirklich nicht die Zeit stehlen. Ich komme schon nach Hause.«

Doof. Doof. Doof! Mehr gibt es nicht zu sagen. Damit ich es mir nicht doch noch anders überlege, drehe ich mich um und will verschwinden.

»Isalie«, ruft er mir hinterher.

»Ja?« Meiner Stimme schwingt eindeutig zu viel Euphorie mit. Wie gern würde ich mir einfach gegen die Stirn schlagen, doch das wäre bei weitem noch auffälliger.

»Du musst in die andere Richtung.«

Oh verdammt! Warum passiert mir das nur immer? Sind alle Fettnäpfchen dieser Welt nur für mich reserviert?

»Komm. Wir gehen schnell zum Club, damit ich das Bike holen kann und dann bringe ich dich heim. Nicht, dass du dich noch verläufst.«

Motorrad fahren? *Ja du blöde Kuh. Stell dir mal vor, so etwas machen Biker!*

»Wirklich Storm. Ich laufe einfach. Danke trotzdem.« Er sieht nicht gerade so aus, als würde ihm das zusagen.

»Vergiss es, Kleine. Ich mag in den Augen vieler ein Arschloch sein, aber ich werde keine Frau allein durch die Pampa streifen lassen. Noch dazu, wenn sie keine Ahnung hat, wohin sie überhaupt gehen soll.«

Storm wartet nicht ab, bis ich eine passende Antwort gefunden habe, sondern zerrt mich einfach mit sich. Na, ganz große Klasse! Bekomme ich überhaupt etwas hin? *Ja, deine Beziehungen, die bekommst du glatt HIN!* Boah, die Stimme in meinem Kopf geht mir richtig auf den Sack!

Storm zerrt mich immer weiter. Eigentlich stolpere ich ihm mehr hinterher, als das ich laufe.

Als wir das Gelände der Black Revenge erreichen, um das ich bisher einen weiten Bogen gemacht habe, verschlägt es mir glatt den Atem. Motorräder soweit das Auge reicht. Unzählige Biker, die mich mit ihren Blicken förmlich verschlingen und zu meiner Überraschung: Frauen! Vier an der Zahl. Old Ladys werden sie genannt, wenn mich nicht alles täuscht.

Dass sie welche sind, steht außer Frage, denn sie tragen, wie die Rocker auf dem Hof, ein Leder. Von weitem kann ich nur das Property of Jules und ein Property of Rick erkennen.

An Storms Maschine angekommen, wenden sich die Frauen sofort uns zu. Skeptisch mustern sie mich, bis ihr Augenmerk allein auf Storm liegt.

»Haltet die Klappen«, fährt er die Vier sofort an. Damit habe ich wirklich nicht gerechnet und zucke zusammen.

Vielleicht hätte ich mich doch mehr wehren sollen! Auf einmal finde ich den Gedanken, gleich mit ihm allein zu sein, beängstigend!

»Du bist so nett wie immer«, sagt die Lady von Jules. Storm knurrt kurz, ehe er mir einen Helm auf den Kopf setzt und mich ansieht.

»Hast du schon mal auf einem Bike gesessen?«

Wahrheitsgemäß schüttele ich den Kopf.

»Ist ganz einfach, Baby.«

Er hat leicht Reden, schließlich macht er das jeden Tag. Storm schwingt sich auf den Sitz und deutet mir an, es ihm gleichzutun. Mit zittrigen Knien steige ich hinter ihm auf, um sofort von seinen Händen weiter zu ihm gezogen zu werden. Anschließend legt er meine um seinen Bauch. Meine Schenkel ruhen an seinen, während mein Oberkörper eng an seinen Rücken gepresst ist.

»Halt dich nur gut an mir fest. Wenn etwas ist oder du möchtest, das ich anhalte, dann schlag mir kurz auf den Oberschenkel.«

»Okay.« Ich kralle mich noch fester an ihn und rutsche sogar noch etwas auf. Mir ist seine Nähe nur allzu bewusst. Ebenso wie die Wirkung, die er auf mich hat. Selbst Brenden hat nie eine solche Reaktion in mir wachgerufen. Mein Körper steht regelrecht in Flammen.

Die Maschine erwacht nach einem kräftigen Tritt von ihm zum Leben. Durch die starken Vibrationen, die direkt zwischen meine Schenkel münden, verstärkt sich seine Wirkung auf mich um ein Vielfaches.

Bis jetzt habe ich nie gewusst, das Motorradfahren eine so intime Angelegenheit ist.

Mit mir fährt Storm vom Hof und ordnet sich in den Verkehr ein. Jede Meile, die wir zurücklegen, nimmt mich mehr gefangen. Die anfängliche Angst ist verpufft und ich genieße es regelrecht.

Umso enttäuschter bin ich, als er auf den kleinen Feldweg einbiegt, der zu Jills Haus führt. Nicht nur die Erkenntnis, dass unsere gemeinsame Zeit hiermit vorüber ist, löst Beklemmung in mir aus, sondern auch die Tatsache, dass Brenden mich gefunden hat. Ängstlich klammere ich mich an Storm fest, der sofort spürt, dass etwas nicht in Ordnung ist.

»Was ist los, Baby?«, will er natürlich sofort wissen. Ich kann ihn da nicht mit reinziehen, schießt es mir durch den Kopf. Also beschließe ich, einfach abzusteigen und den Helm abzunehmen, um ihm zurückzugeben.

»Danke«, sage ich schnell und wende mich zum Gehen. Zwischen mir und Jills Haus steht der Van meines Ex. Wenn ich mich beeile, dann … Scheiße. Ruckartig bleibe ich stehen.

»Verdammt, Isalie«, begehrt er augenblicklich auf, nachdem er ausgestiegen ist.

Panik durchströmt mich und ich bin vor Angst stocksteif. Ihn wiederzusehen, fördert all die Bilder zutage, die ich in den letzten Tagen verdrängt habe.

»Ich warte schon ein paar Stunden. Lass uns nochmal darüber sprechen. Was ich getan habe, war dumm von mir.«

Nein. Nein. Nein. Ein Mann, der einmal die Hand erhebt, wird es immer wieder tun und ich bin nicht so liebestrunken, dass ich es nicht erkennen würde. Allein die Gedanken reichen aus, um mich konsequent an ihm vorbei zu schieben und die Starre somit zu beenden.

»Ich rede mit dir«, brüllt er und reißt mich am Oberarm gepackt zurück.

»Aber ich nicht mit dir, falls es dir entgangen ist. Und jetzt … lass mich gefälligst los.«

Das mit ihm war ein großer Fehler. Ein noch Größerer wäre es, ihm überhaupt erst zuzuhören.

Gerade, als er in Begriff ist, mich an sich zu reißen, geht Storm dazwischen.

»Die Lady war deutlich genug, also verpiss dich.« Mir läuft eine Gänsehaut über den Rücken. Nicht vor Lust, sondern vor Angst.

Anstatt zurückzuweichen und mich von beiden Männern zu distanzieren, suche ich ausgerechnet bei Storm Schutz. Bescheuert! Ich fühle mich bei dem Mann sicherer, der im Grunde die größte Gefahr für mich darstellt.

»Isalie«, droht Brenden, nachdem er offensichtlich merkt, dass seine Chance wie eine Seifenblase zerplatzt ist.

Sein Gesicht, dass ich einmal als schön empfunden habe, erinnert mich nur noch an eine Fratze. Die Wut darin spiegelt denselben Zorn wider, wie vor ein paar Tagen und bestätigt, was ich mir ohnehin schon gedacht habe.

Auch Storm weiß genau, was los ist und schiebt mich in seinen Rücken.

»Steig in den Wagen und lass dich nie wieder blicken«, sagt der Rocker ruhig, doch seiner Stimme schwingt eine deutliche Warnung mit.

Je mehr Zeit verstreicht, desto unwohler fühle ich mich. Storm sollte nicht mit hineingezogen werden und dennoch bin ich unfähig, aus seiner Deckung zu treten. Der Mann vor mir suggeriert mir die Sicherheit, die ich jetzt unbedingt brauche. Ohne ihn ... ich weiß nicht, was Brenden dann getan hätte.

Auch Jill, die den Aufstand mitbekommen hat, stürmt aus dem Haus. Grund genug für Brenden, in den Wagen zu steigen und mit quietschenden Reifen davon zu fahren.

»Okay. Will ich wissen, was hier eben vorgefallen ist?« Sie sieht erst mich und dann Storm an.

Im Gegensatz zu mir hat er was zu sagen.

»Isalie hat ihre Sachen in deiner Tasche vergessen. Ich wollte sie nicht durch die Pampa streifen lassen und hab sie gefahren.« Er ist so ruhig und klar, als wäre eben nichts geschehen.

Jill wartet darauf, dass ich seine Version bestätige, also nicke ich.

»Danke dafür und natürlich auch für das Tattoo«, sage ich schnell, um der unangenehmen Situation zu entkommen.

»Hast du noch einen Moment für mich Isalie?«

Ich zucke zusammen, dennoch nicke ich und warte, bis Jill wieder im Haus verschwunden ist.

Gespannt warte ich darauf, was Storm mir zu sagen hat.

Er macht einen Schritt auf mich zu, legt die Finger unter mein Kinn und zwingt mich, ihn anzusehen.

»Ich habe es ernst gemeint. Komm mir nie wieder unter die Augen oder ich schmeiße all meine Selbstbeherrschung über Board, werfe dich über die Schulter und lasse dich erst wieder aus meinem Bett, wenn du nicht mehr laufen kannst.«

Ruckartig weiche ich zurück. Heiß brennt die Scham, die seine Worte ausgelöst haben auf meinem Gesicht.

»Keine Sorge«, stammele ich und renne zum Haus, begleitet von seinem rauen Lachen. *Schon wieder.*

THREE

Storm

Mit der Bierflasche in der Hand lehne ich am Tresen und sehe zu meinen Brüdern. Durch die Ladys hat sich einiges verändert, wie ich innerhalb von drei Tagen schnell mitbekommen habe. Sie sind ruhiger, lachen viel öfter und scheinen wirklich glücklich zu sein. Und irgendwie will ich nicht mehr dazu passen. Die Zeit im Knast war einfach zu lang, um nahtlos an das alte Leben anzuknüpfen.

Auch die Tatsache das Tessa wieder mit Jules zusammen ist, setzt mir schwer zu.

Als ich erfahren habe, dass sie ihm davongelaufen ist, habe ich meine Chance gewittert. Ich wollte sie schon von Anfang an für mich. Was natürlich für mächtig Ärger im Club gesorgt hat. Es war diese niedliche, unschuldige und freche Art, die mich angezogen hat.

Genau das, was mich bei Isalie dazu bewogen hat, meine Grenzen zu überschreiben. *Holy crab!* Sie hat so unschuldig und verletzlich unter mir ausgesehen. Der süße, zierliche Körper hat sich sehnsüchtig an mich gepresst und danach verlangt, von mir in Besitz genommen zu werden. *Fuck.*

Ich bin dabei, denselben Fehler wie damals zu begehen. Schon einmal hat eine Frau dafür gesorgt, dass ich beinahe alles verloren habe. Aus Frust, und ohne darüber nachzudenken, habe ich mich damals auf Molly eingelassen. Auch sie war auf ihre Art unterwürfig und gebrochen. Ich wollte sie, doch sie hat mir gegenüber nur Interesse vorgespielt.

Ich habe es zu spät bemerkt und dafür bezahlt. Sieben verfickte Jahre … für nichts.

Ich nippe wieder an meinem Bier und sehe erneut an den Tisch, an dem meine Brüder mit ihren Ladys sitzen.

Schon im Knast ist mir der Gedanke gekommen, ob ich den Black Revenge nicht den Rücken zu kehren sollte. Einfach mein eigenes Ding machen und fertig. Jetzt, da ich ihr Glück sehe und meins nicht existent ist, scheint es mir die sinnvollste Entscheidung zu sein.

Mit der Flasche verziehe ich mich auf den Hof. Es ist ruhig, zu ruhig, denn auch das ist eine Änderung, die ich hinnehmen muss. Dank der First Lady, müssen wir auf wilde Partys und Nutten verzichten. *What a fuck!* Von einer Pussy zum Schwanzlurch gemacht. Wütend werfe ich die halbvolle Pulle ins Ölfass und gehe in Richtung Bike davon.

Vielleicht wäre jetzt wirklich der beste Zeitpunkt, um neue Ufer zu erobern.

»Willst du noch weg?« Ausgerechnet Tessa ist mir nach draußen gefolgt und lehnt sich gegen meine Maschine.

»Und wenn? Braucht dich nicht zu interessieren«, antworte ich schroff.

»Oh je, Storm. Wie lang soll das noch so gehen? Du bist kaum drei Tage draußen, dir liegt die Welt zu Füßen und dennoch schmollst du wie ein kleines Kind.«

Was soll ich dazu sagen? »Geh rein, Tessa. Ich habe keine Lust, dass Jules wieder ausflippt.«

Sie seufzt schwer. »Hör zu, Storm. Ich möchte, dass wir miteinander auskommen, verstehst du? Jules ist von Anfang an der Mann gewesen, mit dem ich zusammen sein wollte. Du hast dich da in etwas verrannt.«

»Was willst du von mir, Tessa? Es geht hier wohl kaum um dich, okay? Sieben Jahre sind eine verdammt lange Zeit … Es hat sich viel verändert und ich bin mir nicht sicher, ob ich noch hierhergehöre.«

Jules tritt ebenfalls auf den Hof und bleibt mit verschränkten Armen am Eingang stehen. Tessa wirft nur einen flüchtigen Blick zu ihm, bevor sie mich wieder ansieht.

»Ich für meinen Teil, möchte Frieden, okay? Was damals gelaufen ist, ist doch längst Geschichte.«

Da ich nicht weiß, was ich ihr sagen soll, starte ich die Maschine und fahre einfach davon.

Ein netter Versuch von Tessa, doch je mehr ich über alles nachdenke, desto mehr wird mir bewusst, dass es nie wirklich um sie ging, sondern nur um den Wunsch, selbst eine Frau für mich zu beanspruchen. Ich bin nicht mehr der Jüngste und war damals schon über dreißig. Tessa war jung und frisch … einfach anders, als die unzähligen Nutten, die ständig bei uns ein und aus gegangen sind.

Ich habe keinen Plan, wohin ich fahre. Im Augenblick will ich einfach nur noch weg. Am besten aus der Stadt, um endlich die Birne frei zu kriegen. Die Freiheit fühlt sich seltsam an, so wie der Ritt auf meinem Bike. Ich weiß einfach nicht wohin mit mir. Die Welt ist laut und viel zu bunt für meinen Geschmack.

In einem kleinen Waldstück fahre ich ab. Es ist der kleine Pfad, der zu Jills Haus führt. Keine Ahnung, warum es mich gerade hierher getrieben hat. Es brennen keine Lichter mehr, was mich auch nicht wundert. Es ist bestimmt schon nach ein Uhr nachts. Jeder normale Mensch schläft bereits.

Statt mich weiter mit meinem Leben zu befassen, denke ich an Isalie. Ich bin zu weit bei der Kleinen gegangen. Das ist mir inzwischen klar. Sie ist viel zu unbedarft und ich habe ihre Schwäche gnadenlos ausgenutzt. Ein Blinder hätte erkennen können, dass sie, was Sex anbelangt, vollkommen unerfahren ist.

Ich habe ausgeblendet, dass sie verletzt war und mich obendrein noch in ihre Belange eingemischt. Genau das, was ich nicht mehr tun wollte.

Die Kleine geht mich schließlich nichts an und ihre Probleme noch weniger!

Aus der Kutte hole ich meine Kippen, ziehe eine davon mit zwischen die Lippen geklemmt heraus und zünde sie an.

Langsam muss ich mir im Klaren darüber werden, was ich will und was nicht. Im Augenblick bin ich wie ein Stück Treibgut, dass von den Wellen hin und her gespült wird.

Und immer wieder sind es die gleichen beschissenen Fehler, wie ich gerade eindrucksvoll beweise.

Jedes Mal verfliegen meinen Vorhaben im Wind. Und wer ist zumeist Auslöser an dem Schlamassel? In meinem Fall immer eine Frau!

Selbst mein Einzug in den Knast verdanke ich einer bescheuerten Tussi, die mich ausgenutzt hat, damit ich ihren Freund um die Ecke bringe. Ein bisschen Ruhm und Anerkennung sprang natürlich auch dabei heraus, denn immerhin hat sie die Zeit mit einem Black Revenge verbracht.

Jetzt ist die Bitch mit einem reichen Macker aus Alaska verheiratet. So läuft das Leben.

Ich rede mich nicht damit raus, dass ich zu dumm war … auch nicht, dass Tessa eine Teilschuld daran trug. Nein! Es war allein mein Verschulden.

Wo wir wieder am Anfang allen Übels wären, denn aus meinen Fehlern scheine ich nichts gelernt zu haben!

Ich rauche meine Kippe auf, bevor ich wieder in Richtung Bridgewater fahre. Ein paar Tage gebe ich mir noch, doch dann muss ich unbedingt eine Entscheidung treffen.

Auf dem Rückweg komme ich am Studio vorbei. An Schlaf ist ohnehin nicht zu denken, also stoppe ich und parke mein Bike davor. Vielleicht lenkt mich die Zahlenspielerei ein wenig ab. Ich hab schon immer gern mit Zahlen jongliert und vieles gedreht, damit die Black Revenge ihre Kohle reinwaschen. Die Bordelle und auch die Nachtclubs bieten dafür die perfekte Möglichkeit. Aber auch das Tattoo Studio.

Ich betrete meinen Laden und ziehe mich mit den Aktenbergen, die mir Rafe vorhin hat bringen lassen, in mein Büro zurück. Ich muss mir einen Überblick verschaffen, was die letzten Jahre im Club gelaufen ist und vor allem, was nicht.

Dass wir finanziell gut dastehen, steht außer Frage, doch ich will die nackten Details und bis ich damit durch bin, gehen schon ein paar Tage ins Land. Rafe zählt nicht zu den Personen, die besonders euphorisch mit Papierkram umgehen. Genau aus diesem Grund sind die Unterlagen auch wahllos in Kartons geworfen worden. Jedes Jahr muss ich Stück für Stück durcharbeiten und das ist nicht gerade wenig Material.

Um wenigstens mit einem kleinen Erfolgserlebnis zu starten, beginne ich mit dem Jahr meiner Inhaftierung an, welches ich zum Glück schon bis September fein säuberlich abgearbeitet hatte.

Bevor ich jedoch richtig loslege, rufe ich Mini an, der mich mit Kaffee und Donuts versorgen soll.

Wenn es darum geht, bin ich ein echter Junkie. Meine Brüder trinken lieber Bier oder Whiskey … Ich bin ohne Koffein kein Mensch.

Nachdem ich auch das erledigt habe, beginne ich mit den ersten Papierbergen. Es ist immer wieder erstaunlich, wie viel Kohle mit den Bordellen in die Kasse gespült wird. Allein zwei Drittel davon stammen nur aus dem Rotlichtgewerbe. Das andere Drittel aus den Clubs und meinem Studio. Doch das spannende ist das, was unter der Ladentheke gescheffelt wird.

Was das angeht, vergleichen wir Nüsse mit Goldbarren. Es läuft und das ist gut so.

Den Umzug haben wir glatt von den Spesen finanziert und kein Minus für den Umbau eingefahren. Ich bin sehr zufrieden!

Ehe ich an das nächste Jahr gehen kann, bringt Mini mir Nervennahrung. Er ist noch nicht lange bei uns und wenn ich Rafe richtig verstanden habe, steht es bei ihm mehr als nur auf der Kippe. Den Gerüchten nach, soll er sich von Skye ordentlich eins eingefangen haben. Das hätte ich der Kleinen gar nicht zugetraut. Und noch weniger, dass Rafe sich eine brave Dame zur Frau nimmt. Skye ist viel zu sauber, um eine Old Lady zu sein.

Die Geschichte von Raider und Liv war auch nicht ohne. Egal, wen ich von meinen Brüdern betrachte, mit den Ladys war es nicht einfach. Und wenn ich ehrlich bin, dann beneide ich die Jungs schon um ihr Glück. Je älter man wird, desto mehr sehnt man sich nach Ruhe und einem festen Platz. Was nützen mir die vielen Dollarscheine, wenn ich davon weder Liebe, noch Gesundheit oder Zeit kaufen kann?

Meine Gedanken rücken wieder in weite Ferne, während ich mich vollends auf die Zahlen konzentriere, die Jahr Nummer zwei für mich bereithält. Je schneller ich das erledigt habe, desto eher kann ich mich wieder auf mich konzentrieren und das beste wird sein, ein offenes Gespräch mit Rafe zu führen.

Keine Frage, ich bin ihm unheimlich dankbar für das, was er für mich getan hat. Ohne den Präsidenten der Black Revenge würde ich noch immer in Einzelhaft sitzen. Er hat mir eine zweite Chance gegeben, doch im Moment weiß ich einfach nicht, wie ich sie nutzen soll.

FOUR

Isalie

Ich stehe inmitten des Blumenmeers in Jills Garten. Bis vor wenigen Minuten habe ich versucht, mich mit der Wäsche abzulenken, doch nur mit mäßigem Erfolg. Immerzu muss ich an Storm und an die Situation im Studio denken. Mit Sicherheit gehört der Black Revenge zu der Sorte Mann, denen ich aus dem Weg gehen sollte … Dennoch! Er war so groß, sexy, tätowiert und … verboten. Storm ist alles, aber kein guter Mensch. Woher ich das weiß? Jills zukünftiger Ehemann ist Anwalt … Er vertritt die Biker und, er war es auch, der Storm freigeboxt hat. Mehr Einzelheiten kenne ich nicht und ich bin mir sicher, dass ich sie auch nicht kennen will. Das Wissen darum würde unweigerlich meine Tagträume mit dem Rocker zerstören und davon habe ich nicht gerade wenige.

»Hey, willst du nicht langsam reinkommen und dich fertig machen?«

Seufzend wende ich mich zu Jill, die auf der Terrasse hinter mir steht.

»Geht ihr ruhig. Ich werde hierbleiben und mir irgendeine Serie ansehen.«

Jill schnalzt mit der Zunge und kommt auf mich zu. »Du kannst dich nicht ewig verstecken, Isa. Es wird Zeit, dass du wieder unter Menschen kommst.«

Das höre ich mir jetzt schon seit Tagen an. Dabei ist die Trennung von Brenden kaum eine Woche her.

»Glaubst du wirklich, die Feier der Biker wäre das richtige für mich?« Nein, wäre es mit Sicherheit nicht, denn mir liegen Storms Worte noch deutlich im Ohr. Obwohl die Aussicht, ihn wiederzusehen, verlockend ist, werde ich nicht mitgehen.

»Ach komm schon. Immerhin bin ich dabei und Jack auch. Wir trinken etwas, wobei den Part wohl eher du übernimmst, unterhalten uns und fahren wieder. Alles ganz entspannt.«

Ich bin ihr dankbar … für alles! Ohne Jill wüsste ich nicht, wie ich das durchstehen sollte. Was Brenden getan hat, hat mich tief erschüttert und noch immer sind die blauen Flecke deutlich zu sehen.

Auch Storm sind sie aufgefallen, obwohl ich übertrieben viel Schminke darauf verteilt habe. Seine Reaktion war … ja was? Niedlich ist wohl die falsche Bezeichnung dafür.

»Bitte, das ist wirklich nichts für mich. Ich passe da nicht hin.«

»Keine Widerrede! Du machst dich hübsch und kommst mit.«

Ich will mich ein weiteres Mal dagegen äußern, doch sie lässt es gar nicht erst zu und zieht mich zum

Haus. Drinnen angekommen schiebt sie mich regelrecht in mein Zimmer und versperrt die Tür hinter sich.

Fehlt nur noch, dass sie wie eine Mutter schimpft. Notgedrungen schlüpfe ich aus meinen Klamotten und springe unter die Dusche.

Es ist wirklich keine gute Idee mitzugehen. Alles in mir sträubt sich. Wie soll ich Storm aus dem Weg gehen, damit er seine Drohung nicht wahr macht oder hat er es vielleicht schon vergessen? Beide Varianten sind auf ihre Art nicht gerade berauschend.

Ein Teil von mir möchte natürlich nicht, dass er es vergessen hat. Mit ihm im Bett zu landen will ich wiederum auch nicht.

Ich drehe das Wasser ab und schlinge ein Handtuch um meinen Körper, bevor ich zurück ins Schlafzimmer gehe. Vor dem großen Spiegel bleibe ich stehen, um mich zu betrachten.

Ich gehöre nicht zu den klassischen Schönheiten. Meine gerade einmal 1,60m Körpergröße lässt mich winzig wirken. Die fünfzig Kilo auf meinen Rippen bewirken, dass ich recht zierlich und fast kindlich wirke. Ein Grund, weshalb ich mit einundzwanzig noch immer nach meinem Ausweis gefragt werde. Meine Haare sind auch so eine Sache. Die dunkelblonden Strähnen hängen zumeist leblos an mir herab, weshalb ich sie meistens zu einem Zopf binde. Make-up nutze ich recht selten. Ich mag das Gekünstelte einfach nicht.

Die Mädchen aus meiner Klasse haben stets darauf geachtet, perfekt auszusehen. Etwas, dass mich von ihnen unterschieden hat und … was ihnen den Grund dazu gab, mich zum Außenseiter abzustempeln. Anfangs waren es nur Worte, doch irgendwann wurden meine Mitschüler gemein und boshaft. Zerstörte Schulbücher und Joghurt im Schulrucksack waren das kleinere Übel. Sekundenkleber im Haar oder Epoxidharz im Duschgel schon eine andere Nummer.

Ich erinnere mich noch genau daran, wie ich unter der Dusche stand, mit Shampoo in den Haaren und meinen Händen, die plötzlich an den Brüsten festgeklebt waren.

Drei Monate hat es gedauert, bis die schmerzhaften Wunden verheilt waren. Von den Seelischen will ich gar nicht sprechen, denn jene werden es vermutlich nie.

Aus dem Schrank nehme ich mir eine Leggings und eine ärmellose Tunika, die bis zu den Knien reicht. Dazu die passenden Ballerinas. Weder sexy, noch außergewöhnlich … aber ICH.

Weil meine Haare noch nass sind und ich keine Lust habe, sie zu föhnen, flechte ich mir schnell zwei Zöpfe. Was mir im Spiegel entgegenblickt, reißt mich nicht vom Hocker. Doch das muss es auch nicht. Im

Grunde will ich nicht einmal mit. Warum sollte ich mir also Mühe geben?

»Bin fertig«, rufe ich in den Flur, nachdem ich das Zimmer verlassen habe.

Jill und ihr Mann warten bereits unten an der Treppe. Allein ihr Blick reicht aus, um die volle Missbilligung über mein Outfit erkennen zu lassen.

Jack ist wirklich ein netter Kerl, denn im Gegensatz zu Jill, lächelt er mir aufmunternd zu.

Zusammen verlassen wir das Haus und steigen in den Jeep. Das teure Auto hat er sich erst vor ein paar Tagen gekauft und ich ahne auch, dass es mit dem Deal zusammenhängt, den Jack mit den Black Revenge geschlossen hat.

Mit jeder Minute, die wir uns dem Club nähern, wächst meine Anspannung. Was wird mich erwarten? Ich kenne die berühmten Partys nur aus Erzählungen von Jill. Sie war oft genug dort, als sie noch nicht verheiratet war. Dass sie niemals etwas mit einem der Biker hatte, glaube ich ihr nicht wirklich, doch sie bekräftigt immer wieder, dass es genau so war.

Bridgewater ist nicht sehr groß, sodass wir kaum zehn Minuten bis zum Gelände der Revenge benötigen. Schon von weitem wird das Ausmaß ihrer Party deutlich sichtbar. Die kleine Gasse steht voller Autos und Motorräder. Laute Musik und Gelächter dringen sofort an mein Ohr und das trotz dessen, dass ich noch im Wagen sitze.

»Nun zieh nicht so ein Gesicht, Isa. Es ist eine Party und bei denen hat man zumeist gute Laune«, sagt sie an mich gewandt, bevor wir aussteigen.

»Lass mich doch einfach im Wagen sitzen und kümmer dich nicht weiter um mich. Ich versaue euch nur den Abend.«

Jill schnauft lediglich, um ihre Missgunst dadurch zum Ausdruck zu bringen und hakt sich bei mir ein, um mich mit sich zu ziehen.

Jeder Schritt in Richtung Party zwingt mein Launebarometer tiefer in die Knie.

Das Gelände der Biker ist riesig und erinnert an ein altes Bauerngehöft. Ringsherum wurden hohe Mauern hochgezogen und mit Stacheldraht versehen. Nur ein schweres Eisentor und ein kleines Wachhaus, in dem ein Biker sitzt, gewähren Zugang.

»Jack Wellton, Clubanwalt«, sagt Jills Mann schnell, als besagter Rocker ihm den Weg versperrt.

»Die Frauen gehören zu mir«, fügt er noch rasch hinzu.

Wir werden genau gemustert. Besonders meine Wenigkeit.

»Die Kleine kenne ich doch. Du bist mit Storm gekommen und gefahren.«

Seine Bemerkung ignoriere ich. Was allerdings mit dem Anblick, der sich mir bietet, nicht schwer ist. Der

Hof ist voller Menschen. Ölfässer brennen und einige davon haben sich darum versammelt.

Jack zieht uns direkt ins Getümmel inmitten der heiligen Hallen der Biker und stoppt erst, als er den Präsidenten der Black Revenge erreicht.

»Hey, schön, dass du es einrichten konntest.« Freundlich klopft dieser Jack ihm auf die Schulter.

Mein Blick wandert durch den Raum, sucht ihn nach Storm ab. Ich will dem Biker unbedingt aus dem Weg gehen. Nur ansehen, das will ich ihn schon.

»Das ist meine Frau Jill und ihre Freundin Isalie.« Was der Präsident erwidert, bekomme ich kaum mit, denn Storm betritt soeben den Raum.

Ich kann meinen Blick kaum von ihm abwenden. Im Gegensatz zu dem Tag, an dem er mich zu Jill gefahren hat, trägt er heute eine enge Jeans und ein weißes Shirt, welches perfekt um seine Muskeln spannt. Seine Haare hatte er an Seiten kurz geschoren und mittig seines Kopfes nach oben gestylt.

Wie alt er wohl ist? Wenn ich ihn so betrachte, dann muss er mit Sicherheit doppelt so alt sein, wie ich es bin.

»Isa?« Jills Stimme reißt mich aus meinen Gedanken, sodass ich sie panisch ansehe. Ich fühle mich auf eine Weise ertappt. Meine Wangen beginnen zu brennen. »Sorry, ich war etwas ablenkt von den vielen Menschen«, versuche ich mich zu erklären.

»Storm«, brüllt der Präsident über die Köpfe der Anwesenden.

Erschrocken zucke ich zusammen. Na, ganz Klasse. Ich will ihm aus dem Weg gehen und gerate geradewegs in die Spirale des Unausweichlichen.

»Was gibts, Präs?« Direkt hinter mir bleibt er stehen und ich bin im ersten Moment dankbar, dass er mich nicht sofort erkennt. Seiner Nähe bin ich mir dennoch mehr als bewusst.

»Das ist Jack, unser neuer Clubanwalt.« Der Stolz darüber ist dem Präsidenten deutlich anzuhören. Um dem Mann meiner besten Freundin die Hand zu geben, muss er an mir vorbei, doch auch dabei bemerkt er mich Gott sei Dank nicht.

Ich nutze meine Chance, entferne mich von der Gruppe und eile zur Bar. Die Frau dort nimmt mich sofort ins Visier und nickt kurz, damit sie meine Bestellung aufnehmen kann.

»Wodka-O«, rufe ich ihr über den Lärm zu. Skeptisch zieht sie die Augenbrauen nach oben. Oh, man … kurzerhand hole ich einfach meinen Ausweis aus der Hosentasche und halte ihn hoch. Das scheint sie zufrieden zu stellen.

Ich brauche den Alkohol, um meine Nerven zu beruhigen. Alles in mir kribbelt und pulsiert! Warum? Ich bin mir nicht sicher, ob es Storms Präsenz im Raum ist oder der Gedanke an seine Worte.

Männer wie er zerstören Frauen wie mich, rufe ich mir in Erinnerung.

Dankbar nehme ich meinen Drink entgegen und kippe das erste Glas in einem Zug hinunter. Der Alkohol bahnt sich seinen Weg. Binnen kurzer Zeit breitet sich die Wärme von meinem Bauch, durch meinen gesamten Körper aus.

»Wenn du glaubst, ich hätte dich nicht bemerkt, hast du dich geschnitten.«

Wie? JILL! Dafür werde ich sie töten!

»Und jetzt? Es war nicht meine Idee mitzukommen«, will ich erklären. Storm jedoch schüttelt nur den Kopf und stellt sich neben mich, sodass wir uns ansehen können.

»Das ist keine Party für dich. Allerdings kenne ich Jill und rate mal ins Blaue, dass sie dich einfach mitgeschliffen hat. Was macht das Tattoo?«

Verwirrt starre ich ihn an, denn der schnelle Themenwechsel bringt mich durcheinander.

»Oh, … dem gehts gut. Ich habe keine Probleme.«

»Darf ich?« Die Frage hätte er sich sparen können, denn seine Finger schieben bereits die Tunika beiseite. »Sieht gut aus, Kleines. Immer schön die Creme benutzen, dann hast du viel Freude daran.«

Der Stoff schiebt sich zurück über das Tattoo, doch seine Finger verweilen auf der Stelle.

»Du kannst deine Hand jetzt wegnehmen.«

Ich spüre die Hitze, die von ihm ausgeht und auch das Brennen, welches unweigerlich zwischen meinen Schenkel beginnt.

»Du hättest nicht herkommen sollen, Baby. Ich habe dich gewarnt.«

Ich halte die Luft an, denn seine Hand packt meinen Nacken und zwingt meinen Kopf zurück.

»Willst du fliehen, kleine Isalie?«

Möchte ich das? Ich weiß es selbst nicht. Mein Kopf schreit mich an, prügelt regelrecht auf mich ein, dass ich ihn zurückweisen muss. Mein Bauch hingegen will sich gegen ihn lehnen und herausfinden, was hinter seinen Worten verborgen liegt.

»Was ist, wenn ich jetzt nein sage, Storm?«

Meine Stimme klingt mutiger, als ich mich fühle.

»Dann gebe ich dir den Rat vor mir zu fliehen, Kleines.«

Die Warnung ist deutlich, doch sie hält mich nicht davon ab, meine Hand auf seine Brust zu legen. Dumm, ich weiß. Wahrscheinlich könnte er mir die Worte in die Stirn tätowieren und ich würde nicht fliehen.

»Du bist so klein, zierlich und verdammt süß.« Leicht berühren seine Lippen meine Mundwinkel.

»Und weil du es bist, verspüre ich den unbändigen Drang, dir wehtun zu wollen.«

Der Bann bricht abrupt.

»Wie bitte?« Ich kann kaum glauben, was ich gehört habe. Immer weiter weiche ich zurück, während ich versuche, meine Libido wieder auf den Teppich festzunageln.

Storm folgt mir unentwegt, bis ich nicht länger ausweichen kann.

»Ich will dir deinen süßen Hintern versohlen, bis er sich rot färbt und wie ein Feuermelder glüht. Meine Klinge soll durch dein weißes Fleisch gleiten und …« Ich habe genug gehört und wende mich ruckartig von ihm ab, um aus dem Club zu stürmen. Nicht, weil ich Angst vor ihm habe oder vor dem, was er gern mit mir anstellen möchte ... Nein! Denn die Worte, die eben seinen Mund verlassen haben, sind es, die mich zutiefst erregen.

Und: Es war eine absolut bescheuerte Idee, hierher zu kommen!

FIVE

Storm

Grinsend sehe ich ihr nach, bis sie den Club verlässt. Ich glaube, die Warnung hat Isalie verstanden.

»Lust auf ein bisschen Spaß, Storm?« Eva kommt wie gerufen, denn obwohl ich Isalie davon gejagt habe, kann ich nicht leugnen, dass ich die Kleine gern gefickt hätte. Sie hat etwas an sich, dass mich regelrecht triggert und mir Dinge verspricht, die ich nicht haben kann.

Eva landet an meiner Brust. Ihr billiges Parfum steigt mir dabei unweigerlich in die Nase, während meine Hände ihren Rock nach oben schieben. Die brave Bitch trägt keinen Slip und macht es mir leicht, die Finger sofort zwischen ihre Schamlippen zu schieben. »Du hast es aber eilig.«

Ach echt? Vielleicht sollte sie lieber die Klappe halten, anstatt mich voll zu quatschen.

»Knie dich hin und verdien dir den Fick.« Brav geht sie vor mir in die Hocke. Ihr manikürten Nägel gleiten meinen Oberschenkel empor, dabei ruht ihr Blick auf mir. Eva war mit Sicherheit mal ein hübsches Mädchen, doch die Zeit als Bückstück hat sie gezeichnet. Es ist traurig, was aus diesen Mädchen nach nur wenigen Jahren wird.

Endlich öffnet sie meine Jeans und gleitet der Länge nach über meinen Schaft. Genüsslich sinke ich gegen die Theke, blende alles um mich herum aus. Selbst Isalie versinkt kurz in weiter Ferne.

Sanft umschließen mich die weichen Lippen der Bitch. Oh ja, nach sieben Jahren Faustfickerei endlich wieder ein Stück vom Paradies. Grob fasse ich ihre Haare zusammen und lege die Hände anschließend auf ihrem Hinterkopf ab. Eva kämpft ein bisschen, doch das ist mir egal. Grob zwinge ich sie auf meinen Schwanz, bis sie würgen muss. Dabei stimuliert sie meine Spitze gekonnt, sodass ich an mich halten muss. Es ist echt verdammt lange her.

Nur kurz gebe ich sie frei, um sie gleich darauf wieder fest auf meine Härte zu zwingen.

Ihre Nägel graben sich schmerzhaft in meine Oberschenkel. Eva wehrt sich mit aller Kraft, bis sie einsieht, wer hier den Takt angibt. Braves Mädchen. Mein Rhythmus ist hart und fordert der Kleinen alles ab. Immer härter ficke ich ihren Mund. Tränen laufen ihr über die Wangen und vermischen sich mit dem schwarzen Kajal. *Holy crab* ist das geil.

Mein Blick gleitet unbewusst durch den Raum und bleibt genau an Isalie hängen. Geschockt sieht sie dabei zu, wie die kleine Nutte mir einen bläst.

An den Haaren reiße ich sie von meinem Schwanz direkt nach oben und drehe sie so, dass sie mir den Rücken zuwendet. Ich nehme das Kondompäckchen aus der Tasche, rolle es über meine Härte, bevor ich etwas Spucke auf dem engen Loch der Bitch vor mir verteile.

»Storm«, begehrt sie auf und wird mit einem harten Schlag zum Schweigen gebracht.

»Ein Hunderter mehr, wenn du jetzt eine brave kleine Schlampe bist.«

Ich positioniere mich an ihrem Hintereingang. Eva ist alles andere als entspannt, doch das ist mir egal. Unsanft schiebe ich mich in ihren Arsch, überwinde den engen Muskelring und ramme mich vollends hinein. Eva schreit gepeinigt auf. Ihr gesamter Körper zittert, während sie versucht, sich von mir zu lösen.

»Storm, du tust mir weh!«

»Stell dich nicht so an.« Erneut fasse ich ihre Haare und beginne, mich zu bewegen. Meine Augen nehmen sofort die Kleine wieder ins Visier. Die Zöpfe, die sich heute trägt, lassen sie noch unschuldiger wirken. Die Wangen sind vor Scham rot gefärbt, doch sie sieht weiterhin zu.

»Storm, bitte«, wimmert Eva und stemmt sich mir mit aller Macht entgegen, doch ich habe nur Augen für Isalie. In meiner Vorstellung ist sie es, die ich gerade ficke. So klein und zierlich präsentiert sie mir ihren Arsch, stöhnt meinen Namen und will noch härter rangenommen werden. Ich bin von Sinnen, ramme Eva noch fester. Meine Eier ziehen sich zusammen, mein Schwanz wird noch härter und endlich kommt der erlösende Höhepunkt. Knurrend lege ich den Kopf in den Nacken und genieße die heftigen Nachbeben.

Eine Erlösung ist es nicht. Ich spüre regelrecht, wie dem Höhenflug eine tiefe Ernüchterung folgt. Sofort ziehe ich mich aus ihr zurück, reiße das Kondom hinunter und verstauen meinen Schwanz wieder in der Jeans.

»Das war hart an der Grenze«, zischt Eva, während sie ihren Rock nach unten schiebt.

»Halt die Klappe«, knurre ich und nehme dreihundert Dollar aus der Tasche meiner Kutte. »Kauf dir einfach ein paar Schmerzmittel davon.« Wütend nimmt sie das Geld und geht davon. Die Nutten werden auch immer zickiger!

Kaum, dass Eva außer Reichweite ist, hole ich die Kippen aus der Jeans, ziehe eine davon mit den Lippen aus der Schachtel und zünde sie an.

Noch immer sieht Isalie mich an, sodass ich mich unweigerlich frage, was mich so sehr an ihr fasziniert. Sie ist klein, beinahe um zwei Kopflängen kürzer als ich, schlank, zu sehr, wenn es nach meinem Geschmack geht und viel zu unbedarft. Vermutlich auch zu jung, denn wenn ich schätzen müsste, würde ich sagen, dass sie gerade erst achtzehn ist.

»Wir kennen uns lang genug und ich habe nie das Bedürfnis verspürt, dir eine Warnung auszusprechen.« Jill ist an meine Seite getreten. Auch ihre Augen ruhen auf Isalie, wie ich mit einem Seitenblick erkennen kann.

»Lass die Finger von ihr, okay? Sie hat in ihrem Leben schon vieles einstecken müssen und damit meine ich nicht ihren Ex.«

Ist ja süß! Ich kenne Jill schon lang, doch es eine Freundschaft zu schimpfen wäre gelinde gesagt übertrieben.

»Keine Sorge. Kleine Mädchen reizen mich nicht und ich denke, Isalie hat meine Warnung mehr als verstanden.«

»Du glaubst, der kleine Nuttenfick hält sie ab? Da kennst du sie schlecht. Wir beide wissen, was beim letzten Mal passiert ist.«

Daran muss sie mich nicht erinnern. Jill hat mir von Anfang an davon abgeraten, doch ich war zu blind für die Wahrheit.

»Mach dir keine Sorgen. Dennoch, bring sie einfach nicht mehr hierher. Das ist keine Welt für die Kleine.« Jill nickt und geht davon, während ich mich auf den Weg nach draußen begebe.

Dort angekommen, schnippe ich die Kippe fort, ehe ich am Haus gelehnt in den Himmel schaue.

Jill hat absolut recht, dennoch muss ich immerzu an Isalie denken. Und daran, dass ich selbst gern wüsste, was mich an dem Mädchen reizt.

Aus dem Augenwinkel kann ich Jules und Tessa erkennen, die wieder mal ihre Pärchennummer abziehen. Küssen hier, ein bisschen lachen und die ganze Welt mit Einhornscheiße zuschmieren. Ich möchte am liebsten kotzen!

»Man sollte meinen, so langsam bist du drüber hinweg.« Aus dem Schatten kommt Devon auf mich zu. Er hält mir seine Schachtel entgegen, aus der ich mir eine Kippe fische.

»Warum nimmst du an, dass es nicht so ist?«

»Weil du Jules ansiehst, als würdest du ihn jeden Moment umbringen.«

Nein, selbst wenn es meinen Brüdern so vorkommt. Das mit Jules ist Geschichte. Es geht mir einzig allein um … das allein sein.

»Ihr seid alle sehr glücklich. Nach sieben Jahren im Knast ist es ein Schlag in die Fresse. Eine Tatsache, die mich fortwährend an das erinnert, was ich verpasst habe. Vielleicht hätte ich inzwischen auch eine Lady. Fakt ist, in den letzten Tagen ist mir bewusst geworden, dass ich offenbar nicht mehr hierher passe.« Endlich ist es raus.

»Das ist Blödsinn und das weißt du auch! Es wäre für jeden eine Herausforderung, anschließend wieder ins Leben zu finden. Niemand erwartet, dass dir das von heute auf morgen gelingt.«

Nette Worte … mehr nicht. Bullshit würde es vermutlich besser treffen.

»Ich denke dennoch darüber nach, die Black Revenge zu verlassen.«

»Ich werde dir nicht reinreden. Sollte dein Wunsch in ein paar Tagen noch immer aktuell sein, werden wir darüber sprechen.« Mehr kann ich im Augenblick nicht verlangen.

Für heute reicht es mir jedoch. Die Feier ist gelaufen. Ich dachte, dass zumindest das meine Laune hebt, doch nicht mal das lindert die Leere in mir.

Ich will gerade zurück, als die Tür aufgeht und mir Isalie in die Arme läuft. Trotz des schwummrigen Lichts erkenne ich sofort, dass sie geweint hat.

»Mach langsam, Kleines.«

Sie sieht mich aus weit aufgerissenen Augen an, bevor sie tief seufzt.

»Du hast mir zu meinem Glück noch gefehlt.«

»Heute scheint wohl für uns beide kein guter Tag zu sein, hmm?«

Ein bisschen Mitleid habe ich schon, denn vermutlich bin ich nicht ganz unschuldig daran.

»Soll ich dich nach Hause fahren, Kleines? Ich wollte zwar gerade ins Bett, doch gegen ein Spritztour hätte ich nichts einzuwenden.«

Isalie kaut nachdenklich auf ihrer Unterlippe herum. Mein Schwanz reagiert sofort darauf und presst sich hart gegen die enge Jeans, dabei hatte ich gehofft, dass es nach dem Fick mit der Nutte etwas besser wird.

»Warum eigentlich …« Mehr sagt sie nicht, denn Jules taucht plötzlich neben uns auf.

»Gibt es etwas Wichtiges, Bro?« Ich will nicht genervt oder angepisst klingen, doch bei ihm fällt es mir noch immer schwer, mich normal zu verhalten.

»Das Mädel ist zu jung für dich«, erwidert er ruhig. »Geh wieder zu deinem Anhang, Kleines.«

Ich atme tief durch. Mein gesamter Körper zittert, weil ich ihm am liebsten meine Faust in die Fresse donnern will.

»Und du bist neuerdings der Sheriff im Club, der das kontrolliert?«

Isalie steht noch immer neben mir und hat mir, sehr zu meiner Verwunderung, die Hand auf den Arm gelegt.

»Storm hat mir ein Tattoo gestochen und ist ein guter Freund von meiner Freundin Jill. Ich wusste nicht, dass es verboten ist, mich mit ihm zu unterhalten!« Sie klingt angepisst … Noch etwas, dass mich schwer verwundert.

»Storm ist kein Umgang für junge Mädchen.«

»Alter. Wo ist dein fucking Problem? Du willst Polizei spielen, dabei warst du es doch, der seine sechzehnjährige Freundin gefickt hat.«

Jules kocht vor Wut, sodass ich Isalie von mir schiebe. Noch rechtzeitig, denn er holt aus. Den ersten Schlag fange ich mühelos ab. Und obwohl meine Wut ihm gegenüber mehr als auf Anschlag ist, teile ich nicht aus.

»Mach hier bloß nicht auf Moralapostel. Du hast ihr auch oft genug aufgelauert und keinen Hehl daraus gemacht, wie sehr du Tessa wolltest.«

Richtig … wollte, aber nicht mehr will. Das Thema ist durch und die Kleine neben mir ist nicht unschuldig daran.

»Sieben Jahre im Knast ändern vieles, Bro. Das ist eine Sache davon. Isalie ist eine Kundin und eine Freundin von Jill. Ich werde nicht wegen einer falschen Sache, die ich getan habe, mein ganzes Leben weiterhin in Ketten verbringen. Finde dich damit ab.«

Er beruhigt sich allmählich. Tessa, die zwischenzeitlich zu uns gekommen ist, zieht ihn von mir weg.

»Puh … ich kann jetzt eine Fahrt vertragen. Soll ich dich nach Hause bringen?«

»Liebend gern, Storm.«

Unbewusst habe ich nach ihrer kleinen Hand gegriffen und sie zu meinem Bike gezogen. Dort angekommen, reiche ich ihr den Helm, ehe ich mich auf die Maschine schwinge. Isalie folgt mir nur kurz darauf. »Schön festhalten, Baby«, erinnere ich sie.

Sie schlingt die Arme fest um meinen Körper, ihr Kopf ruht an meinem Rücken. Es fühlt sich gut an, sie hinter mir zu wissen. Das kleine Glücksgefühl entschädigt für den miserablen Abend.

Am Wachhaus halte ich kurz und bitte Mini, Jill Bescheid zu geben, damit sie sich keine Sorgen macht.

Die Fahrt zum Haus ihrer Freundin dauert nicht lang. Für meinen Geschmack war sie sogar viel zu kurz.

Vorsichtig lege ich meine Hand auf ihren Oberschenkel, der sich fest an meinen presst.

»Wir sind da, Baby.«

Ich spüre, dass sie mit sich hadert und kann es nur zu gut nachvollziehen. Auch ich will nicht, dass sie absteigt.

Die Kälte folgt zu schnell und Isalie reicht mir den Helm zurück.

»Danke Storm. Das war echt nett von dir«, sagt sie. Bevor sie geht, stellt sie sich an meine Seite. Ihr Blick ruht auf mir, während sie über etwas nachzudenken scheint.

»Schlaf gut, Kleines.«

»Du auch«, erwidert sie zaghaft, macht einen weiteren Schritt auf mich zu und drückt mir einen Kuss auf die Wange.

Lächelnd sehe ich ihr nach, wie sie zu Haus geht.

»Isalie?«

Sie dreht sich um und trägt dasselbe Lächeln auf den Lippen, das mich zeichnet.

Mit einem Finger locke ich sie zurück zu mir. Als sie endlich so nah ist, um sie packen zu können, greife ich nach ihr und hebe sie vor mir auf die Maschine. Die Beine lege ich über meine.

Es ist ein Fehler … allerdings einer, den ich einfach begehen muss.

SIX

Isalie

Meine Sinne spielen verrückt. Mein Herz ist völlig aus dem Takt und jeder Atemzug fällt mir schwer. Storm hat mich auf sein Bike gezogen. Meine Beine liegen über seinen und ich bin ihm so nah, dass kaum ein Blatt zwischen uns passt. Vergessen ist die Tatsache, dass er vor meinen Augen eine Nutte genommen hat. Obwohl ich es besser weiß, haben mich die Bilder vor meinen Augen verletzt. Die ganze Zeit über, während ich die beiden beobachtet habe, habe ich mir gewünscht, an ihrer Stelle zu stehen. Ich wollte von ihm eingenommen werden. Ihn spüren und mich an ihn verlieren. Inzwischen treibt mich der Wunsch, mit ihm zu schlafen in den Wahnsinn.

»Ich stelle dir die Frage nur ein Mal und ich will, dass du sie ehrlich beantwortest. Es ist mir gleich, ob es dir peinlich ist oder nicht.«

Ich nicke lediglich, unfähig auch nur einen Ton herauszubringen.

»Bist du noch Jungfrau?«

Bam! Die Frage treibt mir regelrecht die Röte ins Gesicht. Meine Wangen brennen vor Scham und ich hoffe inständig, dass er es im fahlen Licht nicht erkennen kann.

»Ja«, antworte ich leise. Mir ist schlecht. Das war es jetzt.

Wider meiner Erwartung, Storm würde sich darüber lustig machen, gleiten seine Hände an meinen Oberschenkeln hinauf. Seine Lippen pressen sich gierig auf meinen Mund, fordern mich zu einem Tanz auf, den ich gern erwidere.

Unsicher suche ich an ihm Halt, schlinge die Arme um seinen Nacken und stöhne in unseren Kuss, als seine Finger auf meine Mitte treffen. Meine Beine sind weit gespreizt, sodass er mühelos meine Perle durch die Leggings massieren kann.

Es fühlt sich himmlisch an und noch besser als vor ein paar Tagen im Studio. Gänsehaut läuft meinen Rücken entlang. Hitze breitet sich in mir aus.

Storm beendet den Kuss, gleitet mit seinen Lippen über die Haut an meinem Hals. Eine Hand landet auf meiner Brust, neckt den aufgerichteten Nippel durch den Stoff.

»Storm«, keuche ich.

Sanft drückt er mich nach hinten, sodass ich auf seiner Maschine liege. Die Finger haken sich in den Bund und ziehen die Leggings hinunter. Heiße Lava pulsiert durch meinen Körper und ruft Empfindungen wach, die ich schon lange ersehne.

Kaum, dass die Hose verschwunden ist, schiebt er den Slip beiseite und gleitet mit den Fingerspitzen über meine Schamlippen.

»Bitte«, wimmere ich. Die Empfindungen sind so intensiv. Instinktiv will ich die Beine schließen, doch es geht nicht.

Trotz der Dunkelheit und den wenigen Sternen am Himmel, kann ich erkennen, wie er sich nach unten beugt und durch meine Scham leckt.

»Oh ...« Mehr bekomme ich nicht gebacken. Mir ist heiß. Mir ist kalt ... einfach alles. Wie er mich leckt, an meiner Klit saugt, bringt mich um den Verstand. Dank der Stille kann ich die schmatzenden Geräusche hören, die mich zusätzlich nach oben treiben.

Meine Hände greifen in seine Haare. Ich winde mich, will noch mehr davon. Als dann auch noch ein Finger in meine Pussy taucht, schreie ich auf und komme. Schubweise breitet sich der Höhepunkt aus. Vor meinen Augen tanzen Sterne, so grell, dass ich die Augen schließen muss.

Das war mein zweiter Orgasmus und wieder war Storm es, der ihn für sich beansprucht hat.

Vorsichtig hilft er mir auf und küsst mich erneut. Ich schmecke mich auf seinen Lippen. Wieder stöhne ich, während ich mich an seinem Schwanz reibe, der durch die Jeans deutlich zu spüren ist.

Meine Finger gleiten unter sein Shirt, befühlen die starken Muskelberge darunter.

»Nicht hier, Kleines. Du verdienst etwas Besseres für dein erstes Mal.«

Seine Worte versetzen mir einen Stich, denn mir ist es egal, wo ich entjungfert werde, Hauptsache er ist der Mann, der sich dieses Recht nimmt.

»Ich will es«, hauche ich dicht an sein Ohr. Storm gibt mir das Gefühl, begehrt und nicht nur ein Gebrauchsobjekt zu sein.

»Glaub mir, Kleines. Ich will dich schon, seitdem du in meinem Studio warst. Ich habe die dämliche Nutte nur gefickt, in der Hoffnung, dich endlich vergessen zu können. Ich dachte wirklich, es ist besser, sich von dir fernzuhalten. Aber *holy shit,* du bringst mich um den Verstand. Ich will, dass du mir gehörst.« Jedes Wort kommt ihm gequält über die Lippen.

»Nimm mich. Lieber mit dir, als mit irgendjemanden sonst.« Ich meine es so.

»Ich kann nicht, Baby. Das erste Mal sollte etwas Besonderes sein.«

Dann bring mich zu dir, will ich schreien. Hauptsache er unternimmt etwas gegen dieses unbändige Verlangen.

»Ich hole dich morgen ab«, entscheidet er und löst sich von mir. Am liebsten würde ich aufschreien, weil ich mich seiner Nähe beraubt fühle.

»Morgen, Kleines.«

Die Ernüchterung folgt sofort. Ich fühle mich, als hätte ich eiskalt geduscht. Ungelenkig winde ich mich von der Maschine und suche in der Dunkelheit nach meiner Hose.

»Isalie.«

Kurz sehe ich auf und begegne seinem Blick.

»Du bist keine Clubbitch, sondern ein ganz besonderes Mädchen, das ihr erstes Mal nicht auf meiner Harley haben sollte.«

Ich will es ja verstehen, doch die heiße Lava in mir sieht das anders.

»Schon okay. Ich gehe besser rein.« Ich wende mich von ihm ab und laufe zum Haus. Auf halber Strecke hat Storm mich eingeholt und reißt mich zurück.

»Ich hole dich morgen ab, versprochen.«

Instinktiv sinkt mein Kopf nach unten, um meine Traurigkeit zu verbergen.

Storm legt einen Finger unter mein Kinn, sodass ich ihn ansehen muss. Sanft streicheln mich seine Lippen, beruhigen den Sturm in meinem Inneren.

Storm gibt mich wieder frei und geht zu seiner Maschine. Ich kann ihm nur nachsehen. Selbst als er längst aus meinem Sichtfeld verschwunden ist, starre ich auf die Stelle, an der er eben noch gestanden hat. Mein Inneres ist in Aufruhr und wenn ich ehrlich bin, dann weiß ich nicht, ob er sein Versprechen einhalten wird. Was will er schon mit einem Mädchen wie mir.

Dass er jede Frau haben kann, hat er mir deutlich vor Augen geführt.

Irgendwann gehe ich ins Haus und verziehe mich in mein Zimmer. Auf dem Bett lasse ich mich fallen und starre stur zur Zimmerdecke.

Es gibt so viele Dinge, mit denen ich mich vorrangig befassen sollte. Was tue ich stattdessen? Ich denke an Storm. Der Biker bringt mir jedoch keinen Job und eine neue Wohnung, die ich dringend brauche ebenfalls nicht. All meine Sachen stehen noch bei Brenden, doch wo soll ich jetzt damit hin? In Bridgewater etwas Adäquates zu finden, ohne Job oder finanzielle Rücklagen, ist unmöglich.

Nach der Schule habe ich eine Ausbildung zur Krankenschwester absolviert, doch nie einen geeigneten Arbeitsplatz gefunden. Was auch daran lag, dass ich nicht Autofahren kann. Mehr als einmal habe ich mich an das Projekt gewagt und gnadenlos verkackt. Meine Angst war einfach zu groß. Bescheuert, nicht wahr? Diese kleine, feine Tatsache hat mir beruflich das Genick gebrochen. Niemand wollte mich einstellen. Und dann lernte ich Brenden kennen. Er hat mich … finanziert und es gnadenlos ausgenutzt, dass ich in meinem Loch festsaß. Doch damit ist Schluss. Ich muss endlich die Kurve bekommen und mich bemühen. Jill hat mich zum sechsten Mal bei der Fahrschule angemeldet und geschworen, dass sie nicht eher ruht, bis ich es geschafft habe. Es ist ein Teufelskreis. Ohne Geld kein Führerschein und keine Wohnung. Ohne Führerschein kein Job. Und so weiter und so fort. *Damn!*

Sacht klopft es an meiner Tür. Nur Sekunden später sieht Jill hinein. Ihr warmes, mitfühlendes Lächeln ist genau das, was ich jetzt nicht brauche.

»War es so scheiße, dass du regelrecht flüchten musstest?«

Nur ungern setze ich mich auf, damit ich sie ansehen kann.

»Nein. Aber mir war eben nicht nach Party und ich wollte nicht, dass ihr wegen mir extra früher abhaut.«

»Deshalb lässt du dich von Storm nach Hause fahren?« Tadelnd schüttelt sie den Kopf. »Er ist gefährlich, Isa. Du solltest dich nicht mit ihm anfreunden.«

Erst der andere Biker und nun sie! »Was hat er angestellt, dass jeder so schlecht auf ihn zu sprechen ist?«

Ihr Hintern landet auf meinem Bett. Unbewusst streichelt sie mir durch das Haar, wie bei einer kleinen Schwester.

»Storm hatte vor langer Zeit eine schwere Phase. Vor allem nachdem Jules mit Tessa ankam. Sie war damals erst sechszehn und hat das Leben im Club gewaltig auf den Kopf gestellt. Storm dachte, er würde etwas für sie empfinden. Natürlich hat das für ordentlich Zündstoff gesorgt. Bei einer Party, ähnlich der heutigen, hat Storm Molly aufgegriffen. Sie war jung, wollte beschützt werden und hat ihn gnadenlos ausgenutzt. Natürlich wollte er das nicht sehen. Er hat einfach die Augen verschlossen, bis die Wahrheit wie ein Beil auf ihn einschlug. Storm ist ausgerastet und hat einen Mann getötet. Ende der Gute Nacht Geschichte, Süße.«

Vielleicht sollte es mich abschrecken, doch das tut es nicht.

»Ich mag ihn eben. Was ist so falsch daran?« *Vielleicht, dass er dich geleckt hat und ihr euch morgen wiedersehen wollt?*

»Du bist alt genug, Isa. Ich rede dir nicht rein, aber warnen darf ich dich als beste Freundin.«

Das habe ich an Jill immer gemocht. Sie steht zu ihrem Standpunkt, doch sie zwingt ihm niemanden auf.

»Denk dran, dass wir morgen versprochen haben, auf dem Marktfest auszuhelfen. Edna zählt auf uns.« Shit! Das habe ich fast vergessen. Edna ist eine Nachbarin von Jill und verkauft Marmelade auf dem Stadtfest morgen. Weil sie vor ein paar Wochen schwer gestürzt ist und sich die Hüfte gebrochen hat, haben wir versprochen mit auszuhelfen.

»Gute Nacht, Süße. Und nicht von heißen Bikern träumen.«

»Warum hast du eigentlich nie mit ihm geschlafen?«, rutscht es mir heraus.

»Ganz einfach, ich wusste, dass ich für Storm nur eine Nacht gewesen wäre und mir war klar, dass ich mich niemals wieder auf einen Kerl eingelassen hätte, der kein Biker ist.«

Ich nicke nur. Was sieht Storm in mir? Immerhin habe ich mich ihm angeboten, doch er hat mich abgewiesen. Schon zwei Mal. Ob das alles nur zur Show gehört? Eher nicht. Dafür ist dem Biker seine Zeit vermutlich zu schade.

Ich rappele mich noch einmal auf und schäle mich aus den Klamotten, bevor ich unter die Decke schlüpfe.

Wirklich müde bin ich nicht. Meine Gedanken kreisen pausenlos um den Rocker. Wird er wirklich Morgen kommen? Wenn ja, was hat er mit mir vor? Aufregung und Panik mischen sich zu einem gefährlichen Mix. Denn auch Jills Worte schreien laut in meinem Kopf: *Ich hätte mich niemals mit einem Mann zufriedengegeben, der kein Biker ist.*

SEVEN

Storm

Strafarbeit. Etwas anderes fällt mir bei dem Bullshit nicht ein, den Devon heute Morgen beschlossen hat. Den Tag über mit Jules auf dem Festplatz zu verbringen ist das Letzte, was ich mir vorstellen kann, doch der Vize war anderer Meinung. Insbesondere nachdem er denkt, mein Entschluss die Black Revenge zu verlassen, liegt an Jules.

»Ich mache eine kleine Runde«, sage ich an ihn gewandt, damit ich ihm für eine Weile aus dem Weg gehen kann. Ja, ein wenig stimmt es schon, dass wir uns im Moment nichts zu sagen haben. Die Sache von vor ein paar Jahren ist nicht vom Tisch und er hat nach wie vor Angst, dass ich Tessa wieder bedrängen werde. Inzwischen bin ich mir sicher, dass ich das Thema Tessa hinter mir habe. Es war die ersten Tage nicht leicht … doch ich bin darüber hinweg.

Wonach ich Ausschau halten soll, weiß ich nicht, denn ich bezweifle, dass auf einem popligen Stadtfest die Hölle losbricht.

Übellaunig schreite ich durch die Reihen. Die Menschen weichen mir von ganz allein aus, sodass ich nicht mal den Blick heben muss. *Willkommen in meiner Welt.*

Fressbude für Fressbude reiht sich aneinander, Baumwollstrickerei und irgendwelche Schlitzaugen mit ihren geklauten Shirts … am liebsten möchte ich kotzen, anschließend auf mein Bike steigen und in den Club fahren, um Rafe endlich die Wahrheit zu sagen. Die Black Revenge und ich brauchen eine Pause.

Vor einem kleinen Stand bleibe ich stehen und hole die Kippen aus der Jeans. Ich bin gerade dabei, sie mir anzuzünden, als Isalies süße Stimme zu mir dringt. Schnell drehe ich mich um und erkenne sie an einem Stand mir gegenüber. Die schlechte Laune scheint in einem Sekundenbruchteil zu verpuffen, während ich ihr dabei zusehen, wie sie einer älteren Frau beim Aufstellen von Marmeladengläsern hilft. Zum ersten Mal erlebe ich sie unbeschwert und locker, denn auch in meiner Gegenwart wirkt sie immerzu verspannt und in Gedanken versunken.

Mit einer Ausnahme: die kleine Nummer auf meinem Bike. Shit! Ich habe die ganze Nacht kein Auge zugetan. Immer wieder haben sich die Bilder in meinem Kopf wie ein Film abgespielt. Wie sie auf meiner Maschine lag, ihr süßes Stöhnen, der Geschmack auf meiner Zunge. Allein jetzt daran zu denken, lässt meine Hose eng werden. Und es wirft erneut die Frage auf, was mich an Isalie fasziniert.

Frauen wie sie, egal ob vom Aussehen oder vom Alter gibt es tausende. Es fällt mir schwer, es nur auf den Beschützerinstinkt in mir zu schieben.

Egal wann sie mir über den Weg läuft, ich will sie in meine Arme ziehen und sie vor all der Dunkelheit beschützen, die auf der Welt lauert.

»Sie ist wie Tessa damals!« Jules, der zwischen zwei Buden zu mir kommt, reißt mich aus den Gedanken. »Was meinst du?«, hake ich nach, in der Hoffnung, die Faszination für Isalie durch seine Antwort auf den Grund gehen zu können.

»Die Unbeschwertheit. Sie sehen die Welt noch in bunten, schillernden Farben, während wir nur noch schwarz und weiß kennen.«

Wirklich befriedigend ist seine Antwort nicht.

»Als sie zu mir ins Studio kam, war sie voller blauer Flecke. Ich habe sie nach Hause gebracht und den Typen gesehen, der ihr das angetan hat. Meinst du, sie ist stark genug, um nicht zweimal denselben Fehler zu begehen?«

Auch er zündet sich eine Kippe an und inhaliert den ersten Zug, ehe er den Rauch entweichen lässt. »Wenn du es zulässt, vielleicht. Ich war mir damals sicher, dass Tessa irgendwann in der Gosse landet … aber das war nicht der Grund, warum ich das zwischen uns zugelassen habe. Die Kleine ist mir einfach unter die Haut gegangen.«

Zwischen uns ist es das erste ruhige Gespräch nach sieben Jahren. »Danke, Bro.«

»Nicht dafür! Wir entscheiden uns nur einmal für eine Lady und diese Frau dort, scheint bei dir dieselbe Wirkung zu haben, wie Tessa bei mir.«

Mein Blick gleitet automatisch zu Isalie. Sie lächelt und weckt eine tiefe Sehnsucht in mir, die durch Jules Worte nur verstärkt wird.

»Die Runde übernehme ich. Mach was draus, Bro.« Jules geht und lässt mich mit meinen Gedanken allein zurück. Ich habe Isalie versprochen, sie heute Abend abzuholen … bis eben war ich mir nicht sicher, ob es eine gute Idee ist, doch Jules Worte haben mich darin bestärkt, zumindest herauszufinden, was das zwischen uns ist. Insbesondere, warum ich nicht die Finger von ihr lassen kann, obwohl ich es sollte.

Von ihr unbemerkt gehe ich zum Stand hinüber. Isalie bekommt mich erst mit, als ich direkt vor ihr stehe.

»Scheiße! Musst du mich so erschrecken, Storm? Was tust du überhaupt hier?« Leichte Röte überzieht ihre Wangen und lässt sie wie ein kleines Schulmädchen wirken.

»Der Präsident ist der Meinung, wir sollten etwas Präsenz zeigen. Und wie sieht es bei dir aus?« Interessiert hebe ich eines der Marmeladengläser an.

»Jill und ich haben ihrer Nachbarin versprochen, ihr heute bei ihrem Stand zu helfen. Sie hatte vor ein paar Wochen einen Unfall und schafft es nicht allein.« Lautstark erhebt sich eine Gruppe Jugendlicher hinter mir und lenken mich eine Sekunde lang ab.

»Das ist sehr nett von euch, aber wo ist Jill?« Bisher habe ich nur die alte Dame und Isalie gesehen.

»Ihr ging es nicht gut und ich habe sie ins Bett gesteckt. Es dauert nicht mehr lang, bevor das Baby zur Welt kommt und von daher, soll sie sich schonen.« Während sie mit mir spricht, räumt sie weiterhin die unterschiedlichen Gläser aus. Erdbeere, Himbeere und ich dreh durch … Marillenmarmelade. Augenblicklich habe ich ihr das Glas aus der Hand genommen.

»Wahnsinn. Die habe ich als Kind geliebt. Bisher habe ich sie noch nirgends wieder entdeckt.«

Lächelnd nimmt sie mir die Marmelade wieder ab und legt sie in einen kleinen Karton, der mit kleinen Minigläsern bestückt ist. Bevor sie sie mir über den improvisierten Tisch reichen kann, wird es ihr aus der Hand geschlagen.

Erschrocken weicht sie zurück und lenkt damit meine Aufmerksamkeit auf die Gruppe Jugendlicher.

»Wenn das nicht die kleine Isa ist. Wie ich sehe, sind deine Hände nicht mehr an deinen Titten festgeklebt.« Er lacht über seine Worte, lehnt sich über den Tisch und will nach ihr greifen.

Ohne darüber nachzudenken, packe ich ihn an der Jeansjacke und reiße ihn zurück.

»Fass meine Lady nur ein einziges Mal an und wir finden heraus, wie deine Hände an den Möpsen kleben.«

Irritiert, inmitten seiner beknackten Gang, sieht er zu mir empor. Der Spinner ist gut zwei Köpfe kleiner und erinnert mich an einen Gorilla. Nur die Haare fehlen ihm.

»Aww, bist du ihr Daddy? Ey … seht mal Jungs, Isa fickt ihren Papi.«

Mein Hieb kommt so unerwartet für ihn, dass er wie ein fauler Stamm auf den Boden aufschlägt. Sofort bin ich auf ihm und hole erneut aus. Schlag um Schlag landet meine Faust in seiner Fresse. Schlagartig ist alles um mich herum verstummt. Nur Isalies Stimme dringt zu mir durch und die zarte Hand, die sich auf meine Schulter legt.

»Hey, das ist er nicht wert«, sagt sie ruhig, doch ich höre die Anspannung heraus. Sofort lasse ich von ihm ab, stehe auf und ziehe Isalie in meine Arme.

»Komm meiner Old Lady nur noch einmal zu Nahe und das nächste Mal hält sie mich nicht mehr davon ab, dir ein neues Gesicht zu zimmern.«

Mit Hilfe seiner Kumpels rappelt er sich auf und verschwindet so schnell, wie er gekommen ist.

»Danke«, flüstert Isalie neben mir. Sanft drücke ich ihr einen Kuss auf die Stirn und inhaliere ihren lieblichen Duft nach Kirschen.

»Nicht dafür, Baby. Er kann froh sein, dass er noch ein vorzeigbares Gesicht besitzt. Wenn es nach mir ginge, würde er jetzt einen guten Chirurgen brauchen.« Hörbar zieht sie die Luft ein. Okay, offenbar war das zu viel des Guten.

»Verdient hat er es, dennoch musst du dir wegen mir nicht die Finger schmutzig machen. Immerhin habe ich das auch schon früher ohne dich geschafft.« Jedes Wort gibt die Verletzung wieder, die sie durch die Idioten erlitten hat.

»Soll ich mein Werk noch vollenden? Vorläufig gehörst du mir und ich habe da ein gewisses Problem, wenn mein Baby von so einem Spinner gedemütigt wird.«

Voller Unbehagen windet sie sich aus meiner Umarmung, um die Scherben und die Marmelade vom Bode zu entfernen.

»Schon okay, Storm. Das ist vorbei … heute können diese Idioten mich nicht mehr verletzen.«

Hm … das sah mir eben anders aus.

»Wie lange musst du hier machen?«, will ich wissen und wechsele somit das Thema. Ad acta gelegt ist es dennoch nicht.

»Bis drei, dann übernimmt die Schwiegertochter von Edna den Stand.«

Sehr gut. »Ich hole dich dann ab und wir zwei Unternehmen etwas«, beschließe ich.

»Aber … ich kann doch nicht so gehen.« Sie deutet auf die lockere Jeans und das verdreckte Shirt.

»Egal, was du trägst, du bist wunderschön, Kleines.« Ich hocke mich zu ihr, lege den Finger unter ihr Kinn, damit sie mich ansieht. Sanft küsse ich sie, sauge ihren Duft in mich auf und den köstlichen Geschmack ihrer Lippen.

»Bis später, Baby.« Nur widerwillig lasse ich sie zurück und gehe zu meinem Bike, an dem Jules bereits wartet.

»Ich hatte mich damals nicht so gut im Griff, als ich den Wichser mit dem Chloroformtuch in der Hand gesehen habe.«

Tessa hat verdammt viel Glück gehabt, dass Jules in der Nähe war. Ich will mir nicht ausmalen, was ansonsten mit der Kleinen passiert wäre.

»Wenn es nach mir gegangen wäre, dann hätte er jetzt ein Rendezvous mit dem Schönheitschirurgen!« Lachend stößt er sich vom Bike ab und kommt auf mich zu.

»Hör zu, ich will nicht, dass du meinetwegen die Black Revenge verlässt. Für mich ist die Sache erledigt, Bro.« Ich bin ihm dankbar dafür, dass er mir das sagt, aber er war kaum der Grund für meine Entscheidung.

»Es liegt nicht an Tessa oder dir. Sieben Jahre sind eine lange Zeit und viele Dinge haben sich verändert. Ich weiß einfach nicht, ob ich noch hierhergehöre.«

Der Knast lässt sich eben nicht so leicht aus meinem Gedächtnis verbannen.

»Das verstehe ich, doch du weißt, dass dein Platz in unseren Reihen ist. Im Grunde hast du das eben bewiesen.«

Vielleicht … aber vielleicht auch nicht. Ein paar Tage werde ich mir noch geben, bevor ich eine endgültige Entscheidung treffe.

»Warum sind wir nochmal hier?«

»Vodoozirkel …«

Verwirrt sehe ich ihn an und warte auf eine Erklärung.

»Tessa nennt die Treffen der Ladys so, weil sie ständig überlegen, wen von uns sie als nächstes Verkuppeln. Offenbar ist ihre Wahl auf dich gefallen.«

Muss ich das verstehen? »Okay, aber …«

»Tessa hat mit Jill telefoniert und die hat ihr gesagt, dass Isalie heute hier aushilft. Den Rest hat sie mich machen lassen. Ich fand die Idee nicht schlecht und habe gehofft, dass wir so endlich wieder miteinander sprechen. Der Disput zwischen uns, schwächt die Black Revenge.«

Zustimmend nicke ich. In diesem Punkt hat er absolut recht.

»Gib mir ein paar Tage«, sage ich knapp, bevor ich auf eine der Fressbuden zu marschiere und uns etwas zu Essen besorge.

Ich muss mich ablenken, um nicht dauerhaft an Isalie denken zu müssen. Ob Jules auch damit recht behält? Vielleicht ist mir die Kleine längst unter die Haut gegangen und das zwischen uns unvermeidlich.

EIGHT

Isalie

Ich habe keine Ahnung, wohin Storm mit mir fährt. Inzwischen sind wir mehr als eine halbe Stunde unterwegs und ein Ende scheint nicht in Sicht zu sein. Nicht, dass es mich stört, hinter ihm auf der Maschine zu sitzen.

Gerade nach dem Vorfall am Mittag bin ich über seine Nähe dankbar, die den Schmerz der Erinnerung hemmt. Nach all den Jahren hätte ich nicht gedacht, dass meine ehemaligen Mitschüler noch Macht über meine Gefühle besitzen.

Als sie vorhin vor mir standen, fühlte ich mich in der Zeit zurückversetzt und wäre am liebsten geflohen. Nicht nur aus Angst, was sie sonst noch anstellen würden, sondern weil es mir peinlich gegenüber Storm war.

An einer Kreuzung biegt er ab und fährt auf das Gelände eines alten Campingplatzes. Ich bin als Kind mit meinen Eltern sehr oft hier gewesen, da wir uns einen teuren Urlaub nicht leisten konnten.

Vor dem alten Eisentor parkt er das Bike ab. Die Aufregung, die ich dank der langen Fahrt verdrängen konnte, schwappt zurück an die Oberfläche.

Ich habe keine Ahnung, was Storm geplant hat und auch wenn ich mich fürchten sollte, so weit von der Zivilisation mit ihm allein zu sein, stellt sich die Empfindung nicht ein. Seltsam, aber ich vertraue dem Rocker.

Langsam löse ich meine Finger und rutsche ein wenig nach hinten. Während Storm absteigt, nehme ich den Helm ab.

Obwohl wir bereits Juli haben, steigen die Temperaturen an der Grenze Alaskas nicht besonders an. Der Nachmittag ist kühl und vom Westen weht ein schwacher Wind.

»Ist dir kalt, Kleines?«

Aufgeregt reibe ich mir über die Oberarme, was Storm sofort dazu veranlasst, seine Kutte auszuziehen und sie mir um die Schultern zu legen.

Augenblicklich hüllen mich sein Duft und die Wärme ein.

Nachdem Ednas Schwiegertochter kam und Storm mich abgeholt hat, konnte ich ihn davon überzeugen, dass ich mich dringend umziehen muss. Überall an mir und an den Klamotten klebte Marmelade. Im Moment bereue ich es lediglich, dass ich mir keinen Pulli eingepackt habe.

Storm greift nach meiner Hand und zieht mich mit sich, bis wir einen kleinen Durchschlupf erreichen, der uns auf das Gelände führt.

Ich bin mit Sicherheit schon zehn Jahre nicht mehr hier gewesen. Die Gebäude, ein alter Kiosk und die Waschräume, wirken verfallen. Scheiben sind eingeschlagen und die Häuserwand mit Graffiti beschmiert.

Ich habe keine Ahnung, was er ausgerechnet hier will, doch ich folge ihm stumm.

Früher bin ich gern hier gewesen, obwohl ich dem Campen nichts abgewinnen konnte, habe ich die Umgebung und die Natur geliebt.

Auch jetzt, trotz des Urwaldes an Gras und Unkraut, fasziniert sie mich. Beinahe so wie der Rocker, der meine Hand fest in seiner hält.

Direkt vor dem See, der früher ein Kiesschacht war, stoppt Storm und lässt sich auf den Boden sinken. Behutsam zieht er mich ebenfalls nach unten, bis ich zwischen seinen Beinen sitze. Mein Rücken ruht an seiner Brust und er hat die Arme fest um mich geschlungen.

Für Fremde wirken wir sicherlich wie ein verliebtes Paar, doch ich weiß es besser. Und genau das irritiert mich. Bei ihm scheinen viele Dinge selbstverständlich. Egal, ob es ein Kuss in der Öffentlichkeit ist oder dass er Partei für mich ergreift.

Ich muss gestehen, als er mich vorhin als Old Lady betitelt hat, ist mein Herz aus dem Takt geraten. Insgeheim wünsche ich mir genau das, selbst wenn es rein logisch nicht für mich nachvollziehbar ist. Und ...

weil ich weiß, dass die Black Revenge nicht für Blümchen und sanfte Küsse bekannt sind. Selbst die Tatsache der Old Ladys im Club, radiert das Wissen darum nicht aus.

»Warum sind wir hier?«, will ich von ihm wissen.

»Wieso? Hast du Angst, dass ich über dich herfallen könnte?«

Sehr witzig! Das ist er bereits und ich kann nicht von mir behaupten, dass ich dem gegenüber abgeneigt gewesen wäre.

»Nein, es verwundert mich nur, weil ... na ja, es wirkt wie ein Date. Etwas, dass ich mit dir nicht in Verbindung bringe. Mein gesunder Menschenverstand warnt mich sogar deutlich davor, Zeit mit dir allein zu verbringen.« Meine Worte entsprechen der Wahrheit, denn ein kleiner Teil von mir weiß genau, wer der Mann in meinem Rücken ist. Storm hat getötet und saß dafür sieben Jahre im Knast. Normalerweise gehört er zu den Menschen, denen man tunlichst aus dem Weg gehen sollte.

»Vielleicht ist es ein Date, Isalie. Vielleicht möchte ich Zeit mit dir verbringen, um dich besser kennenzulernen.« Er klingt ruhig und keineswegs so, als würde ich sich einen Scherz erlauben.

»Bin ich dafür nicht die falsche Wahl, Storm? Ich bin jung, unerfahren und stecke ... stehe nicht auf eigenen Beinen. Es gibt so viele Frauen dort draußen.«

Solche Gespräche versauen alles. Das habe ich bereits bei Brenden schmerzhaft herausgefunden.

Ein Grund dafür, warum ich mich aus Storms Umarmung winde und hinunter zum See gehe. Was ich bin, kann ich schlecht verstecken. Jung, unerfahren und nicht gerade hübsch.

»Kommt es darauf an, was man äußerlich erkennen kann oder eher auf die kleinen Dinge, die man zu schätzen weiß?«

Ich seufze bitter. Wenn seine Aussage für ihn gewichtig ist, dann gibt es keinen Grund in meinen Augen, sich mit mir zu treffen.

»Ich mag es, dich lächeln zu sehen oder wenn deine Wangen sich rot färben. Selbst deine unschuldige, süße Art zieht mich immer weiter in deinen Bann. Sind das keine Gründe für dich, Isalie?«

Erneut schlingt er die Arme um meine Körpermitte. Ich spüre seinen warmen Atem in meinem Nacken und sinke automatisch gegen ihn.

»Was macht dir solch eine Angst, dass du dich mir gegenüber verschließt?«

Tue ich das denn? »Wie meinst du das? Bisher habe ich das doch nicht getan, oder?«

»Doch, schon am ersten Tag im Studio oder vorhin auf dem Stadtfest. Wenn wir allein sind, dann bist du auch stets verspannt und wirkst bedrückt. Nur wenn ich ...«

»... Nein, sprich es nicht aus. Ich weiß, was du meinst«, unterbreche ich ihn, weil es mir schrecklich peinlich ist, mit ihm darüber zu sprechen.

»Dir muss nichts unangenehm sein, Kleines. Soll ich dir ein Geheimnis anvertrauen? Auch ich war mal eine Jungfrau.«

Tatsächlich bringen mich seine Worte zum Grinsen.

»Aber du hast dich mit Sicherheit nicht so ungeschickt beim Sex angestellt wie ich, oder?« Die Sache mit Brenden liegt mir noch immer schwer im Magen. In seinen Augen war es meine Schuld, dass es nicht funktioniert hat.

»Wer sagt das? Ich konnte nichts davon erkennen.«

Laut seufze ich und meine Körperspannung lässt nach. »Meine Schulzeit war nicht gerade ... berauschend. Eher das Gegenteil. Sie war der Horror, was auch dazu geführt hat, dass ich mich von Jungs ferngehalten habe. Immerzu, wenn mich jemand nett fand, habe ich abgeblockt, aus Angst, ich könnte nur der Bestandteil einer Wette sein. Ich wurde achtzehn, neunzehn, zwanzig ... dann lernte ich Brenden kennen. Doch auch ihn habe ich nicht an mich herangelassen. Bis vor wenigen Wochen. Ich war sicher, dass er der Richtige für mein erstes Mal ist ... Tja, ich habe mich getäuscht. Als er endlich meine Erlaubnis dafür bekam ...« Ich pausiere kurz, um die richtigen Worte für das Desaster zu finden. »Es hat sich nicht gut angefühlt. Von einer Sekunde auf die nächste, habe ich mich dreckig und benutzt gefühlt und wollte nur noch, dass er aufhört. Widerwillig hat er das dann auch und ... Das Ergebnis hast du gesehen, als du mir das Tattoo gestochen hast. Ich wäre eine Zeitverschwendung und selbst das bekomme ich nicht geregelt.«

Nur an den Abend zu denken, weckt all die schlechten Empfindungen, die ich weggesperrt habe.

»Und dann kommt so ein beschissener Biker, der dich bedrängt.«

»Das hast du nicht ... Nicht wirklich, jedenfalls.« Ich muss Storm für einen Moment entkommen. Seine Nähe stellt verrückte Dinge mit mir an.

»Der Typ ist ein Idiot, Isa.«

»Und du? Ich habe gesehen, wie du ... Du scheinst auch ständig deine Facetten zu wechseln.«

Storm kommt ruhig auf mich zu, bis er direkt vor mir steht.

»Eva ist eine Nutte, eine Frau, die jeder meiner Brüder bereits gefickt hat. Du hingegen bist eine Frau, für die es sich lohnt, Geduld aufzubringen und sie auf Händen zu tragen.«

Darauf weiß ich gerade nichts zu erwidern.

»Sieh mich an, Isalie.«

Nur widerwillig komme ich seiner Bitte nach.

»Ich frage mich seit deinem Besuch im Studio, was es ist, dass mich zu dir zieht, obwohl es eindeutig besser wäre, dich in Ruhe zu lassen.«

Gespannt sehe ich ihn an und warte auf die Erklärung.

»Du gehst mir unter die Haut ...« Zärtlich gleitet er über das Tattoo, das er mir gestochen hat. »So, wie ich dir mit meiner Nadel unter die Haut gegangen bin. Ich kann mich drehen und wenden, wie ich will. Du hast dich mit unsichtbarer Tinte in mir verewigt.«

Mein Herz setzt einen Moment aus, bis es viel zu schnell weiter schlägt.

»Als ich aus dem Knast kam, habe ich ein Gespräch mit meinem Präsidenten geführt. Plötzlich wieder zu kommen und den Club voller Ladys vorzufinden ... Das hat mich vom Hocker gehauen. Ich habe ihn gefragt, warum sie alle in ihrer Meinung eingebrochen sind. Rafe, wie Devon oder auch Rick. Noch immer kann ich die Sprüche hören, dass Frauen nur ein Fluch sind und sie sich niemals eine Lady nehmen. Weißt du, was er mir geantwortet hat und was ich erst durch dich verstehe?«

Ich schüttele den Kopf.

»Das Leben eines Outlaws ist erst dann perfekt, wenn es jemanden gibt, für den er zu sterben bereit ist.«

O-K-A-Y!

»Ich wäre bereit, für dich mein Leben zu geben, sofern ich deins dadurch bewahren kann.«

Mit offenem Mund starre ich Storm an. Keine Ahnung, was ich ihm darauf erwidern soll! In meinem Kopf herrscht ein heilloses Chaos, mein Herz versucht, sich von dem soeben erlittenen Infarkt zu erholen, während meine Lungen krampfhaft neu lernen müssen, wie das mit dem Atmen funktioniert.

Ich muss dringend Abstand zwischen uns bringen.

Was passiert hier zwischen uns? Wow ...

Trotz der Distanz gelingt es Storm mühelos, meinen Arm zu greifen und mich zu sich zu ziehen.

»Niemand wird dir je wieder wehtun, Kleines.« Liebevoll küsst er meine Stirn. Ich glaube ihm und dennoch weiß ich nicht, wie ich mich gerade verhalten soll.

Erneut setzt er sich auf den Boden und ich lande zwischen seinen Beinen.

Beruhigend streicheln seine Finger über meinen Bauch, während seine Lippen meinen Hals küssen. Meine Gedanken verblassen allmählich und lassen nichts als tiefe Sehnsucht zurück. Jene, die ich bereits im Studio und letzte Nacht auf seiner Maschine verspürt habe.

Ich möchte, dass er der erste Mann ist, der mit mir schläft ... Wahrscheinlich picke ich daraus den Mut, meine Hand auf seine zu legen und sie direkt in meine Leggings zu führen. Sanft gleiten seine Finger an meinen Schamlippen entlang, bis sie meinen Kitzler berühren.

Die leichten Kreise entwickeln sich rasant zu einem Orkan, der mich aus der Welt führt. Alles um mich herum und in meinen Gedanken verschwimmt zu einer undefinierbaren Masse, während ich nur seine Finger auf meiner Klit spüre. Sengende Hitze entbrennt zwischen meinen Beinen und breitet sich kontinuierlich in meinem Körper aus.

Mein Gesicht halte ich an seinem Hals verborgen. Was er mich empfinden lässt, ist gewaltig und so neu für mich, dass ich kaum dazu fähig bin, meine Gefühle zu kontrollieren. In immer größer werdenden Wellen zuckt mein Kitzler zusammen, bis ich mich nicht länger dagegen wehren kann und in seinen Armen komme.

Storm küsst meine Stirn, holt mich sanft in die Realität zurück, aus der er mich geworfen hat. Dabei halten mich seine Arme gefangen, als wäre ich der kostbarste Diamant, den erst besitzt.

Ich wünschte, dieser Augenblick möge ewig andauern, doch das wird er leider nicht – ganz gleich, wie sehr ich es mir wünsche.

NINE

Storm

Knapp zwei Stunden später erreiche ich mit Isalie das Clubgelände der Black Revenge. Es herrscht viel Betrieb, anders, als ich erwartet habe. Offenbar hat Skye einen guten Tag und Rafe erlaubt, den Jungs etwas zu gönnen, wie ich durch die anwesenden Nutten vermute.

Während ich das Bike zu den anderen stelle, werden wir mit Argusaugen beobachtet. Insbesondere von Eva, die mit verschränkten Armen am Eingang steht.

Langsam steige ich ab, bis ich auch Isalie vom Motorrad helfe.

»Bilde ich mir das ein, oder starren uns alle an?«

Leider nein, aber darum muss sie sich nicht kümmern. »Nein, das kommt dir nur so vor, Baby. Dennoch sollten wir uns schleunigst in meine Wohnung verziehen, bevor …«

»Ahhhh … Isalie, nicht wahr? Ich bin Tessa und du kommst genau richtig, wir treffen uns alle drüben bei Skye, während die Männer zu tun haben.«

Als wäre das nicht schon genug des Horrors, stürmt Devon aus dem Club, fixiert mich und kommt direkt auf mich zu.

»Endlich. Wir haben schon auf dich gewartet. Rafe hat alle an den Tisch beordert.«

Na, ganz toll. Entschuldigend sehe ich Isalie an. Normalerweise wird eine Church weit im Voraus geplant, heute nicht und ich hoffe, dass Rafe einen guten Grund dafür hat.

»Geh mit Tessa. Ich sehe zu, dass ich das schnell hinter mich bringe und dann hole ich dich ab.«

Jules Old Lady ist ganz aus dem Häuschen und zieht mein Mädchen mit sich.

»Das hätte nicht bis morgen warten können?« Ich bin echt *pissed*. Der Abend mit Isalie war anders geplant und ich bereue es, dass wir nicht einfach am See geblieben sind.

»Nein. Ausnahmsweise nicht, Bro.«

Ich folge ihm durch den Hauptraum bis zur Church. Alle sitzen bereits am Tisch und scheinen nur auf mich gewartet zu haben.

»Da nun alle anwesend sind, eröffne ich unsere heutige Church«, sagt Rafe ruhig, doch ich spüre, dass er wütend auf mich ist.

Ich bin gespannt, was so ungemein wichtig ist, dass wir das sofort besprechen müssen.

»Die Poison Death Night haben uns um Hilfe gebeten. Wir führen schon lange geschäftliche und freundschaftlich Beziehungen miteinander, sodass ich ihnen meine Hilfe zugesichert habe.«

Stille im Raum. Niemand will mit den Poisons wirklich etwas zu tun haben, was ein jeder mit seinem Schweigen deutlich zum Ausdruck bringt. Der MC dealt mit Drogen und ist auch dem Menschenhandel nicht abgeneigt.

»Fünf ihrer Member werden für einige Zeit zu uns wechseln, bis sie ihre Probleme wieder im Griff haben.«

Ich atme tief ein, bevor ich die Luft entweichen lasse. Sofort sind alle Augenpaare auf mich gerichtet.

»Möchtest du etwas sagen, Liam?« Beim Klang meines richtigen Vornamens zucke ich zusammen.

»Nein, oder hatte es den Anschein?«, winde ich mich heraus, obwohl ich so einiges zu sagen habe. Die letzte Begegnung mit den Poisons war nicht ohne.

»Wir alle wissen, dass es nicht leicht wird, aber wir machen das Beste daraus.«

Natürlich! Bis dahin lassen wir unsere Ladys besser nicht aus dem Blick. Mir gefällt das nicht mit unseren Frauen auf dem Gelände. Ich habe oft genug erlebt, wie die Biker aus Kanada drauf sind. Insbesondere wenn es um das weibliche Geschlecht geht.

»Das wars?«, hake ich nach.

»Für alle anderen, ja. Aber dich möchte ich noch allein sprechen.«

Während alle ihre Plätze schnellstmöglich verlassen und aus dem Raum eilen, bleibe ich mit Rafe zurück.

»Was gibt es, Präs?« Ich will unbedingt zu Isalie und verhindern, dass die anderen Old Ladys ihr zu sehr auf die Pelle rücken.

»Es ist, etwas persönliches, Liam. Ich brauche deine Hilfe und es hat nichts mit dem Club zu tun ... nicht wirklich.«

Okay, das sind ganz neue Töne. »Warum ich? Wäre das nicht ein Job für Devon?«

»Du weißt doch nicht einmal, worum es geht, Bro. Und nein, es gibt niemanden sonst, dem ich in diesem Punkt vertraue!«

Na super … so viel zum Thema, ich halte mich aus der Scheiße raus.

»Es geht um meinen Bruder, Storm. Er steckt in Schwierigkeiten und … ich brauche dich einfach.«

Ja, ich schulde Rafe einiges. Nicht zuletzt meine Freiheit, aber welchen Preis wird er nun von mir dafür verlangen? Ich bin nicht erpicht darauf, wieder einzufahren, weil ich gegen die Auflagen verstoße.

»Du hast nie viel über deine Familie erzählt. Also, was ist mit ihm?«

Schwierigkeiten können so ziemlich alles bedeuten!

»Das stimmt, denn im Gegensatz zu mir, führt er ein ehrliches Leben. Mehr oder minder jedenfalls. Vor einem Jahr ist er verdeckt in einen MC eingeschleust worden, der fett im Menschenhandel involviert ist. Hauptsächlich junge Frauen und Kinder aus Osteuropa. Vor zwei Tagen hat er mich angerufen und mich um Hilfe gebeten.«

Okay, ich weiß gerade nicht, was ich darüber denken soll. Rafe, der Präsident der Black Revenge und sein Bruder ein Cop. *Holy crab!*

»Ich will, dass er eine Zeit bei uns untertaucht und wir ihn …«

Ich unterbreche Rafe nur ungern, doch in diesem Fall muss ich es. »Das kannst du nicht ohne die anderen entscheiden, Bro! Wir kommen in Teufels Küche, wenn wir unsere Brüder übergehen!«

Das nimmt kein gutes Ende. Insbesondere, weil er ein Bulle ist und uns an den Pranger stellen könnte. Selbst, wenn er sein Bruder ist. Das alles könnte eine inszenierte Finte sein und wir laufen blindlings hinein.

»Ich verstehe deinen Einwand, doch ich habe keine Wahl. Er gehört zur Familie und ich muss ihm helfen.«

Oh shit! Das kann nicht gutgehen! Niemals.

»Was erwartest du jetzt von mir?«

Jetzt bin ich wirklich gespannt, welche Rolle er mir zugedacht hat.

»Sein V-Name ist derselbe, wie deiner. Wir werden alles so planen, dass er offiziell in den Club integriert wird als dein Bruder, bis die Gefahr vorüber ist, Bro.«

Holy Shit! No fucking way.

»Spann mich da nicht mit ein! Ich betrüge damit meine Brüder und das kann ich nicht!«

Rafe seufzt und wirkt um Jahre gealtert. Ihm ist anzusehen, wie nah ihm die Situation geht.

»Meinst du mir gefällt das? Erst die Poisons und dann … eigentlich wollte ich es euch erst in ein paar Wochen sagen, doch Skye ist schwanger. Wir erwarten ein Baby.«

Ach du scheiße, auch das noch!

»Ich weiß nicht, ob ich dich jetzt bemitleiden soll oder mich für dich freuen.«

Dem Lächeln auf seinem Gesicht nach zu urteilen wohl eher Letzteres.

»Skye hat sich schon lange ein Kind gewünscht«, sagt er mehr zu sich selbst. Ich ertappe mich dabei, wie ich mir Isalie mit einer Murmel vorstelle, in der unsere Tochter heranwächst. Lustigerweise würde ich mir ein Mädchen wünschen. Eine kleine Prinzessin, die so hübsch ist, wie ihre Mutter.

»Was läuft da zwischen dir und der Kleinen von Jill? Ist das nur Spaß?« Der plötzliche Themenwechsel macht mich hellhörig. Nun gut, er hat all das Recht dieser Welt, denn für alle Außenstehenden muss es so aussehen, als würde ich denselben Fehler ein weiteres Mal begehen.

»Nein, ich hege ehrliche Absichten mit ihr.«

Er nickt, bevor er das Gespräch wieder auf seinen Bruder lenkt. »Spielst du mit?«

Nur widerwillig nicke ich. »Du weißt auch warum! Bitte lass es nur nicht auf die Black Revenge zurückfallen.«

Ich möchte mir nicht ausmalen, was unsere Brüder darüber denken.

»Danke, du bist echt ein Kumpel.«

Hm … habe ich eine Wahl? Er hat mich aus dem Knast geholt und er wusste, dass ich nicht nein sagen werde.

»Wenn du weiter nichts hast, dann würde ich Isalie gern vor den anderen Old Ladys retten.«

Rafe lacht und deutet auf den freien Stuhl neben ihm.

»Gönn meiner Frau den Spaß mit ihrem Voodoozirkel.«

Augenrollend setze ich mich. Er ist schon der Zweite, der damit anfängt.

»Das kann ja nicht gutgehen. Wer weiß, wer von den armen Bikern als nächstes dran ist.«

»Zuallererst du, Bro! Die Frauen werden erst Ruhe geben, wenn du Isalie dein Leder anziehst.«

Ob sie das wollen würde? Vorhin am See hat sie meine Kutte getragen und ein seltsames Gefühl in mir ausgelöst. Alles, was ich ihr gesagt habe, entsprach der Wahrheit. Ich will Isalie und zwar nicht nur fürs Bett.

»Na dann, bestell schon mal das Ladyleder, damit ich meine Ruhe vor dem Hexenkreis habe.«

»Das nenne ich mal ein Wort. Ich werde das Leder gleich in Auftrag geben. Wie läuft es eigentlich mit den Zahlen, Bro?«

Ja ja, die Bücher. »Ich bin fast durch. Die Einnahmen sind gestiegen und die Ausgaben haben sich minimiert. Der Umzug war eine gute Idee. Ich denke, du kannst ruhigen Gewissens langsam in andere Projekte investieren.«

Er denkt kurz nach und offenbar scheint Rafe schnell etwas gefunden zu haben, was eine Investition lohnen würde.

»Wir bauen die Spielhalle. Bisher bringen uns die Bordelle viel ein und auch die Nachtclubs laufen. Über eine Spielhalle haben wir bisher nicht nachgedacht. Vielleicht sollten wir das in naher Zukunft ins Auge fassen. Mach mir die Zahlenspielerei auf jeden Fall fertig, Bro.«

Nichts leichter als das.

»War es das, oder willst du mich noch länger von meinen Abendplänen abhalten?«

Langsam will ich wirklich zu Isalie.

»Hau schon ab. Wegen dem Rest sprechen wir, sobald sich mein Bruder gemeldet hat!«

Mit kurzem Gruß verlasse ich die Church. Im Hauptraum herrscht reges Treiben. Alkohol, Nutten und laute Musik. Ich will nur noch eins, mein

Mädchen schnappen und sie in meine Wohnung bringen.

Auf dem Hof bietet sich mir dasselbe Bild, wie drinnen. Nutten, Alkohol und laute Musik.

Heute kommt es mir beinahe weltfremd vor, dass ich damals kaum eine Chance ausgelassen habe und immer mitten ins Geschehen musste.

»Na Rocker, Lust auf ein bisschen Spaß?« Eva schlängelt um mich herum, während ich auf dem Weg zu Skyes Haus bin.

»Heute nicht, Eva. Ich habe noch etwas vor«, lasse ich sie wissen und schiebe mich an ihr vorbei.

»Die Kleine weiß doch gar nicht, was du brauchst.« Ich spare mir die Antwort! Eva ist, wie so viele Nutten, scharf auf ein Ladyleder. Jedes junge Mädchen kommt irgendwann mit dem Wunsch hierher. Doch wer will schon verbrauchte Ware, die jeder seiner Brüder bereits gefickt hat.

Ohne Eva weiter zu beachten, verlasse ich den Hof und eile zum Haus gegenüber. Hoffentlich haben die Ladys Isalie keinen Floh ins Ohr gesetzt.

Schon von der Eingangstür aus, kann ich die Frauen lachen hören und auch die Warnung, die ausgerechnet von Olivia kommt, der Lady von Raider.

In der Küche sitzen alle sechs zusammen und nippen genüsslich an ihrem Sekt. Alle, bis auf Skye.

So viel zum Thema Voodoozirkel!

»Ihr habt da etwas, dass ich gern wiederhaben möchte«, sage ich ruhig und lehne mich gegen den Türrahmen. Mein Augenmerk liegt nur auf Isalie, die am Rand der Bank sitzt und grinsend aufsteht.

»Bis zum nächsten Mal, Süße.«

Ich gehe bereits voran, ohne die Mädels noch einmal anzusehen.

Erst auf dem Hof drehe ich mich um und ziehe Isalie in meine Arme.

»Es tut mir leid, Kleines. Ich wollte nicht, dass der Abend so verläuft.«

Statt einer Antwort stellt sie sich auf die Zehenspitzen und küsst mich. Ihre Lippen, gepaart mit dem süßen Geschmack des Alkohols reichen aus, um meine Selbstbeherrschung wie eine Seifenblase zerplatzen zu lassen.

Grob hebe ich sie an meine Hüfte, packe ihren Hintern und trage sie zum Club.

Isalie hatte ihr Chance, sie hätte vor mir fliehen können, doch nun ist es vorbei. Ich will die Kleine … schreiend vor Lust unter mir.

Weder meine Brüder, noch die ziemlich angepisste Eva interessieren mich, als ich mit meiner Beute in meine Wohnung marschiere.

TEN

Isalie

Unsanft lande ich auf dem Bett, während Storm sich über mich zwängt. Voller Ungeduld reißt er mein Shirt entzwei und schleudert es durch den Raum.

»Ich habe dich gewarnt, Baby ... so oft, denn ich wollte wirklich meine inneren Dämonen bezwingen ...«

Lächelnd umfasse ich sein Gesicht, während sich meine Zähne in die Unterlippe vergraben und ich über die Wahl meiner Worte nachdenke. Schon im Tattoostudio war mir klar, dass ich Storm will und dass er es sein soll, der mir die Jungfräulichkeit nimmt. Weder verspüre ich Angst, noch den Drang, aus seinem Bett zu fliehen, wie es bei Brenden der Fall war.

»Wenn du meine Meinung hören möchtest: Für mich gibt es keinen besseren Mann, dem ich meine Unberührtheit schenken würde ... Ich bitte dich nur um einen Gefallen.«

Er nickt knapp.

»Ich weiß, dass du nur an einem kurzen Fick interessiert bist und das ist okay. Dennoch würde ich mich freuen, wenn du mich anschließend nicht wie ein Stück Dreck behandeln würdest.«

Grob landen meine Hände über meinem Kopf. Storm scheint ein wenig angepisst zu sein und das verunsichert mich, wenn ich ehrlich bin.

»Ich werde das nur ein Mal sagen: Es liegt mir fern, dich wie eine Nutte durchzuficken und anschließend aus meinem Bett zu schmeißen. Fakt ist, dass Nutten weder meine Wohnung betreten noch das Exklusivrecht besitzen, in meinem Bett zu liegen. Du scheinst nicht viel über uns Biker zu wissen, denn sobald ich deine süße Pussy für mich beansprucht habe, gehörst du mir. Finden, benutzen und behalten. Wenn ich mit dir fertig bin, bist du markiert ... Noch Fragen?«

Wahrscheinlich, wenn sich in meinem Kopf nicht alles drehen würde. Storms Worte sollten mir eine Warnung sein. Jeder Mensch, mit gesundem Menschenverstand, würde sofort aus dem Bett flüchten und das Weite suchen ... nur tue ich es nicht.

»Gut, Baby ... denn ich werde erst wieder von dir ablassen, wenn du meinen Namen laut hörbar durch den Club geschrien hast.«

Seine Worte pulsieren zwischen meinen Schenkeln, während Gänsehaut meinen Körper überzieht. Noch immer ist mein Blick vollkommen auf Storm fixiert, der mich ebenfalls grinsend mustert. Es scheint, als wolle er abwägen, ob ich gleich den Rückzug antrete.

Will ich nicht ... Wenn es nach mir gegangen wäre, dann hätte ich mich ihm schon auf seinem Bike geschenkt.

Langsam rutscht er nach unten, ohne mich aus den Augen zu lassen, dabei haken sich seine Finger unter den Bund meiner Leggings. Jedem freigelegten Stückchen Haut, schenkt Storm seine volle Aufmerksamkeit. Küssend, knabbernd arbeitet er sich nach unten, um anschließend auf der anderen Seite hinaufzuwandern.

Instinktiv wollen sich meine Schenkel schließen, damit der Druck zwischen meinen Schamlippen erträglicher wird, doch Storm lässt es nicht zu.

Wie auch mein Shirt, muss mein Slip auf die brutale Art weichen. Es ratscht nur kurz, bevor er ebenfalls durch den Raum fliegt und seine Hände auf meiner Hüfte landen.

»Eins noch, bevor ich mich wieder deiner Pussy widme. Jede Nutte darf mich beim Sex Storm nennen ...«

Verwirrt sehe ich an. Mit den Prostituierten hat er es eindeutig.

»Storm ist mein Straßenname ...«

»Storm gefällt mir, aber wenn du magst, dann nenne ich dich gern Liam.«

Jetzt ist es an ihm, mich fragend anzusehen.

Wie er mit richtigem Namen heißt, konnte ich Jill entlocken.

»Nur beim Sex«, lautet sein knapper Befehl, bevor er sich wieder zwischen meine Schenkel drängt und meine Schamlippen teilt.

Sanft leckt seine Zunge über die empfindlichen Außenlippen, dem ein Orkan durch mein Innerstes folgt. Er hat mich bereits auf dem Bike so liebkost, doch das hier ist intensiver.

Stöhnend winde ich mich, kralle die Finger in die Laken unter mir. Ich muss die Augen schließen, um die Kontrolle über meine Sinne nicht zu verlieren.

Als er endlich zwischen meine Lippen dringt und auf meiner Perle sanfte Kreise zeichnet, gebe ich es auf, mich kontrollieren zu wollen.

Der Wunsch, ihn in mir zu spüren, wächst mit jeder Sekunde, wie der Feuersturm in mir. Ich möchte schreien, mich an Liam festkrallen, seine Lippen auf meinen spüren, während er mich endlich in Besitz nimmt. Ja, ich will ihm endlich gehören. Ich möchte wissen, wie es ist, mit einem Mann zu schlafen.

Neben den schnellen Zungenschlägen spüre ich, wie ein Finger sanft in meine Pussy gleitet. Ich zucke nicht zurück und werde mit intensiven Gefühlen belohnt. Wenn sich das schon gigantisch anfühlt, will ich unbedingt mehr davon.

Warum war ich so dumm und habe mich aufgespart?

Er nimmt einen zweiten Finger hinzu. Nur kurz wird aus dem sehnsüchtigen Ziehen ein brennender Schmerz, der mich zusammenfahren lässt.

Ich bin viel zu sehr auf meinen pulsieren Kitzler konzentriert, der einen gewaltigen Höhepunkt ankündigt, als das ich mich weiter mit dem Schmerz befasse. »Liam«, stöhne ich beinahe im Flüsterton.

»Komm für mich, Kleines.« Sein Atem, der über mein erhitztes Fleisch streift, seine Finger in mir und das kräftige Vibrieren meines Kitzlers fordern ihren Tribut.

Mein Körper bäumt sich auf, meine Lider schließen sich, während ich den Kopf in den Nacken lege und meinen Höhepunkt hinausschreie.

Was um mich herum geschieht, nehme ich kaum wahr. Selbst nicht, dass Liam sich über mich schiebt und zwischen meinen Schenkeln liegt. Sanft küsst er meine Stirn, die Schläfe, bis seine Lippen meinen Mund finden.

Der Nebel in meinem Kopf ist so gewaltig und schön, dass ich ihn festhalten will. Wären da nicht Liams sinnliche Worte an meinem Ohr, die mir gleichzeitig noch mehr vom Himmel versprechen, obwohl er sich gewiss nicht so ausdrückt, und die kundigen Finger, die auf meiner Haut sanfte Kreise ziehen.

Vielleicht sind es auch die viele Gläser Sekt, die ich zur Beruhigung getrunken habe, als ich bei den anderen Old Ladys war.

Was es auch ist, es fühlt sich gut an. Liam lässt nicht zu, dass sich Angst in meinen Gliedern ausbreitet. Selbst dann nicht, als sein Schaft durch meine Mitte gleitet.

Ich spüre deutlich, wie er sich vor meinem Eingang in Position bringt. Automatisch atmete ich tief ein und halte die Luft an.

»Atmen, Baby.«

Gerade als ich die Luft wieder entweichen lasse, überwindet Liam die Barriere. Scharfer Schmerz dominiert mich, Tränen laufen über meine Wange, während ich mir fest auf die Unterlippe beiße. Das Gefühl, nur noch wegzuwollen, wird überdimensional.

Mit beiden Händen stemme ich mich gegen Storm und versuche, ihn von mir zu schieben.

»Shh ... Entspann dich, es ist gleich vorbei.«

»Liam ... Bitte«, versuche ich es mit Worten, doch anstatt aufzuhören, dringt er weiter in mich ein. Die Dehnung ist zu viel und fordert das letzte bisschen Selbstbeherrschung meinerseits.

Unkontrolliert laufen die Tränen immer weiter über meine Wangen.

Dem Schmerz folgt die Demütigung.

»Beruhig dich, Kleines. Du musst dich entspannen.«

Genau das kann ich nicht, bis er wieder damit beginnt, mich zu küssen. Das sanfte Spiel seiner Lippe ist wie Balsam für die Wunde, die er mir eben zugefügt hat. Allmählich entspanne ich mich, atme tief durch und merke, dass es besser wird.

Storm streichelt an meiner Seite entlang, über meinen Bauch, bis hin zu meiner Mitte. Sanft kreisen seine Finger auf meiner Perle und entfachen das Feuer erneut.

Instinktiv schiebe ich mich ihnen und auch Liams Schwanz entgegen. Er dringt weiter in mich ein, doch von dem Schmerz ist kaum noch etwas zu spüren.

Langsam bewegt er sich. Sanft kreist sein Becken, ehe er sich ganz zurückzieht, um gleich darauf wieder einzudringen.

Seichte Wellen entbrennen in meinem Inneren. Hitze breitet sich unaufhörlich aus. Ich erwidere Storms Kuss, kralle mich an seinen Schultern fest und lasse zu, dass er seine Bemühungen verstärkt.

Fast von allein schlinge ich die Beine um seine Hüfte, denn ich muss ihn noch tiefer in mir spüren.

»Liam«, stöhne ich in die Stille, die nur von unserer beider lauten Atem gefüllt ist.

Ich weiß nicht, wohin mit mir ... Die Gefühle sind so intensiv, dass ich nicht länger dagegen ankämpfe.

Der Höhepunkt ist anders ... gewaltiger ... emotionaler ... fesselnder. Wenn Liam in einem definitiv recht hat, dann das ich seinen Namen schreien würde und er im gesamten Club zu hören ist.

Erneut verschwimmt meine Welt im Nebel und wie schon zuvor, führt mich Liam sanft ins hier und jetzt zurück.

»Und, möchtest du mich immer noch töten?«

Ich bin leicht versucht, doch im Moment dominieren mich eher Glücksgefühle.

Vorsichtig zieht er sich aus mir zurück, um sich neben mich zu legen.

»Was ist das denn?«

Ich sehe zu Liam, der mein Handy nach oben hält.

»Oh, das hatte ich noch in den Leggings.« Schulterzuckend nehme ich es ihm ab und lege es auf den Nachttisch.

Die Situation zwischen uns fühlt sich plötzlich seltsam an. Ich habe keine Ahnung, wie ich mich nach dem Sex ihm gegenüber verhalten soll.

Um dem Schweigen zu entkommen, stehe ich einfach auf und sammele meine Klamotten zusammen, von den die Hälfte im Arsch ist.

»Sagst du mir auch, was das jetzt wird?« Storm hat sich an das Bettende gesetzt und sieht mir dabei zu, wie ich die Sachen an meinen nackten Körper presse.

»Na ja, ich werde gehen.«

»Du gehst?«

Unsicher schlucke ich den Kloß, der sich in meinem Hals festgesetzt hat hinunter.

»Ja, mit Sicherheit hast du doch besseres zu tun, als ...«

Da Storm wesentlich größer als ich ist, muss ich den Kopf weit in den Nacken legen, um ihn weiterhin ansehen zu können.

»Als was, Isalie? Als Zeit mit meinem Mädchen zu verbringen? Ich habe es dir schon davor gesagt, wenn du einmal in diesem Bett gefickt wirst, dann ist das wie ein Ehegelübde.«

Ja, ich erinnere mich, dass er vorhin etwas Derartiges gesagt hat, allerdings habe ich es mehr für einen Witz gehalten.

»Ich gehe kurz ins Bad und du schwingst deinen Hintern wieder ins Bett.«

Alles, was ich unter seinem intensiven Blick hinbekommen, ist, zu nicken, während er im angrenzenden Badezimmer verschwindet.

Verdammt, ich habe Jill versprochen, dass ich nicht die ganze Nacht wegbleibe. Ich muss ihr wenigstens eine Nachricht schreiben, dass alles in Ordnung ist und sie sich keine Sorgen machen muss.

So war der Plan, bis das Display aufleuchtet und eine neue Nachricht angezeigt wird. Ich öffne sie und blicke sofort auf das Bild einer schlafenden Jill.

Komm sofort zurück in unsere Wohnung und deiner Freundin wird nichts passieren.

B.

Ein gewaltiger Ruck geht durch meinen Körper. Hektisch steige ich in meine Leggings, ehe ich die Sneaker anziehe und Storms Shirt überwerfe.

So schnell ich kann, flüchte ich aus der Wohnung, bevor er es mitbekommt. Gegen die Tränen, die unaufhaltsam meine Wange entlanglaufen, kann ich nichts unternehmen.

Jill ist meine beste Freundin, sie ist schwanger und zu allem Überfluss ist Jack heute Morgen zu einer Geschäftsreise aufgebrochen. Ich will einfach nicht, dass er ihr wehtut.

Durch den Hauptraum des Clubs komme ich problemlos, auch auf dem Hof nimmt niemand Notiz von mir.

Skye, die aus ihrem Haus kommt und gerade abschließt allerdings schon.

»Oh Gott, was ist passiert ... du bist ja völlig neben der Spur. Hat Storm dir weh getan.«

Ich stehe so neben mir, dass ich gar nicht reagieren kann und einfach davonlaufe.

ELEVEN

Storm

Kaum, dass ich aus dem Badezimmer trete, wird mir klar, dass Isalie gegangen ist. Damit habe ich gerechnet, weshalb ich auch im Nebenzimmer verschwunden bin. Ich wollte ihr die Wahl lassen, obwohl sie im Grunde keine hat, denn ich werde sie nach meiner Kippe, die ich mir gerade anzünde, wieder einfangen. Während ich den ersten Zug genüsslich inhaliere, fällt mein Blick auf das getrocknete Blut, welches mittig das Laken befleckt. Jungfrauenblut … das Zeichen dafür, was Isalie mir geschenkt hat.

Vorhin, nachdem ich den Widerstand durchdrungen habe, habe ich wirklich gedacht, sie bricht aus. Der Schmerz hatte sich auf ihrem schönen Gesicht ausgebreitet und Tränen liefen unaufhörlich über ihre Wangen.

Allein das Bild in meiner Erinnerung lässt meinen Schwanz anschwellen. Isalie sah wunderschön aus … Wenn sie nicht abgehauen wäre, würde ich sie jetzt wieder nehmen. Ich bin jetzt schon total süchtig nach ihrer engen Pussy und den himmlischen Schreien, die ihr über die Lippen kommen.

Der Stummel landet im Aschenbecher, bevor ich in meine Klamotten schlüpfe. Es wird Zeit, mein Mädchen wieder einzufangen.

Kaum bin ich fertig und gehe zur Tür, als Rafe hineingestürmt kommt. Seine Faust landet mit voller Wucht auf meiner Nase. Ich spüre, wie das Blut läuft und sehe ihn völlig entsetzt an. Er hat nie gern geschlagen … vor allem aber tun wir es nicht in der Nähe unserer Ladys.

»Bist du von allen guten Geistern verlassen? Wir vergreifen uns nicht an Frauen! Schon gar nicht, wenn sie unbedarft sind«, donnert er drauf los.

»Holy crab!«, stoße ich aus, als mich schon der nächste Schlag zu Boden schickt.

»Bist du bescheuert? Nichts dergleichen habe ich getan. Es war alles in Ordnung, bis sie glaubte, nach dem Sex gehen zu müssen … Ich hab sie weder zu etwas gezwungen, noch sie rausgeschmissen. Wie zum Teufel kommst du darauf?«

Kurzerhand nehme ich mein Shirt und halte es unter die blutende Nase.

»Skye hat sie eben gesehen, als sie aus dem Club geflüchtet ist, während sie geweint hat und vollkommen neben der Spur war. Also erzähl mir nicht, dass du nichts gemacht hast. Verdammt Storm, ich habe dir vertraut und dir geglaubt, als du das Ladyleder bestellt hast. Was zum Henker soll der Scheiß?« Was für ein Bullshit läuft hier?

»Bro, ich habe Isalie nichts getan, okay? Als ich ins Bad bin, wollte ich ihr einen Moment geben, damit sie sich sammeln kann. Verdammt es war ihr erstes Mal und sie war total durcheinander. Vor allem, weil sie dachte, ich will nur eine schnelle Nummer …« Ich rede mich um Kopf und Kragen, so viel steht fest, denn Rafe scheint nicht überzeugt.

»Bro, die Kleine ist mir wichtig, seitdem ich ihr das Tattoo gestochen habe … ich habe keinerlei Intentionen ihr in irgendeiner Form zu schaden. Warum glaubst du mir nicht?«

Ich versuche es nicht länger und stürme an ihm vorbei.

»Wo willst du hin? Ich rede mit dir, Liam.«

»Nach meiner Kleinen sehen, denn egal, was sie bedrückt, ich bin nicht schuld daran.«

Wütend stürme ich aus dem Club in Richtung Bike. Weit kann sie noch nicht sein und so, wie ich vermute, ist Isalie auf dem Weg zu Jill. Falls ich sie gekränkt habe oder anderweitig verletzt, dann mit Sicherheit nicht absichtlich. Isalie ist mir wirklich wichtig. Nicht ohne Grund habe ich Rafe die Erlaubnis gegeben, das Ladyleder zu bestellen, obwohl ich nicht einmal weiß, ob sie das will!

Ich starte das Bike und fahre sofort vom Hof. Jills Haus liegt nicht weit entfernt, dennoch ist es bereits dunkel und Isalie allein unterwegs. Im Augenblick ist mir egal, warum sie gegangen ist. Hauptsache, ich finde sie schnell wieder.

Den gesamten Weg über halte ich die Augen offen, doch von ihr ist nichts zu sehen.

Vielleicht hat sie sich auch ein Taxi genommen und ist längst bei Jill.

In der Hoffnung, dort fündig zu werden, fahre ich auf dem Feldweg ab, der zu ihrem Haus führt und parke direkt davor.

Da noch Licht brennt, klingele ich einfach und warte geduldig, bis jemand die Tür öffnet.

»Storm? Was machst du denn hier und wo ist Isa?« Wut und Sorge spiegeln sich in ihrem Gesicht wider.

»Sie ist einfach abgehauen und Skye meinte, sie wäre total aufgebracht gewesen, als sie Isalie vorm Tor gesehen hat.«

Ohne Vorwarnung landet ihre Hand in meinem Gesicht. Das wäre heute der dritte Schlag, den ich ohne Grund einstecken muss.

»Verdammt nochmal, Storm! Ich habe sie dir anvertraut! Mit Sicherheit hast du sie gefickt, obwohl du wusstest, dass sie noch völlig unerfahren ist und …« Mein wütender Blick hält Jill davon ab, weiter zu sprechen. »Holy crab! Ich habe für Isalie noch bevor wir miteinander geschlafen haben, ein Ladyleder bestellt. Es ging mir nie um einen netten Fick … die Kleine ist mir wichtig!«

Jill beruhigt sich allmählich und atmet einige Male tief durch.

»Wo soll sie denn dann sein?«

Die Frage stelle ich mir auch, seitdem ich sie nicht hier angetroffen habe.

»Komm kurz rein. Ich versuche sie anzurufen. Vielleicht hat sie einen anderen Weg nach Hause genommen und ihr habt euch nur verpasst.«

Widerwillig folge ich, doch allmählich breitet sich ein ungutes Gefühl in meiner Magengegend aus. Das ist meine Schuld! Ich hätte Isalie nicht allein lassen dürfen. Wenn ich sie einfach in meine Arme gezogen und sie gehalten hätte, wäre das nicht passiert.

Jill hat in der Zwischenzeit ihr Handy geholt und wählt Isalies Nummer.

»Es klingelt«, sagt sie mehr zu sich selbst.

Jede Sekunde, die verstreicht, kratzt an meiner Beherrschung. Ich will nicht, dass ihr etwas passiert.

»Sie geht nicht ran.«

»Gut, ich werde sie einfach suchen. Wo könnte Isalie sein?«

Jill denkt lange nach, bevor der besorgte Ausdruck in ihrem Gesicht deutlicher Anspannung weicht.

»Ich will nicht den Teufel an die Wand malen, aber sie könnte zu ihrer Wohnung sein.«

Wohnung?

»Isalie und Brenden hatten eine gemeinsame Wohnung, aus der sie vor geraumer Zeit ausgezogen ist, weil er sie zusammengeschlagen hat, nachdem sie nicht mit ihm schlafen wollte. Seitdem wohnt sie bei mir.«

Warum sollte sie das freiwillig tun? Ohne es zu wollen, kochen alte Erinnerungen hoch … Dinge, die ich im Knast gekonnt verdrängt habe. Alles scheint wie ein Dejavu.

»Oh Gott, Storm … Isalie ist nicht Molly! Sie mag dich, okay? Seitdem sie bei dir im Studio war, konnte ich das Leuchten in ihren Augen wieder erkennen, dass ich bereits verloren geglaubt habe.«

Ich atme tief durch, ehe ich die Bilder dahin zurückdränge, wo sie hingehören.

»Gib mir die Adresse.«

Jill greift nach Zettel und Stift, um die Adresse zu notieren.

»Warte kurz. Ich muss nur eben ins Schlafzimmer, um den Ersatzschlüssel zur Wohnung zu holen.« Ungeduldig warte ich, bis sie nach oben eilt und wiederkommt.

»Danke. Ich werde sie dir heil zurückbringen.«

Aus irgendeinem Grund habe ich es eilig, schnellstmöglich in die Wohnung zu fahren, die unweit des Clubs liegt.

Schnell habe ich mich auf das Bike geschwungen und fahre zurück nach Bridgewater. Jeder Meter kostet mich Nerven und obwohl ich bereits sämtliche Verkehrsschilder ignoriere, dauert es ewig.

Eine Querstraße zuvor, parke ich mein Bike ab und renne die letzten Meter.

Das Gebäude, ein altes Mehrfamilienhaus, liegt in Dunkelheit. Nur aus einem Fenster dringt Licht. Dank des Schlüssels komme ich problemlos ins Haus und renne die Stufen nach oben.

Bereits im Treppenhaus kann ich hören, wie Glas zerbricht und Holz zu Bruch geht.

Oben angekommen, schließe ich die Wohnungstür auf und stürme hinein.

Genau richtig, um Isalie abzufangen, ehe sie auf den Boden aufschlägt.

Aus verweinten Augen sieht sie zu mir hinauf. Sofort erkenne ich das Hämatom, welches auf ihrer Wange prangt. Wut, wie ich sie noch nie zuvor gekannt habe, durchströmt mich.

»Du kleines mieses Miststück«, höre ich ihn bellen, bevor er um die Ecke in den Flur tritt. Isalie lasse ich hinter mir zurück.

»Wie wäre es zur Abwechslung mit einem gleichwürdigen Gegner oder schlägst du nur kleine Mädchen, damit ein Winzling wie du auch mal zum Zug kommt.«

Schnaubend stellt er sich mir entgegen.

»Du hast meine Freundin angefasst, sie hat ihre Strafe dafür verdient.«

»Exfreundin, Kollege! Und nur damit wir uns richtig verstehen, Isalie ist meine Old Lady. Sie gehört mir und somit steht sie unter dem Schutz der Black Revenge.«

Im Grunde will ich mich nicht mal mit dem Wichser unterhalten. Allein, weil er Isalie geschlagen hat … zum wiederholten Male.

Eine Waffe trage ich nach der Entlassung nicht, aber es gibt noch tausend andere, unblutige Methoden ... Aber ich werde dieses Mal nicht den ersten Schritt machen. Einen Satz habe ich im Knast gelernt, beziehungsweise lernen müssen, denn zu meinen Auflagen gehörten so einige Dinge, die ich bis jetzt für schwachsinnig erachtet habe.

Jeder jagt den Täter, doch niemand bleibt beim Opfer.

Statt den Mistkerl weiter Beachtung zu schenken, gehe ich vor Isalie auf die Knie.

»Männer wie ich, richten ihre Kraft nicht gegen Frauen. Wir nutzen sie, um Mädchen wie dich zu beschützen.«

Ein Feigling wie er, wartet natürlich ab, bis ich ihm den Rücken zuwendet, doch damit habe ich gerechnet.

Ohne mein Mädchen aus den Augen zu lassen, fange ich den Schlag ab, drehe seinen Arm schmerzhaft auf den Rücken und beförderte ihn vor Isalie auf den Boden.

Panisch weiten sich ihre Augen und sie rutscht sofort nach hinten.

»Weißt du, was ich echt interessant finde?«

Er bellt und wehrt sich unter meinem festen Griff. Eine Antwort bekomme ich nicht, doch auch die erwarte ich nicht.

Mit etwas Kraft reiße ich den Arm weiter in Richtung Nacken, bis die Schulter auskugelt. Sein jämmerlicher Schrei erfüllt den Raum, sodass Isalie sofort die Augen schließt. Auch mit dem zweiten Arm verfahre ich auf dieselbe Weise.

»So ist es schon gar nicht mehr so leicht, auf eine wehrlose Frau einzuschlagen, nicht wahr?«

Ich erhebe mich, drehe den Wichser auf den Rücken, begleitet durch seinen Aufschrei.

Mit dem Fuß visiere ich seine Kniescheibe an, trete in voller Wut zu. Sie wird regelrecht zerschmettert.

»Sag mir, dass du es verdient hast«, verlange ich ruhig. Ganz der Feigling, der er ist, sagt er kein Wort und winselt nur wie ein Baby.

»Ich habe mir geschworen, nie wieder einen Menschen zu töten. Aber bei Gott … Du hast es mehr als verdient.« Ein letztes Mal sehe ich zu Isalie, erkenne deutlich die Verletzung im Gesicht, das zerrissene Shirt und bringe es zu Ende. Ein gezielter Griff an den Kopf, eine leichte, ruckartige Drehung und das Genick bricht.

So viel zum Thema eiserne Selbstbeherrschung … bei Isalie hat es nicht funktioniert.

Noch immer kauert sie in der Ecke und weint.

»Shh … ich bin hier Baby. Ich bin bei dir.« Sanft ziehe ich sie in meine Arme, Schirme sie regelrecht vor der Außenwelt ab und gebe ihr, was sie so dringend braucht.

»Er hat mir eine Nachricht geschickt, mit einem Foto von Jill und … ich wollte nicht gehen. Es tut mir so leid.«

Das spielt keine Rolle mehr.

»Alles ist gut, Kleines. Wir fahren jetzt nach Hause und dann machst du einen Haken an all das.«

»Aber ich will nicht zu Jill! Ich möchte bei dir bleiben«, sagt sie schnell und viel zu hastig, sodass ich sie kaum verstehen kann.

»Ich meine in unsere Wohnung im Club! Du gehörst zu mir, Isalie. Alles, was ich vorhin gesagt habe, war ernst gemeint. Ich will dich an meiner Seite, nicht fürs Bett. Rafe hat bereits die Order erhalten, dir ein Ladyleder zu bestellen.«

»Meinst du … Meinst du das ernst, Liam?«

Lächelnd hebe ich sie auf meine Arme, um sie aus der Wohnung zu tragen. Den Wichser kann Mini später beseitigen.

»Ja, wenn du das denn überhaupt möchtest.«

»Sagt man dann auch, ja ich will oder wie läuft das bei Bikern?«

Das klingt wie eine Zustimmung. »Es anzuziehen und jedem zeigen, zu wem du gehörst reicht aus,

Baby.« Langsam trage ich sie die Stufen hinab und zu meinem Bike.

»Ab nach Hause, Baby.«

Vorsichtig setze ich sie auf die Maschine, ehe ich es ebenfalls tue. Sofort schlingen sich ihre zierlichen Arme um meinen Bauch. In diesem Moment ist alles perfekt, bis auf die Tatsache, dass ich Rafe jetzt was erklären muss.

TWELVE

Isalie

Die Sonne scheint erbarmungslos vom Himmel, sodass ich froh bin, in die kühlen Räumlichkeiten des Studios zu schlüpfen. Die kleine Türglocke läutet und kündigt mein Erscheinen an.

Storm weiß nicht, dass ich sein heutiger Nachmittagstermin bin. Ich musste eine kleine List anwenden, um ihn im Ungewissen zu lassen. Dem Voodoozirkel sei Dank. Die Mädels sind echt toll und ich mag sie sehr, so wie unsere kleinen Nachmittage.

»Komme gleich«, ruft Storm von hinten. Seine Stimme beschert mir eine Gänsehaut und das Kribbeln zwischen meinen Beinen wird fast unerträglich. Ich bin wirklich in der Absicht hierhergekommen, um mir ein weiteres Tattoo von ihm stechen zu lassen. Mal schauen, wie der Rocker gleich drauf reagieren wird.

Meine Fingerspitzen gleiten über das Leder, welches seit gestern meinen Körper ziert. Ich bin total aufgeregt und versuche, mich so zu beruhigen.

»Ich bin soweit … Isalie?« Verdutzt bleibt er im Türrahmen stehen.

»Ist etwas passiert? Ich habe gleich einen Kunden und gar keine Zeit für dich.«

Das Spiel beginnt.

»Deine Kundin ist bereits da«, kläre ich ihn auf. »Einer deiner Brüder war so frei, mir heimlich einen Termin zu besorgen.«

Ruhig mustert er mich.

Mir rutscht das Herz in die Hose, bei dem intensiven Blick, mit dem er mich bedenkt. Seit drei Wochen genieße ich jeden Moment an der Seite des Bikers … vor allem die heißen Nächte. Allein bei dem Gedanken an seine raue und dominante Art pulsiert mein Kitzler heftig.

»Du kennst den Weg ja, Baby.«

Lächelnd gehe ich an ihm vorbei ins Hinterzimmer. Gott, meine Aufregung bringt die Luft um uns herum bereits zum Knistern.

»Setz dich und sag mir, was ich für dich tun kann.«

Ich hatte gehofft, dass er professionell bleibt, damit ich es in vollen Zügen genießen kann.

»Ich möchte ein Tattoo für meinen Freund. Er ist ein besonderer Kerl, deshalb muss es etwas Außergewöhnliches sein.«

Grinsend reiche ich ihm einen Zettel und gehe zur Liege, wo ich sofort damit beginne, meine Hose auszuziehen. Auch mein Slip muss weichen.

Storm sieht auf das Papier und grinst. »Property of Liam?«, fragt er, doch ich sehe ihm an, wie sehr es ihm gefällt. »Soll ich es auf den Hintern tätowieren?«

Zugegeben, die Vorstellung wäre auch geil. Insbesondere dann, wenn er mich tief von hinten nimmt.

»Nein, ich möchte es gern hierhin haben«, sage ich und deute auf meinen Venushügel.

»Holy Shit«, knurrt er, wirft den Zettel beiseite und zieht mich in seine Arme.

»Muss ich dich darauf hinweisen, dass es eine sehr empfindliche Stelle ist und ich dich ein paar Tage lang mit Samthandschuhen anfassen muss?«

Ich schüttele den Kopf. Meine Aufregung steigt mit jeder Sekunde.

»Gut, leg dich hin.« Seine Stimme zittert leicht, so, wie mein Körper.

Auch ohne zwischen meine Beine zu greifen, weiß ich, dass ich klitschnass bin. Dennoch lege ich mich brav auf die Liege und sehe ihm dabei zu, wie er den Tisch heranholt und sich auf den Stuhl neben mir setzt.

»Brauchst du heute keine Vorlage?«, hake ich nach.

Seine kundigen Finger gleiten über die glattrasierte Haut, ehe sie zwischen meine Schamlippen tauchen.

Stöhnend hebe ich ihm mein Becken entgegen.

»Bist du nur wegen dem Tattoo hier oder kann ich dir noch anderweitig helfen?«

Das tust du bereits, will ich schreien, doch dann sind seine Finger verschwunden. Ich muss die Schenkel brutal zusammenkneifen, um das Pulsieren meiner Pussy halbwegs erträglich zu machen.

Storm besprüht währenddessen ein Tuch, bevor er damit über den Hügel wischt. Kälte trifft auf Hitze, sodass ich aufkeuche.

»Bereit, Baby?«

Ich nicke.

Bevor er die Nadel an meiner Haut aufsetzt, taucht er sie in den Behälter mit schwarzer Farbe.

»Starten wir.«

Ich spüre, wie sich seine Finger auf meinen Hügel legen und die Haut straff halten. Durch die glatten Gummihandschuhe fühlt es sich seltsam an.

Die ersten Stiche sind heftig. Schmerz vermischt sich mit meiner Aufregung. Gänsehaut überzieht meinen Körper. Fest beiße ich die Zähne aufeinander und atme kontrolliert.

Das ist absolut nichts für Anfänger und bringt mich an den Rand des Erträglichen. Es ist, als würde jemand mit einem Schaber tief in die Haut kratzen und anschließend in der offenen Wunde herumstochern. Manche Bereiche sind auszuhalten, doch an den Seiten gewinnt der Schmerz.

Mit geschlossenen Augen versuche ich, ihn anzunehmen.

»Gleich geschafft, Baby.«

Der kühle Lappen, der über die gepeinigte Stelle gleitet, bringt mich zum Stöhnen.

»Das war es schon.« Ein weiteres Mal gleitet das Tuch über die Stelle.

»Ich danke dir«, erwidere ich und bin heilfroh, dass es vorüber ist. Die Muschi tätowieren zu lassen ist echt nicht ohne.

Storm zieht sich die Handschuhe aus, bevor er seine Maschine reinigt und alles wieder an seinen Platz stellt. In diesem Punkt ist mein Rocker sehr akkurat.

»Du kennst das Spiel. In den nächsten Tagen verzichtest du aufs Duschen und Baden.«

Bevor er den Bereich abdeckt, reicht er mir den Spiegel.

Lächelnd sehe ich auf den Schriftzug, der dem auf meinem Ladyleder ähnelt. Es gibt nur eine winzige Abweichung, denn Storm hat darunter ein kleines Herz gezeichnet, vor dem ein *I* steht und ein *you* folgt. »Du liebst mich?« Voller Euphorie setze ich mich auf. Bisher hat er nichts dergleichen zu mir gesagt und auch ich habe die Worte bisher nicht in den Mund genommen, weil ich keine Ahnung hatte, wie er darauf reagiert.

»Ja, Baby ... Ich liebe dich.«

Quietschend springe ich auf, wobei ich es schnell bereue. Meine Muschi zieht sich gepeinigt zusammen. Heilige Scheiße, das zwiebelt, als würde mir jemand kleine Nadeln in die Haut jagen. *Was für ein Wortwitz.*

»Ich dich auch.« Langsam schlinge ich die Arme um seinen Nacken und küsse ihn. »Was schulde ich dir für das Tattoo?«

Dank Storm habe ich eine Anstellung in einer Arztpraxis bekommen und verdiene seit einer Woche mein eigenes Geld.

»Hmm ... Du könntest es in Naturalien bezahlen.«

Grinsend lege ich die Hand auf seiner Brust ab, bevor ich vor ihm in die Hocke gehe. Langsam öffne ich den Knopf seiner Jeans, ehe ich mit der Hand hineingleite, um seinen Schwanz zu befreien.

Genüsslich lecke ich mir über die Lippen, um anschließend mit der Zunge über die samtene Spitze zu kreisen.

Storm zieht scharf die Luft ein und lehnt sich gegen den Schrank hinter ihm. Meine Finger massieren seine Härte, während ich mutiger werde und seinen Schwanz in meinen Mund nehme.

Es ist das erste Mal für mich, denn bisher hat nur er mich mit seiner Zunge verwöhnt.

Ich will, dass es ihm gefällt und gebe mir Mühe. Tief gleitet er in meinen Mund. Dank meines nicht vorhandenen Würgereflexes gelingt es mir problemlos.

Seine Hände halten meinen Kopf, zwängen mich unnachgiebig weiter auf seiner Härte. Ich überlasse ihm die Kontrolle, genieße es, wie er beginnt, meinen Mund zu ficken.

»Fuck, Kleines.« Es kratzt an seiner Beherrschung, die er auch gern beim Sex beibehält. Ihm ist es wichtiger, dass ich meinen Spaß habe und dafür stellt er sich gern zurück.

So oft hat er mir gezeigt, wie wichtig ich ihm bin, indem er mir jeden Wunsch von den Augen abgelesen hat. In drei Wochen habe ich mehr Liebe erfahren als in der Beziehung zuvor. Was er mit Brenden getan hat, verbanne ich in den Tiefen meines Unterbewusstseins. Irgendwann werde ich mich damit richtig auseinandersetzen müssen, doch nicht im Augenblick.

Erneut sauge ich ihn tief in meinen Mund, kreise mit der Zunge über die Spitze und nehme die ersten Tropfen auf.

»Ich will in dir kommen«, knurrt er, packt mich unsanft an den Haaren, zieht mich nach oben und schiebt mich zur Liege.

Grob werde ich darüber gebeugt, sodass mein Oberkörper auf der kühlen Unterlage ruht, während mein Hintern nach oben gereckt ist.

Voller Ungeduld stößt er nur kurz darauf bis zum Anschlag in meine Pussy. Ich bin inzwischen so überreizt, dass es kaum noch möglich ist, mich zusammenzureißen. Laut stöhnend schiebe ich ihm mein Becken entgegen, um ihn noch tiefer aufzunehmen.

»Liam.« Meine Pussy krampft sich regelrecht zusammen, während heiße Wellen durch meinen Körper jagen. Wie kleine Stromstöße prickeln die winzigen Orgasmen in mir ... Wieder und wieder ... bis ich nur noch explodiere. Der Höhepunkt ist gewaltig und reißt mich von den Füßen.

Strom fängt mich auf, presst mich eng an seinen Körper und streichelt die weiche Haut meines Bauches.

»Ich liebe dich, Kleines.«

»Ich dich auch ... mehr, als du dir vorstellen kannst.«

Zärtlich hageln kleine Küsse auf meinen Hals nieder, die den Wunsch nach mehr wecken.

»Lass uns nach Hause, ich hab noch Hunger.«

Mit einem Klaps auf den Hintern lässt er von mir ab, um sich anzuziehen. Ich tue es ihm gleich, wobei ich wirklich aufpassen muss. Der Stoff reibt über der Tätowierung, sodass ich ständig aufstöhne.

»Das klingt verführerisch, Baby.«

Liebevoll werde ich von ihm auf die Arme gehoben. Unsere Lippen verschmelzen zu einem heißen Kuss, der mir genau sagt, wie der Rest des Nachmittages aussehen wird.

Und ehrlich ... ich kann es kaum noch erwarten.

LESEEMPFEHLUNGEN

Sons of Skull
Wolfes
Book One
Von Mary Skull

DARK ROMANTASY – heiß, spannend, dunkel!

Träumst du manchmal davon, mit einem Tier zu schlafen?

Als sie in meine Stadt kamen, blieb ich ihnen fern. Schnell hatte ich einen Schuldigen, als mein Bruder plötzlich im Krankenhaus lag.
Ein Ziel meines Hasses war ebenso rasch gefunden: Sons of Skull - der berüchtigte MC!

Doch dann stand ich Zyan gegenüber. Einem Biker, nein - DEM Biker, dem Pres, einem echten Mann, einem Wolf?
Hat meine Rache womöglich mehr zerstört, als ich ahnte?
Der Mann scheint mich nicht zu wollen, der Wolf hingegen ...
Als er heimlich in mein Bett schlüpft, kann ich meinem Schicksal nicht mehr entkommen.
Doch wird der Mann retten, was er ablehnt und was sein Tier begehrt?

Sons of Skull: Wolves

Book Seven

Von Mary Skull

DARK ROMANTASY – heiß, spannend, dunkel!

Im Namen des Herren …

Ich bin Hebamme und Nonne! Anscheinend will mich der Herr prüfen, denn plötzlich stehe ich in einem Biker-Club und soll zwei ihrer Babys ins Diesseits begleiten. Wtf? Nein – das denke ich nicht mal! Und doch, warum gerade ich? Alles in mir sträubt sich gegen diese Menschen.

Doch der Gipfel des Ganzen ist ihr Vollstrecker, Aiden! Ihn den Teufel in Person zu nennen wäre noch zu harmlos!

Dass sich unsere Pfade immer wieder kreuzen, ist ebenso beunruhigend, wie der Spruch 'Die Wege des Herren sind unergründlich' wahr ist.

Die echte Hölle bricht jedoch aus, als der Club angegriffen wird, während ich im Kugelhagel die neuen Bewohner dieser Erde entbinden darf und die Ausgeburt der Hölle höchstpersönlich für meine Sicherheit sorgt.

Doch kann ein einziger Wolf all das beschützen, was sein Mensch so verzweifelt retten will?

Link: https://amzn.to/3gvLBZT

Hades Sisters - The Bitch

Book 1

Von Ella Silver

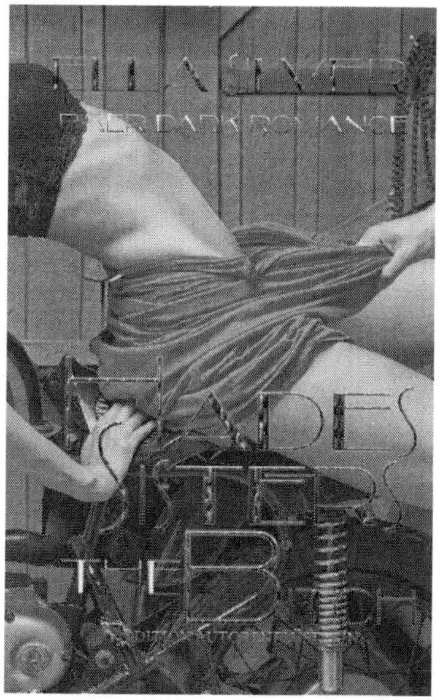

DARK, BRUTAL UND 100%-ig NIE DAGEWESEN!!!
Frisch aus den USA in voller Romanlänge!

FRAUEN GESUCHT:

Du wirfst mit dem Messer zielgenauer als jeder Messergaukler?

Du schießt mit der Treffgenauigkeit eines Scharfschützen?

Bist beim Nahkampf siegreicher als jeder Straßenkämpfer?

Kennst dich mit Waffenhandel, Bord€llführung und Drogenumschlag aus?
Ein Bike schnurrt unter dir wie ein rolliges Kätzchen?
Männer sind für dich Club-Bitches mit Anhängsel?
Herzlich Willkommen bei Hades Sisters! DU hast den JOB!

Link: https://amzn.to/3lPugNu

Prince Charming form me?
Von Ella Silver

DARK ROMANCE BIKER Roman.

Materialistische Bitch oder verliebtes Kätzchen?

Ein Angebot, dem niemand widerstehen könnte …

Eine Reise in ein fernes Land …

Ein Biker, der fasziniert und niemals der Richtige sein kann …

Drogen, ein Mord und eine Entführung, die alles verändert …

Liebe siegt über alles oder etwa nicht?

Link: https://amzn.to/3vY1UEG

Printed in Poland
by Amazon Fulfillment
Poland Sp. z o.o., Wrocław

80435025R00181